# El cuarto de la criada

# FIONA MITCHELL

# El cuarto de la criada

Traducción de
Júlia Sabaté Font

Grijalbo narrativa

Papel certificado por el Forest Stewardship Council®

Título original: *The Maid's Room*
Primera edición: enero de 2019

© 2017, Fiona Mitchell
© 2019, Penguin Random House Grupo Editorial, S. A. U.
Travessera de Gràcia, 47-49. 08021 Barcelona
© 2019, Júlia Sabaté Font, por la traducción

Printed in Spain – Impreso en España

ISBN: 978-84-253-5699-5
Depósito legal: B-25.871-2018

Compuesto en Fotoletra

Impreso en Liberdúplex
Sant Llorenç d'Hortons
(Barcelona)

GR56995

Penguin
Random House
Grupo Editorial

*Para Mike y Olivia,*
*que me han acompañado durante todo el proceso*

# Prólogo

Este es el lugar donde ella duerme, su cuarto. Una despensa. Un cubículo sin ventanas.

Acciona el interruptor para encender la luz y aparecen el cubo, la fregona, la lavadora y el colchón en el suelo. La habitación es tan diminuta que son pocas las baldosas que quedan a la vista. Una gota de sudor le resbala por la nariz y cae sobre una de ellas. La secadora ha aumentado la temperatura; después de sacudir las sábanas se han formado nubes de polvo por todas partes, como si hubiera montado una tienda de pelucas. En ese ambiente sofocante le cuesta respirar, le falta el aire. El olor a verdura hervida que llega de la cocina, justo al lado, le provoca náuseas.

Junto al colchón, una mesilla atestada de marcos con fotos y dibujos, y un objeto pequeño, beis, en forma de espiral. Su caracola. Si la mira durante un rato se transporta a un lugar muy muy lejano. Junto al mar, las olas lamen y cubren de espuma los guijarros de la orilla, los dedos regordetes de un niño se aferran a su mano, el agua fría alivia sus pies. No deja de mirar la caracola y parece que la espalda le duele menos; el nudo que siente en el estómago se va deshaciendo y por fin respira.

De repente, unos gritos rompen el silencio y la hacen regresar a su cuarto; vuelve a sentir la presión creciente en la cabeza y las paredes que la aprisionan.

Abre la puerta, y en el espejo del pasillo aparece una mujer con los ojos surcados de arrugas y el pelo gris. La voz suena más angustiada: «¡Chica!».

Siente el frío de la caracola en su mano. Se la mete en el bolsillo y corre por el pasillo, en dirección a la voz que no para de gritar.

# 1

## Complejo residencial Greenpalms, Singapur

Jules se apresura por el caminito del complejo de apartamentos mientras se masajea el vientre con los dedos por encima de las punciones. La música retumba en el aire sofocante, a treinta y cinco grados. Bum-bum-bum.

—Esta vez quizá funcione —le dice a su marido, David, que tiene la frente perlada de sudor.

David la mira a los ojos y baja la vista hacia el suelo de cemento.

—Ya lo veremos. De todas formas, la fiesta nos irá bien para distraernos. —La agarra de la mano y tira de ella para que acelere el paso.

Enormes bloques blancos abarrotados de apartamentos se levantan a su alrededor. Lucen como las oficinas de la City de Londres, con el cristal como elemento dominante, aunque aquí hay balcones. En uno de ellos, una mujer está sentada debajo de un parasol verde de lona, con un cigarrillo en los labios. En otro se ve una toalla rosa sobre la barandilla de vidrio. En algunos hay pequeños arbustos ornamentales con flores moradas; en otros, muebles de jardín. Los bloques de diez pisos están separados entre ellos por columnas de cristal ahumado que forman el hueco del ascensor y, cada pocos metros, unos grupos de palmeras de tronco estrecho y rojizo los adornan.

Los bloques se erigen alrededor de dos piscinas de teselas azules, una de medidas olímpicas y la otra para niños, menos profunda y de forma triangular. También hay un estanque custodiado por estatuas con forma de rana y de serpiente que escupen agua por la boca, y a cuyo murmullo ininterrumpido acompaña el trino de un coro de pájaros. Alguien ha dejado una bicicleta azul infantil en el camino de pavimento irregular que rodea las piscinas, la rueda de atrás todavía girando. Junto a cada largo de la piscina grande, hay una zona con tumbonas, mesas y butacas de mimbre. Unas gafas de natación yacen abandonadas sobre una de las mesas; una silla se ha volcado y descansa sobre su respaldo. La zona de piscinas está delimitada por parterres de flores salpicados de lirios blancos que se mueven como si asintieran, dispuestos de forma discontinua. En la parte baja de cada edificio hay una vivienda independiente con unas puertas correderas de cristal altas con unas barras de metal en la mitad superior. La fiesta tiene lugar en una de esas casas.

Empieza a oscurecer y el atardecer adquiere un tono violáceo. Los murciélagos revolotean en lo alto. Una risa estridente rasga el aire: es aquí, en el número 16. Un grupo de invitados charla en el patio, alrededor de la mesa, desde donde, a través de las puertas abiertas, se entrevén las siluetas de otros invitados que se mueven, bailan y beben champán. «Vamos.» La boca de Jules se dispone a dibujar una gran sonrisa. Sería absurdo llamar al timbre, la música está demasiado alta, así que decide empujar la puerta de roble aunque sabe que estará abierta. Aquí casi nadie cierra la puerta con llave.

Amber, su vecina estadounidense de cara afilada con

barbilla puntiaguda, se balancea hacia ellos calzada con unas sandalias de cuña.

—Hola, chicos —dice arrastrando las sílabas.

Besa a Jules en una mejilla, sin apenas tocarla, y cuando se dispone a besarla en la otra Jules ya se ha apartado, y sus labios chocan.

—Un piquito entre chicas —suelta Jules levantando una ceja, pero a Amber no le hace gracia. Lleva su larga melena castaña recogida en una cola de caballo que le cae por delante de un hombro.

Jules la sigue por el espacio diáfano de la planta baja, y se adentran en un mar de vestidos estampados con cuadritos de colores, adornos de cuentas y pajarillos azules bordados batiendo las alas sobre la seda. David le ha tomado la delantera y ya está escarbando en el bol de las patatas fritas dispuesto sobre una mesita auxiliar mientras sigue el ritmo de la música con el pie. La sala es de un blanco inmaculado, minimalista, con unas lámparas esféricas que cuelgan de un alambre metálico desde el techo de doble altura.

—Necesitas una copa —dice Amber alzando la voz por encima de la música.

«Ojalá», piensa Jules.

—Algo flojito —responde.

No es la primera vez que Jules entra en esa casa; dos semanas atrás, Amber la invitó a una reunión del club de lectura. Como ya había leído *Tenemos que hablar de Kevin*, accedió a ir. Aquella noche, en aquella reunión, parecía que a Jules se le hubiera comido la lengua el gato. Tenía la boca cerrada y la garganta también. Las otras mujeres le parecían muy comedidas, tan dignas ellas, sobre todo Amber; lo que provocó que le entraran unas ganas locas de soltar algo que la escandalizara. Puede que solo fuera una impresión suya; las demás parecían pasarlo bien y se deshacían en halagos por el pastel de chocolate que, según decían, había elaborado la asistenta. Sin embargo, Jules no la había visto.

—Ah, no, es que casi nunca trabaja por la noche —explicó Amber cambiándose de hombro la cola de caballo.

Quizá lo que sucedía simplemente era que Jules no encajaba; la mayoría de aquellas mujeres tenía tres hijos de media, solo una trabajaba, iban pintarrajeadas y lucían un pelo brillante y sedoso, todas pulcras y aseadas, como la casa en la que estaban. Al fondo, una escalinata de madera conduce hasta un distribuidor cercado a un lado por una barandilla de cristal, donde dan las puertas de los dormitorios. Otro tramo de escalones lleva hasta la planta baja. Amber le hizo un *grand tour* por la casa de tres plantas el día de la reunión del club de lectura. Al fondo del salón está la cocina, separada por unas puertas correderas de cristal. Entre las dos estancias hay una isla con la encimera de mármol.

Amber coge una copa de champán de la bandeja que lleva la criada y se la pone en la mano a Jules. La sonrisa forzada de Amber muestra una hilera de dientes firmes y alineados.

—Oh, no, no me...

—¡Estamos en una fiesta! —la interrumpe Amber.

Jules abre la boca para responder, pero Amber ya se ha alejado detrás de la criada con la bandeja.

La criada tiene la cara ovalada y la piel de porcelana, pero Jules no puede apartar los ojos de sus orejas, adornadas con un sinfín de aros dorados. Por fuerza debió de dolerle hacerse todos esos agujeros. Jules se toca el pequeño agujero que tiene en una aleta de su nariz, que aún no se ha cerrado. Pasó por un calvario para lucir ahí un rubí brillante… Le parece como si ahora fuera una persona distinta a la de aquella época. Deja la copa de champán en una mesita auxiliar con boles de crudités y salsas variadas.

David habla con el marido de Amber, Tor, un noruego ligeramente arrugado con una mata solitaria de pelo canoso en la parte delantera de su reluciente calva. Siempre lleva ropa de lino. Le pasa dos cabezas a David, que parece aún más bajito entre esas paredes de techo alto, con sus pelos de punta y las mejillas rosadas. Tor tiene que encorvarse para oír a David, por lo que sus gafas metálicas se le deslizan hasta la punta de la nariz. Es, por lo menos, diez años mayor que su mujer.

La criada vuelve a pasar repartiendo otra ronda de copas de champán. La gente se lanza a por ellas, derramando el líquido burbujeante. La bandeja se inclina hasta que el único champán que queda en ella es el que se ha caído. La muchacha repara en que Jules tiene las manos vacías.

—¿Le apetece que le traiga algo para beber, señora?

—Sí, por favor. Una limonada… O bueno, no sé, lo que tengas.

La criada desaparece en la cocina. Lleva una falda negra hasta las rodillas, con manchas secas de hojaldre, y por un lateral le asoma un imperdible. Vuelve con un vaso y una lata de Seven Up ya abierta.

—Gracias —dice Jules, y echa un vistazo a toda la estancia.

Un hombre de gesto arrogante y nariz torcida por habérsela roto hace años repasa a la criada de arriba abajo. Sí, ja, ya le gustaría. Pilla a Jules mirándolo y se dirige hacia ella.

—Menudo par de alfileres —le espeta. Es australiano.

La criada se esfuma.

—¿A qué te refieres? —pregunta Jules.

—Te he visto antes en la piscina, tienes unas piernas preciosas. —Saca un poco la lengua y se humedece los labios, brillantes por la saliva.

Jules resiste la tentación de mirarse sus rodillas huesudas.

—Sí, esto..., gracias.

Divisa a lo lejos la mesa del comedor, rebosante de platos con volovanes de ternera, blinis de salmón ahumado y carne roja. Le servirá de excusa para escapar.

—Creo que iré a buscar algo de comer —dice, y se aleja a toda prisa de su lado.

Coge una aceituna y se la mete en la boca. El hombre se mezcla con otro grupo de invitados, pero sigue comiéndosela con la mirada. Jules aparta la vista mientras la criada coloca más bandejas encima de la mesa.

—¿Cómo te llamas? —le pregunta Jules.

La criada le sonríe, pero no despega los labios.

—Yo soy Jules, ¿y tú?

—Dolly, señora.

—Hola, Dolly. —Jules también le sonríe al tiempo que piensa que el nombre va que ni pintado a sus rasgos de muñeca, *doll*.

Amber ha aparecido a su lado.

—Necesitamos más bebida —ordena a la muchacha con un hilo de voz.

—Sí, señora —contesta Dolly, y se dirige otra vez a la cocina.

Jules se mete un puñado de galletitas saladas en la boca y se fija en un tarro abierto de mermelada.

—Son arándanos rojos en conserva —dice Amber—. Tor necesita recuperar el sabor de su Lillehammer natal.

Amber la agarra por la muñeca, las galletitas aplastadas dentro de la mano.

—Quiero presentarte a alguien. —Arrastra a Jules por entre los invitados.

Una mujer de ojos castaños baila sin levantar los pies del suelo, moviendo el cuerpo arriba y abajo al ritmo de la música con los labios fruncidos. Lleva el pelo recogido en un moño aunque las horquillas han dejado de cumplir su función.

—Te presento a Maeve —dice Amber.

—Hola —saluda Maeve sin dejar de bailar.

—Oh, yo soy Jules.

—¿Es el diminutivo de Julie? —pregunta Maeve con un deje cockney.

—No, es Jules a secas. Así es como me llama todo el mundo, aparte de algunos motes.

—¿Ah, sí? ¿Como cuáles?

Podría responder que «Larguirucha» o «Agonías Profesional», pero si Maeve se parece a Amber, aunque sea un poco, se le petrificaría la cara y entre ellas pasaría una bola de rastrojos como las que salen en las películas del Oeste.

Jules se lleva la mano al cuello para ahogar la ocurrencia.

—Son apodos sin importancia —contesta en cambio.

Maeve deja de bailar y le presenta a su marido, Gavin, el baboso de antes. Este recorre con la vista la sala y empieza a contonear las caderas al ritmo de la canción de James Brown que suena de fondo.

—Jules es la última incorporación al club de lectura —explica Amber.

—¿Ah, sí? —se interesa Maeve.

—Sí, tú no viniste ese día.

—El siguiente libro es *Criadas y señoras*, ¿verdad? —pregunta Maeve.

—Sí —contesta Amber con una sonrisa.

Jules ya va por la mitad, pero no para de rumiar excusas para no regresar a las reuniones del club de lectura. La música retumba a su alrededor, y observa a los que bailan mientras sigue el compás con el pie.

—Bueno, y ¿dónde has dejado a los niños? —le pregunta Maeve.

—Jules no tiene hijos —responde Amber por ella.

—Qué suerte la tuya —espeta Maeve, y se le escapa una carcajada—. De todas formas, todavía hay tiempo para...

La pulsión ascendente de «Sex Machine» interrumpe el final del comentario trivial.

—¿Cuántos te gustaría tener? —pregunta Amber a Jules.

—¿A qué te refieres?

—A los hijos, claro. —Amber se echa a reír.

—Ninguno —responde Jules.

—Bueno, eso lo dices ahora... —sigue Amber—. Yo no tuve el segundo hasta los cuarenta y uno. —La sonrisa le abarca media cara.

Gavin se escabulle y consigue alejarse.

—¿Cuánto llevas con tu marido? —pregunta Maeve con las cejas pintadas dibujando una uve.

—Once años —responde Jules.

—Vaya. —La uve se acentúa.

Jules se pone a canturrear por encima de la súplica desesperada de James Brown.

—David y yo nos conocimos en un bar cutre de los suburbios de Londres. Éramos unos críos, en realidad. Después fuimos a la uni y lo nuestro se acabó. Suerte de Google, ¿eh?

—¿Qué quieres decir? —pregunta Maeve.

—David me rastreó, ¡menudo acosador! —Jules ya ríe a carcajadas.

Maeve y Amber siguen estupefactas. Aun así, al menos Jules no se ha puesto a sudar. Por un momento la música deja de sonar y emerge la algarabía de voces de los invitados; de pronto retumba otra canción en el equipo de música.

—Jules trabaja en sanidad —explica Amber después de carraspear.

—Yo también —dice Maeve, y da un trago a su copa, que sostiene con ambas manos—. Soy ayudante de camarera en un hospital, bueno, era, ya sabes. —Suelta una risita al tiempo que se inclina hacia la oreja izquierda de Jules para que pueda oírla—. Ahora no tengo obligaciones. ¿A qué te dedicabas tú?

Un niño pequeño y rubio, con una mancha roja en la frente, tira del brazo de Amber y las tres callan de repente. Los cubitos de hielo tintinean en el vaso mientras Amber se aleja con su hijo.

Maeve enarca las cejas.

—Es el pequeño de Amber. Seguramente ha venido a quejarse de su hermano mayor, el Niño Salvaje. Es una auténtica pesadilla, una vez le dio un puñetazo en la boca a mi hija.

Otra mujer se acerca a Maeve y se ponen a hablar. Jules se queda embobada mirando al infinito, siguiendo el ritmo de la música con el pie, más enérgica. Oh, cómo echa de menos a sus verdaderos amigos, y el hospital donde trabajaba en Londres, con todas aquellas mujeres que acababan de ser madres y cogían por primera vez a su retoño entre los brazos con los ojos brillantes de felicidad. Piensa en todas las jeringuillas que tuvo que inyectarse antes de la fecundación in vitro y que ahora yacen vacías dentro del cubo amarillo aquí, en su nuevo hogar, y suspira.

En la cocina, Jules se bebe un vaso de agua con los ojos puestos en los restos de un entremés a medio comer. La fiesta ha ido desinflándose, pero todavía queda gente sentada en el patio delantero, enfrascada en conversaciones.

En un extremo de la cocina cuelga una cortina azul; está echada. Seguramente, si es como el apartamento de Jules, detrás de esa cortina se abrirá un estrecho distribuidor que conduce a un aseo y a una despensa con las paredes de hormigón y la puerta de acero.

El agente de la inmobiliaria que mostró a Jules el piso donde ella y David viven ahora señaló en dirección a la despensa y comentó: «Cuando tengáis criada dormirá aquí, en el refugio antiaéreo». Jules respondió algo como: «¡Si no hay ventanas!» y «No tiene agua caliente». Pero el agente inmobiliario replicó: «Las criadas no necesitan nada de eso».

Jules se acordó del blog que había encontrado el día anterior, uno de una tal Vanda. Enumeraba las normas que había que seguir si se tenía criada, como confiscarle el pasaporte y prohibirle tener novio. «Aquí las cosas funcionan de otra forma, seguro», pensó Jules.

La voz del hombre australiano resuena detrás de la cortina.

—¡Venga ya!

La cortina se ahueca y alguien se queda enredado en ella. Ese alguien saca una mano y corre la tela hacia un lado. Jules reconoce la cara arrugada del hombre que aparece frotándose los ojos y sacudiendo la cabeza. Intenta recordar cómo se llama. Él advierte su presencia.

—Mujeres —se queja.

Sale lentamente al patio y se sienta entre el grupo de invitados que todavía no se ha ido. Es entonces cuando Jules recuerda que se llama Gavin.

# 2

Dolly siente un nudo en el estómago mientras se dirige a la tienda donde venden las pastillas ilegales. Su cita para la revisión médica está anotada en el calendario de la casa en la que trabaja. «Jueves 13, visita de Dolly en la clínica.»

Faltan ocho semanas. La señora Amber trazó un círculo con boli rojo alrededor del recordatorio y añadió un enorme signo de exclamación, como si fuera algo anhelado. Le harán una prueba de embarazo, como cada seis meses. Y cuando descubran que está embarazada la deportarán, como a las otras. De un soplido, se aparta del rostro un mechón de pelo negro y acelera el paso, rebasando los escaparates de un estudio de tatuajes y una tienda de pelucas.

En el luminoso centro comercial hay compradores por todas partes; algunos se pasean con bolsas de plástico y el móvil en la mano, otros se llenan la boca de albóndigas de *sotong*. Ese hombre de ahí tiene un lamparón grasiento en la camiseta, la barbilla reluciente de pringue. El aire es denso y huele a *dumplings* al vapor.

La saliva se le acumula en la garganta, pero no ve ningún aseo cerca, así que se detiene un momento e intenta recomponerse, respira aire caliente y traga. Se le pasan las ganas de vomitar. Se remete en los pantalones cortos la camiseta amarilla con la gran línea negra que simula una cara sonriente y reanuda la marcha, con las chanclas abofeteando el suelo. La tienda donde venden las pastillas está en la planta de arriba, a la izquierda.

Dolly quiere pasar ese mal trago cuanto antes, así que acelera el ritmo de sus zancadas y pasa por una tienda de recuerdos donde venden bolas de cristal con reproducciones de Merlión, la mascota de Singapur, en las que llueve purpurina cuando las agitas; también hay posavasos relucientes con la bandera nacional. Una canción de Katy Perry le llega a través de las puertas abiertas.

Y ahí está, un cartel que se balancea junto a la rendija del aire acondicionado: «Reflexología, masaje capilar indio y Tui Na». Teteras con letras chinas grabadas y cajas de pastillas y cápsulas ordenadas en fila en los estantes de un lateral. En el otro lado, guantes de látex y grandes bolsas cubiertas de flores.

—¿Deseas qué? —le pregunta la dependienta, que lleva el pelo rapado. De una fosa nasal le sobresale un pelo tieso y afilado como la cerda de un cepillo de dientes.

Dolly se mete la mano en el bolsillo y toca el billete de cien dólares que Gavin le dio mientras mascullaba: «Mi mujer no tiene que enterarse de nada».

—Tengo problemas gástricos —dice Dolly sin levantar la vista del suelo de linóleo desgastado.

—Sigue a mí —responde la mujer después de asegurarse de que no hay nadie fuera que las observe y gira sobre sus tacones de aguja.

Los tirantes del mono de cuadros se cruzan en la espalda de la mujer. Sin querer, Dolly le da un golpe en el tobillo y la dependienta chasca la lengua. Esquivan un palé a ras de suelo lleno hasta los topes de jabones florales. En los estantes de arriba hay frascos con vitaminas e infusiones de hierbas, pero nada tan fuerte como lo que se oculta detrás de la puerta de acero que la mujer está abriendo en ese momento. La habitación está a oscuras. La dependienta acciona un interruptor y la luz parpadea hasta que la estancia se ilumina. La puerta de acero se cierra con un clic. No hay ventanas. El corazón de Dolly vibra acelerado como si tuviera dentro una mosca aprisionada. Ve botellas de cristal sin etiqueta, algunas sin tapón, amontonadas en los estantes de una vitrina.

—¿Cuántas semanas estás?

—De seis.

La mujer fija sus ojos saltones de color marrón en el rostro de Dolly, y ella no puede sostenerle la mirada. Ha sido una estúpida, pero tenía sus razones, y todavía no es tarde para subsanar ese error y que todo vuelva a ser como antes.

La dependienta suspira, abre un cajón y saca dos pastillas que parecen de yeso del interior de una caja con la palabra «Cytotec» impresa en ella una veintena de veces. Le pasa las pastillas arañando la superficie metálica de la mesa.

—Setenta y cinco dólares —dice la mujer.

Dolly se mete las pastillas en el bolsillo de los pantalones cortos y le entrega el dinero. La dependienta rebusca en su delantal para darle el cambio. Apaga la luz, y Dolly se queda plantada en la oscuridad hasta que la mujer abre la puerta y la claridad proveniente de la tienda las ilumina. Lo único que Dolly desea es salir de ahí cuanto antes.

No mira atrás. Camina tan aprisa que cuando alcanza la escalera mecánica está jadeando. Saca el monedero del bolso que le cuelga del hombro y lo abre. Una pequeña fotografía de su hija la mira fijamente a los ojos. El pelo negro recogido en dos coletas, la cara regordeta exultante de alegría, los huecos de los dientes que ya se le han caído, y sus ojos castaños que todo lo abarcan. Han pasado dos años desde la última vez que la vio. Mete los billetes rojos en el compartimento trasero del monedero y cierra el bolso. Tendrá que ir con más cuidado a partir de ahora. Su hija depende de ella; no puede permitirse cometer más errores.

Sube por la escalera mecánica y pasa al lado de un coche infantil automático que se balancea delante de las puertas abiertas de una tienda de juguetes. Una niña se aferra al volante del coche mientras una mujer filipina con cara de luna la observa. El escaparate de la tienda está decorado con personajes de *Gru, mi villano favorito*: un Gru y unos cuantos Minions de peluche. Dolly entra y coge uno de los Minions. Lo paga con lo que le ha sobrado de las pastillas. Un regalo para su hija, de los pocos que puede hacerle.

Sale del centro comercial, y el calor de la calle la engulle. En la otra acera de la calle Orchard hay otro tan iluminado que parece que esté recubierto de diamantes. Se vuelve hacia el centro del que acaba de salir. El cartel de letras verdes en el que se lee «Plover Plaza» parpadea. Mujeres filipinas, indias e indonesias suben y bajan por las escaleras. «Todas estamos aquí por lo mismo —piensa Dolly—. Cuidamos a los hijos de otros para dar un futuro a los nuestros.»


Cuando Dolly llegó a Singapur, la señora Amber ya estaba embarazada de Sam. Dio a luz a Sam al cabo de tres meses y medio, y en cuanto regresó del hospital a casa puso al bebé en los brazos de Dolly. La muchacha sintió el peso de la tristeza en su corazón y el niño rompió a llorar. La señora Amber se sentó en una silla y encajó sus pechos desnudos en unos conos de plástico.

—No me mires —le dijo.

Una máquina amarilla empezó a zumbar, los conos a bombear los pechos; la leche salía a chorro, directa a un biberón de plástico que sostenía a un lado.

—¡Menudo lío! —exclamó la señora Amber—. Qué maldito estrés.

Dolly miró a Sam, con su piel de melocotón y sus labios en forma de corazón. ¿Era el niño lo que estresaba tanto a la señora Amber o era la máquina? Dolly no estaba muy segura. Abrió la boca para preguntar, pero se lo repensó y, en vez de hablar, cogió una bocanada de aire y se mordió la lengua. Entonces juntó los labios como si fueran una de esas bolsas con cierre zip que la señora Amber compraba en cantidades ingentes en Ikea, y siguió meciendo a Sam en sus brazos.

Dos días después, la máquina yacía en el suelo junto a la puerta principal, metida en una bolsa de plástico. Y la señora Amber le dijo a Dolly que durmiera arriba con Sam porque ella estaba «un poco sobrepasada por todo este sinsentido». Así que Dolly pasó noches en vela acunando a Sam, él con la piel untada con Nivea y ella desesperada por volver a estar bajo el mismo techo que su hijita. Ponía el biberón en la boca a aquel bebé, observaba cómo succionaba y anhelaba regresar a casa.

A veces oía roncar a la señora Amber a través de la pared, y le parecía notar la presión de una mano que trataba de asfixiarla. «Respira», se repetía a sí misma. Y así lo hacía. Por las mañanas se sentía como si intentara andar hundida en el barro, y las tardes se le antojaban oscuras a pesar de que hacía un sol de justicia. Ahora Sammy ya tiene cinco años y casi colma de alegría el corazón de Dolly, con su sonrisa y sus ojos asimétricos, con ese pelo plateado como la luz de la luna reflejada en el agua. La sigue a todas partes, pisándole a saltitos la sombra.

Dolly tuvo a su hija, Mallie, diez semanas antes de viajar a Singapur. Dio a luz en una sala en la que apenas se oía un sonido repleta de mujeres tumbadas en camillas. Tenían la cara enrojecida y se hacían sus necesidades encima mientras empujaban. Otras abrazaban a su recién nacido envuelto en una toalla ensangrentada mientras una matrona corría de una a otra. Dolly sentía que el dolor la presionaba por dentro, la amenazaba con desgarrarla en dos, pero apretaba los dientes y se animaba a sí misma. «Puedo hacerlo», susurraba.

Nimuel, el padre de Mallie, ya las había abandonado a aquellas alturas, así que en la parada del autobús Dolly solo se despidió de su madre y de Mallie. Rodeó con su mano el puño diminuto y cerrado de su hijita y la besó. Le besó la nariz, y los labios, aspiró su olor a vainilla. Grabó en su mente los pequeños rasgos de Mallie diciéndose que así se los llevaría con ella a través de todos los kilómetros que estaba a punto de recorrer. Intentaba no pensar en que no volvería a ver nunca más el rostro de bebé de Mallie ni volvería a oler nunca más esa piel recién estrenada; sin embargo, sentía pinchazos en la boca del estómago. Se llamarían por Skype y se mandarían fotos, pero la siguiente vez que estuviera con su hija la niña ya no sería la misma.

Se sentía como si le estrujaran la piel del rostro, y aun así se tragó las lágrimas. Todas las mujeres que se habían marchado en aquel autobús antes que ella lo hicieron llorando, y el autobús las había alejado de sus hijos de todas formas. Se montó, buscó un asiento. El cristal de la ventanilla se empañó en contacto con su aliento, de modo que limpió un trocito y miró a través de él. Los ojos marrones de Mallie, su nariz chata, el estúpido gorrito de lana que la abuela había insistido en ponerle aunque estuvieran a treinta y tres grados.

El autobús se puso en marcha y el motor rugió al compás del runrún que Dolly sentía debajo de su piel, en el pecho. Mallie fue encogiéndose al otro lado de la ventanilla, hasta que desapareció del todo.


La señora Amber va de un lado al otro del salón, con un dedo en alto cubierto de polvo y el teléfono pegado a la oreja. Pone los ojos en blanco.

—No, mamá, cuatro semanas en julio no podrán ser. Es que tenemos planeado un viaje a Siem Reap para esas fechas. —Se acerca hasta donde está Dolly, le planta el dedo sucio delante de los ojos y se encoge de hombros frunciendo el ceño en un gesto de enfado—. Sí, tenemos que pensar en agosto, pero no estoy segura de que… —Se aleja unos pasos y se detiene, se lleva la mano a la cabeza—. De todas formas, mamá, ahora tengo mucho trabajo… Vale, sí. —Manda un beso a través del teléfono y cuelga.

La señora Amber levanta una foto enmarcada de su familia: el padre, adusto, sentado, con una barba sin bigote que le ciñe el mentón; su esposa, con un cuerpecito de gorrión, de pie junto a él, y a su lado el hermano mayor de la señora Amber, que ahora es un multimillonario que reside en Long Island. También está la señora Amber pero más joven, llena de granos, con el pelo recogido en dos trenzas prietas y una sonrisa triste.

—Maldita sea, Dolly, ¿por qué sigues poniendo esto a la vista de todos? —Guarda la foto en un cajón.

Dolly sigue a lo suyo, mezclando la mantequilla con la harina. En la encimera las magdalenas de las bandejas ya pueden contarse por montones. La señora Amber entra en la cocina y se detiene. «¿Está mirándome la barriga?», piensa Dolly, y se da la vuelta. La señora Amber empieza a escribir en la lista de tareas que está colgada en la nevera.

—Maldito boli. —Lo sacude y vuelve a probar.

Está nerviosa porque esa tarde su hijo Colby, de diez años, ha quedado con otro niño para jugar. Algunas de las mujeres occidentales del complejo residencial llaman a Colby «el Niño Salvaje», pero la señora Amber nunca admitirá que realmente tiene un problema. Tiene la respiración acelerada, como cuando vuelve de correr en el gimnasio del complejo, con las mejillas tan rojas como la ternera cruda que Dolly compra para el señor Tor. La señora Amber se ha adelgazado en las últimas semanas, tiene las mejillas aún más chupadas que antes y el hueso frontal más salido. En su cabeza asoman, rizadas, unas cuantas canas, como las cuatro hojas de una zanahoria. Pero se arregla cada día. Se maquilla tan pronto como se levanta de la cama, el secador en marcha. Lleva ropa de marca. Las puertas del armario apenas cierran con todos esos vestidos, y tiene más zapatos que Imelda Marcos. Usa dos números más que Dolly, que siempre se prueba los zapatos nuevos de la señora: las sandalias planas con cuentas, otro par de tacones de cuña, rojos esta vez. La señora Amber, como tantas otras mujeres blancas, se desvive por mantener el glamour en un clima tropical para el que está claro que no han nacido. A lo mejor eso contribuye a aumentar su estrés. A lo mejor por eso se le tensa el labio dejando al descubierto los dientes superiores cuando Sammy le dice: «Vamos a jugar a la pelota, mamá», y Colby: «Te odio», y el señor Tor: «Tengo que trabajar otra vez hasta tarde».

La señora Amber repara en las magdalenas de la encimera.

—No puedes seguir haciendo todos esos pastelitos. No quiero engor... No quiero que a los niños les salgan caries. —Se abanica con una revista—. No sé cómo podéis aguantar este calor.

Coge el mando del aire acondicionado y lo enciende. Delante del espejo, mueve la cabeza de un lado a otro examinándose los dientes. Se estira el cutis y clava la mirada en su reflejo, con menos arrugas así. Suspira. La casa, blanca, resplandece a su alrededor, no hay nada fuera de sitio. El salón tiene el techo alto y, en uno de los extremos, unas puertas correderas de cristal, a través de las cuales se ven palmeras y la piscina grande, sustituyen la pared. Parece el hotel de Fullerton Bay, con sus suelos de mármol y sus escalinatas de madera.

La familia visita el Fullerton cada dos fines de semana para tomar un *brunch* y pasar el día. La señora Amber bebe champán y su risa se vuelve más estridente de lo habitual. Los niños apoyan la cabeza sobre los codos encima de la mesa hasta que Dolly se los lleva a la sala de juegos. Mientras los videojuegos escupen tiros y música electrónica, a veces Sam se sienta en el regazo de Dolly y ella examina la etiqueta de la ropa que lleva. Ralph Lauren; Armani Junior. Cuando a Sam se le queden pequeñas esas prendas, Dolly se asegurará de que sean para Mallie. Su hija es casi seis meses mayor que el chico, aunque abulta mucho menos.

Dolly abre la puerta del horno y empuja hacia dentro otra bandeja con masa de magdalenas. A un lado de la cocina, cuelga una cortina. Detrás de ella, un estrecho distribuidor lleva a su aseo, del tamaño de un armario, con una puerta de plástico en acordeón. Dentro hay un váter y una alcachofa de ducha estropeada fijada en la pared; solo sale agua fría. Cuando Dolly la pone en marcha, el agua chorrea por todo lo demás: las botellas de desinfectante del suelo, la fregona y el inodoro.

El cuarto de Dolly está pared con pared. Es un refugio antiaéreo, sin ventanas, y de la gruesa puerta metálica cuelga una placa: «Este cuarto es un refugio de defensa civil construido bajo la ley de Refugios de Defensa Civil de 1997». La habitación está repleta de las cosas de Dolly. Una cama estrecha contra la pared. Un armario diminuto donde guarda su ropa y sus libros. Debajo de la cama, cajas de cartón, y en un tablón de corcho, fotos pegadas. Unos estantes altos a lo largo de otra pared. A pesar del conducto de ventilación que se abre en el techo, esa habitación en miniatura es sofocante.

El horno pita y alguien llama al timbre de la puerta principal. La señora Amber abre. Es Rita, con las manos apoyadas en los hombros de un niño.

—Ah, sí, hola, Roy —saluda la señora Amber con la sonrisa petrificada en su cara empolvada.

El niño, con el pelo negro y brillante, entra con una gran caja abrazada contra el pecho, como si fuera un escudo. Rita apenas puede decir adiós con la mano antes de que la puerta de roble se le cierre de golpe en la cara.

—Deja que te ayude —dice la señora Amber al tiempo que tira de la caja. El chico tira hacia él—. ¡Colby, cariño, ha llegado Roy! —llama la señora, y se le escapa una risotada.

Se oyen pasos en la escalera.

—¡Sam! —grita Roy, y echa a correr hacia la escalera con las piezas de plástico traqueteando dentro de la caja de cartón.

La sonrisa incrustada en la cara de la señora Amber se esfuma y se vuelve hacia Dolly.

—Tendrás que llevarte a Sam, a la piscina o a donde sea —susurra—. Se supone que Roy ha venido a jugar con Colby, no con Sam. —La señora Amber tiene las venas del cuello hinchadas.

—Roy tiene la edad de Sam —contesta Dolly—. Esos dos muy a menudo...

—¡Que te lleves a Sam a la piscina!

A la señora Amber le palpita el párpado mientras respira hondo y rápido. Dolly le toca el brazo con la mano, pero la señora lo aparta y se apresura hacia la escalera, cuyos escalones sube de dos en dos. Dolly va tras ella. Se detiene delante de la puerta de la habitación de Colby y Sam, y la nariz se le impregna del olor a zapatillas sudadas. El aire acondicionado alcanza temperaturas de nevera, con las lamas del difusor inclinándose hacia arriba y hacia abajo. La ventana, rematada con un anaquel sobre el que hay un largo cojín de terciopelo rojo, se extiende por todo el ancho del dormitorio. La pared está recubierta con pósteres de caras de personajes de dibujos animados, y también está la postal que Dolly les regaló de un niño pequeño besando a un conejo con la frase: «Sé bueno».

La señora Amber está arrodillada en el suelo y el vestido blanco se le desliza hacia arriba, por sus muslos aplastados, recubiertos por una capa fina de vello oscuro. Colby está sentado en la otra punta de la habitación, en la litera inferior. El flequillo castaño ladeado enmarca su cara pecosa. Tiene una mancha de nacimiento en la nariz del mismo color y tamaño que una moneda de un dólar. Está fulminando con la mirada a Sam, que va sacando todas las fichas del Conecta Cuatro de Roy. Colby mueve nervioso sus rodillas peladas.

—Tengo piiis —dice Roy saltando de un pie al otro.

—¡Colby tiene una Wii, Roy! —exclama la señora Amber. Vuelve a lucir su sonrisa forzada—. Una Wii con Mario Kart y de todo. ¿A que sí, Colby?

—¡Se me va a escapar! —avisa Roy.

—Ven por aquí, Roy, te mostraré dónde está el cuarto de baño —dice Dolly alargándole la mano.

Roy anda deprisa hacia ella, pero no le da la mano.

—No, no, ya se lo mostraré yo —declara la señora Amber. Se levanta y sale por la puerta, apartando a Dolly—. Tú prepara las cosas de la piscina de Sam y llévatelo.

—¡Pero yo quiero jugar con Roy! —se queja Sam con los ojos llenos de lágrimas de rabia.

Colby mira a Sam.

—¿Estás bien, cariño? —pregunta Dolly a Colby. Él sigue sin apartar la vista de su hermano—. ¿Colby?

—Yo me quedo —dice Sam cruzándose de brazos, sentado en el suelo con las piernas separadas.

—Sammy Bean, no hace falta que vayamos a la piscina. Podemos ir al parque. Solo un ratito —le dice Dolly.

Lo toma de la mano; él se suelta. Ella sale, con la esperanza de que la siga. La puerta se cierra de golpe a su espalda, con el repiqueteo del pomo correspondiente. Un chillido agudo desgarra el aire.

—¡Dolly! —grita Sam al otro lado de la puerta.

Dolly apoya la mano en la puerta de roble, trata de girar el pomo, pero está trabado.

—¡Do-lly! —La voz de Sam se quiebra en sollozos.

La señora Amber ha llegado a su lado, con el cuerpo tenso y sacudiendo la cabeza.

—¿Qué puñetas pasa?

—Señora, Colby ha cerrado la puerta con llave.

Más gritos. El pánico se apodera de la señora Amber como una tormenta arremolinándose.

—Quiero ir a casa. —Roy ha salido del cuarto de baño. Se le ha metido un mechón de pelo en un ojo.

—¡Espera un momento! —le espeta la señora Amber con las piernas separadas sobre del suelo de mármol—. Abre la puerta ahora mismo, Colby Moe.

—¡Mamá! —lloriquea Sam.

—¡Ábrela ya!

—Colby, cariño, abre la puerta y déjame entrar —intenta Dolly alzando la voz, aunque en realidad no grita.

Ahí están, de pie, en silencio, en suspenso, a la espera. Y Sam empieza a chillar.

—¡Abre la maldita puerta! —vocifera la señora Amber. Uno de los tirantes del vestido se le ha aflojado y se le desliza por el hombro, descubriendo la marca rojiza que le ha dejado el sujetador, de un blanco impecable.

—Quiero volver con mi niñera —dice Roy.

—De acuerdo, cariño —responde Dolly—. Dame un segundo y te llevo a casa.

—Haz algo, Dolly —le pide la señora Amber, con el párpado palpitándole.

Dolly baja la escalera, abre el armario que hay debajo del fregadero y saca un gran manojo de llaves. Desengancha la que lleva la etiqueta «Dormitorio niños», va a la planta de arriba otra vez y dirige sus pasos hacia el enfado de la señora Amber.

—Date prisa —dice la señora Amber con la voz ronca.

Arrebata la llave a Dolly de las manos e intenta introducirla en la cerradura. Pero no ha acabado de meterla y la llave no gira.

—¡Joder! —exclama.

Dolly mira a Roy, que se muerde el labio inferior. Desesperada, la señora Amber se coge la cabeza con ambas manos. Dolly empuja la llave hasta el fondo, la gira y la saca; la señora suspira ruidosamente. Dolly abre la puerta y aparece Colby con las manos enredadas en el pelo de Sam. Sam está de rodillas. La señora Amber entra con los pies descalzos sobre el mármol, su pecho cada vez más henchido y elevado. Tira de Colby hacia un lado y levanta la mano como si fuera a servir la pelota en una de sus clases de tenis. Le da una bofetada. El niño gimotea y corre hacia la litera.

—Tú, mierdecilla. ¿Qué pasa contigo?

Sam corre a colgarse de las piernas de Dolly.

—Tranquilo, Sammy Bean.

Lo coge en brazos y lo abraza, le rebusca entre el pelo alguna posible herida, pero no encuentra ni rastro de sangre. La señora Amber intenta cogerlo y él se agarra con más fuerza a Dolly. La tiene rodeada con los brazos y las piernas llenas de rasguños.

—Ven con mamá —dice la señora Amber.

—Quiero estar con Dolly —contesta Sam.

—Quiero irme a casa —repite Roy tirando de los pantalones de Dolly.

—Sí, sí, Dolly tiene que acompañar a Roy a su casa, Sammy —dice la señora Amber esbozando una sonrisa con el cuello tenso.

Dolly se zafa de los brazos de Sam, que le rodean el cuello, y trata de ponerlo en los brazos de la señora Amber. El niño patalea hasta alcanzar el suelo, y echa a correr.

La señora Amber sale escopeteada detrás de él con el dobladillo del vestido vuelto.

—No me gusta venir aquí —dice Roy mientras guarda las fichas tintineantes del Conecta Cuatro en la caja.

Colby está tumbado boca abajo en la litera, con una almohada encima de la cabeza. Dolly se dirige hacia él y le pone una mano en el hombro.

—¿Colby?

Le acaricia la espalda y acerca la cara a la suya. La nuca sudada del chico irradia calor, y a Dolly la emoción le agarrota el estómago, pero no solo por Colby. Ha pasado demasiado tiempo desde que vio a su hija por última vez, y cuando volvió a casa de visita la niña no entendía que Dolly era su madre.

—No pasa nada, Colby —dice Dolly.

—Me voy —anuncia Roy.

—¡Espera! —Dolly se incorpora y aparta la mano del hombro de Colby.

Roy desaparece escalera abajo con las fichas repicando en el interior de la caja como si fueran guijarros dentro de una copa. Dolly lo sigue. Roy empuja la puerta principal con sus Crocs azules y sale de la casa a paso ligero, tanto que la distancia que hay entre ambos cada vez es mayor. Aunque tropieza, Roy consigue llegar a la puerta del complejo residencial, donde Dolly por fin le da alcance. El chico está casi sin aliento, con la boca torcida a punto de llorar.

—Llamaré a Rita para que venga a buscarte.

Roy está ahí plantado, sorbiéndose el disgusto y aplastando uno de sus Crocs con el pie desnudo. Dolly se saca el móvil del bolsillo. Tiene un mensaje sin leer. «Veámonos esta noche.» Ignora el mensaje, marca el número de Rita y se acerca el móvil a la oreja.

*La vida con una asistenta del hogar extranjera*

〜

## Normas esenciales para las empleadas
## domésticas extranjeras

**Norma 1. Seguridad:** Las criadas pueden generar muchos problemas en este sentido. Por ello te recomiendo guardar bajo llave su pasaporte, sobre todo si se ocupa de cuidar de tus hijos.

# 3

Tala está sentada en un pequeño colchón en el suelo del cuarto de la colada, que también es su dormitorio. Encorvada, observa con desconfianza el ventilador encendido. Se ha pasado los últimos seis años pidiendo que le instalaran un aparato de aire acondicionado, y ayer la casera, la señora Heng, al fin le dio un ventilador de segunda mano. Apenas nota su efecto con toda esa humedad tan densa. Junto a la lavadora, la secadora vibra al girar. Tala tiene la frente perlada de sudor. Un mechón de pelo negro y resplandeciente se le ha pegado en una mejilla. El sujetador beige se comba con el peso de sus pechos caídos, la barriga fofa se le desparrama por encima de la cinturilla de la falda plisada de color naranja. No ayuda mucho que su hermana pequeña, Dolly, haga pasteles sin parar y que Tala, por su parte, no pueda dejar de comérselos. Gracias a Dios que existen las prendas de ropa elásticas.

Apoya su viejo portátil negro en sus generosos muslos. Se lo regaló un jefe que tuvo hace años, y aunque va lento y a veces zumba como un avión en pleno despegue tiene instalado el Skype, por lo que puede hablar con sus hijos dos veces al mes, así como mantenerse al día del veneno que esa bloguera, la tal Vanda, escupe a diario. Tala teclea la dirección en la barra de búsqueda y *El Blog de Vanda* inunda la pantalla de mariposas rojas. «La vida con una asistenta del hogar extranjera.» Ese estilo con florituras parece la portada de una novela histórica. La forma de ser de Vanda da buena cuenta de cómo era la gente hace doscientos años. Ha colgado otro artículo: «Normas esenciales para la casa con criada extranjera».

Tala rebusca en su bolso repleto de chismes, y entre la cinta métrica, las tijeritas y el destornillador encuentra sus gafas, de cuyas varillas cuelga una cadena dorada. La desenreda y se ajusta sobre la nariz la montura negra, tan grande que parece que tenga un círculo inmenso a cada lado de la cara. Mira la pantalla del ordenador.

> Llevad un registro de las equivocaciones de vuestra criada. Haced que os lo firme, y que sepa que si repite el error, por ejemplo, si ha olvidado cerrar con llave la puerta principal, tendréis que despedirla.

Pero ¿quién es Vanda? Tala lleva preguntándoselo desde que el blog surgió hace un año y medio. Es alguien que tiene mucho tiempo libre, eso seguro; Vanda actualiza el blog casi a diario con artículos de opinión sobre lo fácil que es despedir a una criada y entrevistas con jefes enfadados. Pero los peores artículos son los que Vanda dedica a las malas criadas, subiendo su foto, su nombre, el número de su permiso de trabajo y la lista de todas sus faltas. Tala se ha propuesto la misión de descubrir quién es Vanda. Ha fisgoneado por todas las casas a las que va a limpiar para ver si la dueña resulta ser Vanda, pero aún está muy lejos de descubrir su verdadera identidad.

Tala accede a su correo. Tiene un mensaje sin leer, de

su hijo mayor, Ace, con el asunto «Tu primer nieto». Lo abre, y delante de sus ojos aparece un globo aerostático entrado en carnes, una foto en primer plano de la barriga de la novia embarazada de Ace. Parece que el primer nieto de Tala será un gigante; los chicos de Tala, Ace y Marlon, rondaban los cuatro kilos y medio al nacer. Se mira el vientre, veteado de estrías, y cierra de golpe la pantalla del portátil.

Rebusca otra vez en su bolso para sacar un tarro de Pond's y se embadurna de crema el cuello. Encima de la mesilla, al lado de la cama, hay un cuadro. Franjas de arena y de agua de mar con ásperos pegotes de pintura acumulada aquí y allá. También hay una foto de tamaño pasaporte del artista, que el aire del ventilador ha tumbado hacia delante. Tala la levanta. Su hijo pequeño, Marlon, la mira fijamente a los ojos: con su hoyuelo de la barbilla, sus pecas diseminadas por la nariz y su altura. Es muy alto, aunque, por supuesto, esto último no se aprecia en la fotografía. Marlon, el artista de la familia. Dibuja y pinta en todo lo que puede: trozos de madera, el interior de los paquetes de cereales.

Ay, hace calor. Pone el ventilador al máximo, y de repente el fuerte caudal de aire le alborota el pelo y un mechón se le queda atravesado en la cara, como si llevara barba. Se lo aparta y apaga el ventilador.

Ese ventilador no acaba de funcionar bien. ¿Por qué si no la señora Heng se lo habría dado al cabo de tanto tiempo?

La pegatina de «I love Singapur» en un lateral del ventilador está tan desgastada que ahora pone «I love Sin». Pues bien, estar «sin» dinero es de las pocas cosas que a Tala no le gustan, seguida de cerca por cocinar. Vuelve a introducir la mano en el bolso. Tiene la cartilla amarilla del banco, que ahora cuenta con cuatro dígitos, al lado de un colgante de metal que le sirve para librarse del olor a ajo de los dedos, lástima que solo funcione con el ajo. Lanza una mirada acusadora a sus pies. Por fin su mano encuentra lo que buscaba, el pequeño destornillador.

Después de trastear en él y hacerlo gruñir, el ventilador acaba abierto en dos en su regazo, un embrollo de cables que salen por todas partes. Se da una palmadita en el pecho. Allí, enfocándola directamente, hay una cámara de seguridad diminuta. Se sienta bien tiesa y mete barriga, con la gargantilla de oro sobre el pecho. Dios, la señora Heng ha estado espiándola durante la última hora. Las piezas del ventilador resuenan al caer al suelo de madera cuando Tala se arrastra afuera del colchón. Se contonea hacia la puerta de madera gastada con la cámara dentro de su puño apretado.

—¡Esa mujer…!

Abre la puerta y el olor a pescado frito impregna su nariz. Da dos pasos hacia atrás, coge la camiseta que está encima de la cama y se la pone por la cabeza. Sus dedos rechonchos, las venas en reposo, se mueren por señalar a la señora Heng y cantarle las cuarenta. Tala cruza el pasillo a grandes zancadas, pasa por tres cuadros de terracota mal pintados que representan soldados de voluminosa cabellera en distintas fases de una misma batalla. La señora Heng se cree una artista, pero es muy mala. Tala cierra la mano con más fuerza.

El corazón le late muy deprisa, está sudando a mares por la espalda y los muslos. Pisa con brío el suelo de mármol hasta llegar a la alfombra marrón del comedor. Huele el incienso de sándalo, y sus ojos se llenan de la oscuridad de los muebles de caoba y el papel pintado de la pared estampado con flores de lis de color verde.

La señora Heng está de pie delante de un escritorio, de espaldas a Tala, con su bata rosa de satén, golpeteando su iMac plateado. Tala está tan enfadada que le hierve la sangre, pero necesita seguir viviendo ahí, así que tiene que contenerse. De nuevo aprieta la cámara que pronto la señora Heng descubrirá y se la mete hasta el fondo del bolsillo de la falda.

—¡Cacharro estúpido! —El escritorio tiembla con la rabia de la señora Heng—. ¡*Ta ma de* ordenador! —chilla.

Tala carraspea, y la señora Heng gira sobre los talones de sus zapatillas rosas de punto. Su boca, un cementerio de dientes amarillentos, se abre de par en par cuando repara en Tala. Arrastra los pies de lado a lado como si estuviera en pleno calentamiento en una clase de gimnasia para ancianos, la mirada esquiva.

—¡Mira eso! —Al señalar las ventanas oscurecidas, la manga corta se le desliza y deja ver su brazo esquelético—. ¡Están sucias! —Su pelo gris le cae tupido sobre los hombros, la piel de la cara moteada con manchas de la edad. La camiseta, a conjunto con los pantalones pirata, tiene un estampado con flores de color marrón—. Vamos, chica, ¿a qué esperas? —Tiene los orificios de su nariz respingona bien abiertos.

Tala se retira a su cuarto a por el cubo y la escalera. Vuelve al comedor dando traspiés, coloca la escalera y trepa por ella, haciendo como que limpia con una esponja húmeda.

—¡Asegúrate de quitar esa mancha enorme! —grita la señora Heng.

—No hay ninguna mancha, señora.

—¡Está justo ahí!

La señora Heng señala con su dedo nudoso. Con la otra mano se rasca una mota marrón en la hendedura de los dientes. Sube por la escalera hasta quedar detrás de Tala. Le arrebata la esponja de las manos y la lanza contra el cristal, salpicándolo todo.

—¿Estás ciega o qué, chica? ¡Aquí, esa enorme nube de grasa!

Tala recupera la esponja de la alfombra, ahora empapada, y vuelve a empezar, humedeciendo el cristal ya limpio. A su alrededor, encima de las mesitas redondas, hay dragones y árboles de jade feng shui. Un gato dorado a pilas mueve el brazo hacia delante y hacia atrás, llenando la estancia de sonoros clacs. También hay tres butacas estampadas con flores y hojas de terciopelo rojo.

—¡No, no! —grita la señora Heng—. ¡A la derecha!

Ha llegado el momento de sacar la artillería pesada. Tala baja de la escalera y se dirige hacia la pequeña cocina. Saca una botella de vinagre de debajo del fregadero, con cuyo contenido empapa un trapo. El olor es tan desagradable que los ojos se le llenan de lágrimas, pero fuerza una sonrisa y vuelve a subirse a la escalera. La señora Heng se ha quedado petrificada con una mueca de desdén, sin inmutarse por el hedor del vinagre. De la misma forma que tiene oído selectivo, parece que su nariz no sepa desempeñar la función para la que está diseñada. Tala frota en círculos, como si estuviera pedaleando con el brazo.

—No, no, aquí todavía queda un poco —suelta la señora Heng.

La sonrisa de Tala está ya tan lacia que parece una lechuga olvidada fuera de la nevera, pero bueno, por lo menos está ejercitando sus brazos flácidos. Se detiene y se baja.

—Ya dará el pego, supongo —dice la señora Heng, y Tala desaparece por el pasillo con la escalera tabaleando colgada del hombro.

La señora Heng y Tala tienen un acuerdo ilegal. En Singapur, las asistentas del hogar extranjeras en principio están obligadas a trabajar para un solo contratante, pero Tala se hartó de ganar tan poco, así que la señora Heng accedió a ayudarla a cambio de un porcentaje. Tala le limpia, le cocina y vive con ella, pero también limpia en otras once casas en las que le pagan en negro. La señora Heng declara al Ministerio de Trabajo que es el único pagador de Tala, y a cambio Tala le da una parte de sus ganancias mensuales. «Beneficio mutuo», dijo la señora Heng. La señora Heng se aprovecha de Tala, pero ¿quién si no daría la cara por ella?

Ya en su dormitorio, Tala estampa la pequeña cámara contra el suelo, le da un puntapié con sus sandalias de cuentas y la hace añicos pisoteándola. Quiere sentarse en el colchón, pero está más bajo de lo que ha calculado y las piernas se le van hacia arriba como si fuera una tortuga del revés.

—*Ay nako!*

Vuelve a abrir el portátil, entra en *El Blog de Vanda* y empieza a escribir un comentario. Se detiene, coge una gran bocanada de aire y borra lo que acaba de escribir. Vanda no le ha publicado ni un solo comentario; tiene que encontrar la forma de poder decir lo que piensa. Investiga un poco, busca en Google las palabras «criada» y «Singapur». Clica y lee. En Singapur viven más de doscientas mil trabajadoras domésticas, la mayoría de las cuales provienen de Indonesia y Filipinas. Tala no encuentra las cifras exactas, pero algunas, aunque las menos, son de Sri Lanka, Myanmar, India y Bangladesh. Eso son muchas mujeres humilladas por Vanda, pero ¿dónde pueden contar ellas su versión?

Se le ha metido entre ceja y ceja una idea, aunque todavía no ha tomado forma. Vuelve a entrar en *El Blog de Vanda*, uno de esos gratis de WordPress. Va a la página de inicio de WordPress y descubre que los blogs necesitan un tema, como «Hemingway», «Independent Publisher», «Relief»… Podría pasar con cualquiera de esos. Está ahí sentada, leyendo sobre cómo diseñar su propio blog. Se levanta y camina unos pasos dándose golpecitos con el índice en el labio y dejando huellas en el suelo con los pies sudados. «Criada en Singapur», «Problemas de criadas», «Criadas, va por vosotras»… No, no, no son buenos nombres. Parecen reclamos de agencias de empleo. «La voz de la criada», «Asistencia para asistentas», «La criada bloguera»…

«La criada bloguera» suena bien, ¿no? «La criada bloguera.»

Escribe el título. También crea un menú, y se dice: «Ahora verás…». Teclea su primer artículo. Necesita un buen rato porque solo usa uno de sus gruesos dedos, se deja llevar por las palabras.

### LA CRIADA BLOGUERA:
*Qué implica ser una asistenta del hogar*

¡Luces, cámara, acción!

Me encanta meter las narices en la vida de la gente, ¿a ti no? Para eso existen las consultas de los médicos. Cuando el pequeño Agamenón (los expatriados ponen nombres aún más peculiares a sus hijos que nosotros, los filipinos) está resfriado, aprovecho para husmear en revistas de cotilleo como *Woman's Day* o *Simply Her!*; ahí aparece todo. J-Lo exhibe un trocito de aceituna entre los dientes delanteros, Madonna tropieza en una escalera…

Pero no solo a los ricos los espían.

Vuelve los ojos hacia arriba, allá donde vivas, y verás una pequeña luz roja parpadeando en un rincón. Es improbable que esa luz forme parte del sistema de seguridad porque, oye, estás en Singapur, y lo peor que puede pasarle a la señora Fawcett-Smythe es que se le rompa una uña, y para eso no necesita una cámara, ¿a que no? Claro. Esa lucecita podría indicar que la persona para la que trabajas está espiándote con una cámara oculta.

No es que yo, la Criada Bloguera, quiera ser sensacionalista, como una de esas revistas de papel satinado. Una encuesta ha revelado que una de cada cinco personas con asistenta en Singapur usa cámaras de vigilancia para no quitarles el ojo de encima ni cuando están en su dormitorio (dormitorio/despensa, dormitorio/sofá en la sala de estar). Y si tenemos en cuenta que aquí, en Singapur, la Ciudad del León, somos más de doscientas mil criadas, eso es mucho espionaje llevándose a cabo.

Así que la próxima vez que uses la bayeta destinada a limpiar el asiento del retrete para repasar el vaso de los cepillos de dientes, detente y echa un vistazo, pues los jefes no siempre instalan las cámaras en lugares visibles.

¿Hay una decoración nueva con forma de periquito en el cuarto de juegos de la pequeña Araminta? Fijo que es una cámara, ¡recuerda lo que digo! Cocinas, lavabos, cuartos de baño, nada queda fuera de su alcance.

Piénsatelo dos veces antes de usar el champú Aveda de la señora o de lavar el wok con lejía, porque puede que el Gran Jefe esté observándote.

Estad atentas, amigas. Y saludad a la cámara.

Tala clica en «Publicar».

«¡Chúpate esa, Vanda!» Pero se le ocurre otro pensamiento: si alguien descubre que es ella quien ha escrito ese artículo, habrá consecuencias. Siempre las hay para la gente que critica Singapur. Y se harán preguntas. El Ministerio de Trabajo podría descubrir que está trabajando de manera ilegal. La echarán o, aún peor, la meterán en la cárcel.

Cierra el portátil y se embadurna los pies con el desodorante para zapatos en espray del Doctor Scholl. Se sienta en medio de una nube de aerosol al tiempo que se pregunta cómo se las arregla para seguir respirando.


Tala está limpiando la habitación de invitados de la señora Maeve cuando de repente repara en el portátil plateado que está abierto sobre el escritorio, junto a un paquete rojo de Marlboro y una caja reluciente en la que se lee: «Cepillo limpiador y purificador Sonic para hombre». Mueve ligeramente el ratón, y la pantalla se enciende. La voz de la señora Maeve le llega amortiguada desde el comedor. «¿Quizá podría…?» Empuja la puerta para cerrarla, el olor a limpiador multiusos llena el aire. «Sí, podría.» Clica para acceder a Firefox y desplaza el cursor hasta que encuentra el historial de navegación: «Mercado de materias primas», «*Daily Mail*», «*El Blog de Vanda*».

Clica en el enlace de este último y se acerca a la pantalla mientras piensa que a sus gafas no les iría mal un poco de limpiador líquido. La función de editar el blog está desactivada; no parece que nadie haya iniciado sesión, pero eso no significa que la señora Maeve no sea la autora. Podría, simplemente, haberla cerrado.

Se oye un crujido de madera contra madera y la puerta del cuarto de baño privado de la habitación se abre de par en par. Oh, ahí está el señor Gavin con una revista enrollada en una mano con fotos de hombres musculados y bronceados. Tala se da la vuelta, presiona el pulverizador del abrillantador y rocía el escritorio. El olor de la fórmula natural para dar brillo se mezcla con otro más desagradable y más intenso.

—Vaya, ¿hace rato que estás aquí? —pregunta el señor Gavin, y cierra la puerta del aseo tras de sí.

Tala levanta la vista para mirarlo; lleva una camisa blanca de manga corta y una corbata de color azul eléctrico; debajo de las musculadas axilas se le han formado dos grandes círculos de sudor.

—Esto...

El señor Gavin se acerca al escritorio, coge un frasco cuadrado y se pulveriza loción de afeitado por su ancho cuello, después echa un poco más al aire entre él y Tala.

—¿Qué? ¿Navegando por internet?

Tala fuerza una risa sobreactuada que más bien suena como un alarido.

—No tengo ni idea de ordenadores, Gavin.

—Señor, si no le importa.

—Sí, sí, eso quería decir... Señor Gavin.

—Tu marido es un tipo con suerte —dice mirando el anillo cobrizo de casada de Tala, y le guiña un ojo.

—¿Qué?

—Con un poco de maquillaje, apuesto a que sabes cómo ponerte guapa. —Mueve su diminuta cabeza para examinarse la cada vez más rala coronilla en el espejo de cuerpo entero, y la camisa blanca se le ciñe a la espalda—. No quiero entretenerte —dice, se vuelve hacia Tala y le dedica una sonrisita.

Tala sale de la habitación y recorre el pasillo. Se dirige al cuarto de baño principal y cierra la puerta con pestillo. Aquí todo es de oro. Un espejo enorme enmarcado con oro, grifos de oro, incluso el botón de la cisterna del váter es de oro, y lo que no es de oro, es de mármol. Mira su reflejo. Su pelo brillante, largo y negro, la boca rodeada de arrugas. No es una vieja, tiene cuarenta y ocho años, pero no los aparenta. Y sus dientes delanteros, grandes, blancos y rectos, son un motivo por el que sonreír. Vaya, ahora está pavoneándose. Pero si una no puede dirigirse piropos a sí misma... Su marido, Bong, pocas veces le dedicaba alguno, eso seguro. «La Metralleta», así solía llamarla, asintiendo con la cabeza, con los ojos mirando hacia algún lugar por encima del hombro de Tala. Sin embargo, por mucho que Bong se quejara de su cháchara, Dios también había dado a Tala el don de escuchar. Escuchar a todas sus amigas como ahora hace. Memorizando hasta el último detalle de sus problemas para después escribirlos en un diario.

Sus amigas la llaman la Salvadora, pero Tala no les hace caso. Solo trata de ayudar a las asistentas del hogar como ella, eso es todo. Lleva ahí más tiempo que la mayoría. Sabe cómo burlar el sistema, levantar la voz, opinar. Fue Tala quien dijo al exnovio controlador de Rita que dejara de seguirla después de que cortara con él. Y también había conseguido recuperar un montón de pasaportes confiscados por los jefes: se vestía con su mejor falda y llamaba a la puerta con las gafas en la punta de la nariz respingona, como si fuera alguien importante de una ONG que luchaba por los derechos de las trabajadoras domésticas, apoyaba el portapapeles contra su pecho inflado y con su voz trémula era capaz de convertirse en una auténtica taladradora.

Como cuando April Joy murió al caer por la ventana de la vivienda donde trabajaba. Nueve pisos de caída libre. April llevaba tiempo quejándose a Tala de que su señora la obligaba a hacer equilibrios en la cornisa para alcanzar a limpiar las ventanas por fuera. «¡Niégate, chica!», le aconsejaba Tala. Pero April Joy no se negó. Después de su muerte, Tala se fue con el diario y los detalles que April Joy le había facilitado a una comisaría, pero el hombre de detrás del mostrador puso los ojos en blanco y le dijo que no, que por supuesto no pensaba fotocopiar aquellas páginas. Sin embargo, su negativa no evitó que Tala consiguiera que detuvieran a la señora de April Joy.

Muchas mujeres. Algunas, como Tala y Dolly, han dejado a sus hijos en casa. Otras son las gallinas de los huevos de oro de sus hogares, y sus años fértiles están fundiéndose como una barra de hielo en verano mientras trabajan de criadas. Hace dieciocho años que Tala está lejos de sus hijos. Sin embargo, siempre los lleva con ella, en el corazón, con sus llantos y sus cosas.

Ace tenía diez años y Marlon ocho cuando se fue. A pesar de lo habladora que era y es, a medida que se acercaba el día en que debía partir de Tagudin se convirtió en una mujer de pocas palabras. Llenaba el bolsón de lona y después lo vaciaba. No era capaz; no podía dejar a sus hijos. Se guardó tres fotos de ellos en la cartera y trató de memorizar sus caras. Los asió por los carrillos, les repasó con los dedos el contorno de la nariz, de los labios. La camioneta se detuvo fuera de la casa, y Marlon se abrazó a ella.

—No quiero que te vayas —dijo.

—No hay más remedio —contestó Tala.

Se fue hacia Ace, que se dejó abrazar, y lanzó la bolsa a la parte trasera del camión. Cuando se montó en el asiento, Marlon le puso algo en la mano, una caracola brillante de color beige.

—Es lo mejor que tengo —le dijo.

Se miraron, él con sus tupidas cejas fruncidas y sus ojos apagados, ella con un nudo en la garganta, como si la tuviera repleta de guijarros. Tala le acarició el rostro otra vez, cerró la puerta de un golpe, y la camioneta arrancó.

Se saca del bolsillo trasero de los pantalones cortos la postal que recibió ayer. Manchas de carboncillo rosa y verde. Tuvo que fijarse durante más de un minuto para reconocerse, con el pelo recogido con una ancha cinta rosa, los campos sembrados de fondo. Marlon había cosido el contorno de la postal con hilo blanco, como lleva haciendo últimamente. «Podría haber sido alguien importante.» Pensarlo le borra la sonrisa.

Vuelve a meterse la postal en el bolsillo y rocía limpiador desinfectante en la pila doble del lavamanos. Vaya, otra botella vacía que va al cubo de la basura. El olor a limón artificial llena el aire. Va al comedor, donde hay unas mesitas de café de cristal con bordes dorados decoradas con una figura de madera encima; parece que la señora Maeve compita con la señora Heng por baratijas de feng shui. La señora Maeve está sentada con las piernas cruzadas enfrente de su amiga, hablan en susurros y Tala no alcanza a pillar nada. Van demasiado bien vestidas para tomar el té. La señora Maeve luce brazaletes de oro en la muñeca, y entrelaza las manos a la altura de la cinturilla de su falda globo. La otra mujer se rasca el rostro con un dedo incrustado de diamantes, sus pestañas lucen tan falsas y largas que parece que un par de arañas se le hayan subido por los párpados. Tala les retira los platos sin rastro de migas del pastel, pero no le dedican ni una palabra.

Tala llama a la señora Maeve «la Nido de Cigüeña» cuando se recoge el pelo en un moño del que sobresalen algunos mechones. Muchas veces, aunque Tala esté presente, la señora Maeve lleva la cabeza llena de rulos, tiene un pelo muy difícil de dominar. Su melena es tan salvaje como la de la estatua del león rampante y rugiente que decora la entrada. Así sentada, enfundada en la blusa con estampado de leopardo y con las bailarinas a juego, pasaría desapercibida en el zoo de Singapur. Tala quita el polvo de uno de los cuadros que cuelgan de la pared, un corazón formado por palabras, en rojo y rosa, como «bondad», «familia», «hijos».

Se pone a pensar mientras las dos mujeres charlan. Durante doce años trabajó para siete familias, limpiando, cocinando y viviendo en su casa, antes de que se le ocurriera la gran idea de alquilarle la habitación a la señora Heng y trabajar a tiempo parcial en varios hogares cobrando en negro.

La señora Maeve se rodea el rostro con ambas manos y se tira del cutis hasta que sus labios se convierten en una línea recta.

—Basta con comer más. Echarse tres kilos encima es mejor que la cirugía —dice la amiga.

—Me voy —anuncia el señor Gavin, que acaba de entrar tranquilamente en el salón con sus zapatillas sin cordones.

Se agacha para besar a la señora Maeve en la mejilla,

cuyo rostro se contrae de tal modo que parece que acabe de pelar una lima y se la haya comida entera. Se frota con los dedos, las uñas pintadas de escarlata, para limpiarse el lugar donde él le ha plantado el beso. El esmalte de uñas no luciría tan liso y perfecto si se pasara el día pulsando las teclas del ordenador, piensa Tala, pero no está segura por completo de que no sea Vanda. La puerta de entrada se cierra. Las dos mujeres intercambian miraditas.

—¿Qué hacía en casa?

—Su colon irritable sigue haciendo de las suyas —susurra la señora Maeve.

—Aaah. —La mujer sacude la cabeza—. ¿Las cosas marchan mejor entre vosotros? —pregunta.

—¿Puedes ir a limpiar el dormitorio? —espeta la señora Maeve a Tala—. Estamos hablando.

—Sí, señora.

Tala se dirige al dormitorio principal, un cuadrado de mármol con la cama, pegada a la pared, cuya cabecera es un plafón dorado labrado. Una gran lámpara, también dorada, faltaría más, cuelga del techo, con un montón de pantallas diminutas. Es la cosa más fea que Tala ha visto en su vida. Incluso las mesillas de noche son doradas. Hay más oro ahí que en toda Australia. Tala se mete en faena, recoge y dobla las prendas del suelo. El sujetador de la señora Maeve, que es tan pequeño que Tala se pregunta por qué se molesta en usarlo, los vestidos, uno negro sin tirantes y una cosa corta con unos tirantes finos de color rojo. Tala huele a queso. Un stilton o un camembert derretido. Tendría que haberse metido el desodorante para zapatos en espray del Doctor Scholl en el bolso.

—Cuando se va, deja el suelo lleno de pelos negros. Una vez la pillé usando el baño del dormitorio. Me enfadé muchísimo. No quiero que acerque su felpudo a mi trono.

—La voz de la señora Maeve se oye hasta en el dormitorio. Resuenan carcajadas. La señora Maeve sigue—: Tendría que venir con subtítulos. Le dices que haga algo y siempre está con el «¿Qué?», «Asqueroso», y que si *Dius* por aquí y *Dius* por allá.

—*¿Dius?* —pregunta la otra mujer.

—Dios —contesta la señora Maeve.

—¿Dios?

—Sí, ya me entiendes

—Ah, ¡Dios!

Tala coge una foto del lado de la cama y empaña la cabeza del señor Gavin con una nube de limpiador multiusos. Intenta pronunciar «Dios» como lo ha hecho la señora Maeve. «*Dius*.» «*Dias*.» Se esconde el crucifijo de oro debajo de la camiseta y le da una palmadita. Hay monedas sueltas encima de la cómoda junto a la cama y les quita el polvo, luego recoloca una foto de la señora Maeve con un vestido blanco y el señor Gavin con su nariz chata y torcida. Ambos sonríen, aunque no parecen contentos. Rocía multiusos en una foto de los niños. La hija adolescente y el niño, más pequeño. Tala va al salón a buscar la bayeta. Nota que no le quitan ojo, y el silencio rebota en las paredes. ¿Dónde habrá dejado la maldita bayeta? Ahí está, encima de la mesa, amarilla, gastada y mugrienta.

—Ay, por Dios, guarda eso —dice la señora Maeve—. ¿Empezamos con el vino?

—Vale, son las doce menos cuarto —responde la otra tras mirar el reloj.

Y menos mal que la Nido de Cigüeña no manda a Tala a por el vino y es ella quien lo saca de la nevera. Después de todo, lo único que tiene que hacer es descorchar la botella. Tala vuelve a pasar de camino al dormitorio y las mujeres murmuran.

—Parece la Barbie filipina —dice la señora Maeve.

Tala aguza el oído.

—Oh, Dolly… Sí, es bastante guapa.

El dormitorio puede esperar. Tala se queda en el pasillo y empieza a limpiar los cristales de la ventana, aunque ya relucen, con la oreja puesta en la conversación.

—Uy, no, yo no diría que es guapa; es mona, tiene cara de niña —dice la señora Maeve con un tonillo que sube al final de cada frase.

—Ya, pero ¿dejarías a tu marido con alguien como ella? Si ella viviera aquí, lo tendrían muy fácil —contesta la otra mujer.

—Ese Tor debe de ser un viejo verde de cuidado —suelta la señora Maeve.

*Ay nako!* Están hablando del hombre para el que Dolly trabaja. ¿Está liada con él? Si la señora Amber se entera la pondrá de patitas en la calle.

Se oyen chillidos y risitas de la señora Maeve y su amiga.

—¿Otra copa?

—Aaay sí, por favor.

—¡Taylor! —la llama la señora Maeve.

Después de tanto tiempo, todavía no sabe que se llama Tala.

# 4

Jules trabaja en la recepción de una clínica, con uniforme blanco detrás del mostrador. Una mujer con la cara estirada se inclina sobre ella y apoya una mano con manicura francesa en la formica. Jules clica con el ratón y busca el nombre de la mujer en la pantalla del ordenador.

—Aquí está. Tome asiento, la doctora Wong la llamará enseguida.

Jules se pone la mano en el vientre. En el último intento fallido de la FIV, la fecundación *in vitro*, se pasó tres días tumbada, así que esta vez ha decidido seguir con su vida normal. Lleva dos óvulos fecundados dentro de su vientre. Dos. Dos pequeñas oportunidades. Cierra los ojos. ¿Nota cómo se asientan? ¿Burbujitas? Venga, basta ya.

La mujer, con relucientes diamantes rectangulares en el lóbulo de la oreja, se sienta al lado de una adolescente en el sofá de piel de color crema que reviste las paredes de la clínica. La chica, que lleva unos pantalones cortos floreados, coge una revista del estante. La mujer contrae la mandíbula, y se acaricia el cuello con la mano abierta, arriba y abajo; la doctora Wong hace todo tipo de liftings.

Un niño hace zumbar un cochecito por una alfombra

con carreteras y edificios estampados. La asistenta que lo cuida está sentada en otro sofá, y juguetea con el brazalete de amistad rojo y amarillo que lleva en la muñeca. En los centros comerciales de Singapur hay incluso clínicas. Esta en particular se encuentra entre un salón de belleza y una pastelería. Jules coge un Ferrero Rocher de la caja que hay encima del mostrador, le quita el envoltorio y se lo mete entero en la boca.

«Monsieur, con Rocher nos ha conquistado», dice para sus adentros, como en el anuncio de la tele.

La otra recepcionista está en su hora de descanso y no hay mucho que hacer, así que Jules entra en su cuenta de Instagram. Cinco «me gusta» en la última foto que ha colgado, una barra de incienso en espiral delante de un templo budista. Un monje, con su túnica, pasaba por allí y dejó una estela anaranjada al fondo.

Una fotógrafa a la que Jules sigue ha subido una foto de una asistenta extranjera haciendo equilibrios en la repisa de la ventana de un quinto piso con el limpiacristales en una mano. El pie de foto reza: «Un nuevo blog cuenta la verdad sobre las criadas #Criadabloguera». Jules busca en Google el hashtag y clica en el enlace.

### LA CRIADA BLOGUERA:
*Qué implica ser una asistenta del hogar*

Por qué las criadas necesitan un día libre.

Hay carteles que inundan todos los muros del país con el objetivo de elevar la tasa de natalidad, que está yéndose a pique. Pues bueno, señoras, parece que la falta de bebés es solo cosa nuestra, de las asistentas. Por lo menos eso es lo que Vanda cree.

«Si tuviéramos mejores criadas, darían un empujoncito a la tasa de natalidad de este país», dice Vanda.

Pero no cojáis como cabeza de turco a las mujeres que trabajan en vuestra casa. Si de verdad lo que queréis es tener críos, id y tenedlos, y nosotras los cuidaremos tan bien como sepamos. Aunque lo haremos muchísimo mejor cuando tengamos un día de fiesta por contrato. Y no me refiero a un día libre de esos en los que nos obligáis a volver a casa a las seis. Lo que queremos es disfrutar de nuestra libertad, sentarnos un rato. Que descansemos, a vosotros, la parte contratante, también os aporta cierto beneficio ya que después estaremos más concentradas, lo que es útil si cuidamos a vuestros hijos. La seguridad es mejor que la esclavitud, ¿verdad?

Jules es una más de los centenares de personas que han puesto un «me gusta» al artículo de *La criada bloguera*.

—Me duele el rostro —dice la mujer, tan operada que parece de plástico, con un acento inglés refinado, y su hija adolescente pone los ojos en blanco.

La doctora Zainab aparece por la puerta corredera de roble, con su barriga de embarazada poniendo al límite la tela de su vestido de satén rojo. Entrega un historial a Jules. Desde el sofá de piel, Jules oye la voz educada otra vez.

—No entiendo por qué se fija en estas revistas de cotilleos. La mayoría de las fotos de todas esas modelos y actrices están retocadas.

La adolescente se desliza por el sofá, aumentando la distancia entre ella y su madre. El móvil de Jules vibra. Rebusca en su bolso. «Ya que estás tan ocupada que no puedes responder a las llamadas, ¡a lo mejor podrías confirmarme si vendrás al grupo de lectura!» Un mensaje de Amber. «Maldita sea, necesita un trabajo», piensa Jules. Vuelve a meter el teléfono en el bolso, pero no se quita de la cabeza el mensaje. Se pregunta cuál es el problema de Amber. «Es que estoy en el trabajo —le responde—. Iré al grupo.» La doctora Wong sale del despacho con sus mocasines silenciosos.

—La señora Woods al consultorio de la doctora Wong —anuncia Jules.

La mujer con el dolor de rostro se levanta; la sigue su hija.

—No, tú quédate aquí, cariño —le dice la mujer, y la chica recupera su ejemplar de *Grazia*.

Joder, no hay nadie en la sala de espera aparte de la adolescente, que está absorta en su revista, el niño de la alfombra y la asistenta. Jules abre la puerta metálica enorme contigua al mostrador y se adentra en un laberinto de archivadores, donde se guardan los historiales. Pasa los dedos por las superficies acartonadas. M, M, M, la encuentra en el tercer estante contando desde abajo y lo abre. Ahí está, en letras negras, su nombre: Amber Moe. Jules lanza miradas furtivas hacia la sala, pero nadie mira hacia ella todavía. No debería hacerlo; sabe Dios que no es una cotilla, pero lo hace por el bien común, ¿no? O al menos por el bien de Amber, ya que si Jules sabe más cosas sobre ella, podría llegar incluso a gustarle.

Jules hojea el historial. Hace dos años, Amber tuvo piedras en el riñón. También tuvo micoplasmas. Y ahí está la palabra SERTRALINA en mayúsculas. Por lo que se ve, Amber está tomando ahora antidepresivos. Debe de ser por eso que le manda mensajes desesperados aunque solo haga cuatro semanas que se conocen.

—Siguiente paciente, por favor —le dice la doctora Zainab.

Jules sale de entre las estanterías y llama al niño que juega en la alfombra. La asistenta se levanta, lo coge de la mano y sigue a la doctora Zainab hasta uno de los consultorios. La otra recepcionista regresa de su descanso y deja caer el bolso al lado de Jules.

—¿Te vas a casa ya, pues? —le pregunta.

—Eso creo —contesta Jules.

Agarra su bolso y mete la mano en la caja de bombones otra vez de camino a la puerta. Va en ascensor hasta la planta baja. Las puertas de abren y sale a la luz del día. La gente pasa por su lado con paraguas, para protegerse del sol. Los taxis rugen a lo largo de la calle en curva, pero no quiere montarse en uno, lo que le apetece es estar al aire libre. Que nunca haga frío ya es algo, ¿no? Ella siempre ha sido friolera. Subía el termostato en el piso de Balham, donde constantemente había corriente de aire, y cuando David llegaba del trabajo se quejaba de que hacía demasiado calor y lo bajaba de nuevo. Se ponía bolsas de agua caliente debajo del suéter hasta junio. Ay, qué desanimada se sentía aquellos días grises y aquellas noches frías de invierno. Toda su vida se había vuelto oscura, parecía que los años pasaran sin quedarse embarazada hiciera lo que hiciese. La mayoría de sus amigos ya eran padres; ya no les apetecía salir a bailar, nadie quería ir a tomar algo. Solo quedaban ella y David aventurándose a los mismos lugares, bares y restaurantes, algún día excepcional a la discoteca para observar a gente diez años más joven luciéndose en la pista de baile. Ella no tenía fuerzas ni para seguir el ritmo con los pies. Se quedó hecha polvo después de que no funcionara la primera FIV, y lo mismo después de la segunda. Llamaba a sus amigos, pero no podían dedicarle toda la atención porque sus hijos solían reclamarlos. Jules ya no encajaba allí. Pero ¿cómo marcharte de un sitio cuando no tienes adónde ir? Así que cuando surgió la oportunidad de que destinaran a David a Singapur, Jules levantó los puños en señal de alegría y dijo:

—Una aventura.

—Una huida, más bien —le espetó David como respuesta.

Tienen una lista de lugares que quieren visitar en Asia: Angkor Wat, Hoi An, Bali. Olvídate del puerto de Pollença o de Fuerteventura, están donde están. Y aun así... Ahora se dirige hacia el centro comercial de Tanglin, con su pináculo de terracota. Podría haber ganado la lotería y estar tumbada en una playa, bajo un sol de justicia, y a pesar de todo no estaría bien porque no tendría el hijo que desea con tanto desespero.

Ya dentro del centro comercial sube por la escalera mecánica hasta el café Beviamo. La gente se sienta arracimada alrededor de las mesas cuadradas. Columnas de madera que llegan hasta el techo; el murmullo de las conversaciones se escapa por los laterales abiertos. Una camarera con un mandil ceñido a la cintura se mueve por entre las mesas con un lápiz apoyado en la parte superior de la oreja. Un chef con un gorro de cocinero blanco trabaja detrás del mostrador, tiene la cara manchada de harina. Una mujer cuenta billetes junto a la caja registradora.

Jules mira hacia las filas de magdalenas de colores que hay en el expositor de cristal, remolinos de glaseado.

—Tomaré esta de aquí, por favor —dice señalando una salpicada de nubecitas.

Hay un montón de revistas gratuitas en un soporte de

cartón al lado del expositor. Se mete una en el bolso. Mujeres ataviadas con gafas de sol se deslizan escaleras mecánicas arriba mientras ella se desliza hacia abajo. Vestidos de seda sin tirantes, uñas pintadas con esmalte brillante. Dirige la mirada hacia su blanco quirúrgico, todavía lleva la tarjeta enganchada en el pecho. «Jules Harris.» Sale por las puertas automáticas y mete la mano en el bolso en busca de las gafas de sol, que están fuera de la funda. Sopla para quitarles el polvo y se las pone. Irá andando hasta casa.

El hombrecito verde pita y Jules cruza por el asfalto impoluto. Ese lugar, con sus tiendas inmaculadas, sus lámparas de araña y su calor permanente, está a años luz del puente de Westminster, con las bolsas de patatas tiradas por las alcantarillas y con el cielo encapotado.

Saca la magdalena de la bolsa de papel y le hinca el diente. Hum, cuánto azúcar. Seguramente no debería comerse esa magdalena, pero es la opción más saludable en comparación con lo que hacía antes. Bebía demasiado cuando salía de discotecas, y hasta iba de pastillas. Pero en los últimos años ha ganado tantos puntos de vida saludable que podría competir con Gwyneth Paltrow. La dieta sin gluten, sin lácteos y ahora incluso es vegetariana, todo por llegar a ser madre. Así que ya está bien, piensa, y mastica el pastelito con más fruición.

Se dirige hacia el pavimento largo y recto, los coches de la calle Holland le pasan zumbando por el lado. Sin pararse, abre la revista, cuyas páginas están atestadas de anuncios. Una foto de una mujer con una bolsa de hielo en la cabeza, y al pie una pregunta: «¿Tu criada te da dolores de cabeza?». Es el anuncio de una agencia de empleo que ofrece asistentas del hogar. Sigue hojeando la revista, camina despacio y va mirando al suelo de vez en cuando para no tropezar. «¿Podrías acoger?» Da con un artículo, casi el único en toda la revista. Lo acompaña una foto de una mujer que empuja un cochecito. Se llama Sue, tiene tres hijos y, aparte, cuida bebés de otras madres que no pueden hacerse cargo de sus críos por distintas razones que no se mencionan en el artículo. Sue ha cuidado de diez bebés, que tienen entre tres semanas y dos años.

Jules da un traspié y se endereza. Se pone la mano en el vientre y vuelve a guardar la revista en el bolso. El corazón le late con fuerza. Tiene todos los pliegues del cuerpo sudados: debajo de los pechos, las axilas, alrededor de las bragas. No lleva agua. Eso no le irá precisamente bien. Por supuesto, nunca ha salido a correr desde que está ahí, no más de los veinte minutos en la elíptica del gimnasio de la planta baja, que es diminuto y casi siempre está vacío, excepto cuando David corre en la cinta contigua. Y el tipo que está allí muchas veces, también, que va mirándose en todos los espejos. ¿Qué había dicho Amber al respecto? «Uf, las esterillas están asquerosas. Es un desastre.» Pero es que una instalación en la planta baja, aunque sea de lujo, nunca será como el gimnasio de Brixton. Amber y su elitismo, piensa Jules, y siente ganas de arrancarse el pelo. Pero ahora que sabe que Amber toma antidepresivos, se dice que debería ser más tolerante con ella.

Poco después pasa delante de los bloques altísimos del Departamento de Desarrollo de Viviendas que enmarcan el mercado de Ghim Moh con su colosal tejado metálico que alberga los puestos de los vendedores ambulantes, con sus taburetes circulares y sus mesas. Le llega el olor de pollo al curri con arroz. Alrededor del mercado hay otros puestos con toldos blancos. Algunos ofrecen fundas para móvil; en otros se venden plantas, fruta y hortalizas. En uno hay un montón de durianes verdes cubiertos de espinas, y cestas de rambutanes, papayas enormes y piñas en otro. Se oye una radio con interferencias.

Va a pie, levantando los brazos colina arriba, andando sobre el cemento junto a una alcantarilla abierta, vegetación por doquier, hibiscos naranjas, rododendros violetas de Singapur e higueras de tallo amarillo. Hay un colegio blanco que parece un aparcamiento enorme de varias plantas. Pasa junto a casas con terrazas delimitadas con columnas detrás de vallas con barrotes, y piscinas largas y estrechas en el jardín delantero. Tira de una flor entre rosa y violácea de una buganvilla. Un paso de cebra pita cuando una mujer que empuja un cochecito presiona el botón y hace aparecer el hombrecito verde.

Jules gira hacia el complejo residencial y rodea con paso enérgico las piscinas. No hay nadie en ninguna de las dos, el agua está tan quieta que parece una lámina de cristal. Se quita las sandalias y avanza hacia el agua, mete un dedo de un pie y quiebra la superficie. Una brisa suave mece las palmeras. Vuelve la mirada hacia arriba y escudriña los balcones, pero el único movimiento que distingue es el de una gran sábana tendida en una barandilla. La sábana se hincha y deshincha con el viento.

Se dirige al ascensor y sube. Ya dentro del dúplex, se quita el uniforme y lo deja hecho un ovillo en el suelo de mármol del salón. Las ventanas, del suelo al techo, conforman uno de los lados de la estancia. Hay un televisor de pantalla plana colgado en una de las paredes grises, enfrente de un sofá de piel beige. Cuatro sillas de madera se encajan alrededor de una mesa de comedor de cristal, cerca de la tercera pared. La cocina adyacente cuenta con inmaculadas alacenas de color blanco y una plancha fina de mármol sirve de encimera; hay una tetera eléctrica junto a tarros llenos de arroz y cereales dispuestos en línea.

Hace un calor casi insoportable y cruza corriendo, desnuda, el largo pasillo, pasa de largo la habitación de invitados que hay al fondo y asciende por la escalera de madera que lleva al piso donde se encuentra el dormitorio principal. Ahí arriba tienen un pequeño salón, con puertas correderas de cristal que dan a una terraza cubierta. Abre el armario ropero de madera y rebusca en los cajones. Un traje de baño. No lo encuentra, así que se dirige al aseo, de baldosas de pizarra, y agarra uno que cuelga del grifo de la ducha, donde se ha secado. Se lo pone, coge las gafas de natación de encima del lavamanos y una toalla.

Una vez abajo, de pie al borde de la piscina, salta a la parte más honda. Se sumerge y nada bajo el agua. Una hoja baila en el fondo. Nada una piscina a braza, otra a estilo libre; la respiración acompasada alivia la preocupación que la ha estado invadiendo esas dos semanas de espera. ¿Se habrán implantado los embriones? Mueve las piernas con más energía, el agua le tapona los oídos, nota cada bocanada de aire que coge. Desaparece todo lo demás. Traga un poco de agua clorada y tose, pero sigue nadando de todas formas. A partir de las veinticinco piscinas ya pierde la cuenta; aun así, no se detiene. Ya sin aliento, se para en el borde y se quita las gafas.

Hay un niño al lado de la piscina grande. Se oye el jujuuu de un pájaro, y otro le responde a lo lejos. Ese pelo blanco... Es el hijo pequeño de Amber, Sam, ¿verdad? Jules mira alrededor de la piscina, pero no, nadie vigila a Sam. Está de pie junto a la parte menos honda y salta de cabeza. Bucea un poco, y Jules nada hasta él.

—Hola, Sam. ¿Has venido tú solo?

Sam se ríe, sale de la piscina y vuelve a saltar adentro. Debajo del agua, su rostro es una sonrisa aumentada. Jules mira a su alrededor de nuevo, pero sigue sin ver a nadie. ¿Dónde demonios está Amber? Y entonces llega Dolly a toda prisa, achicando los ojos en dirección a la piscina. Hace un gesto con la cabeza a Jules y sonríe, sus pendientes destellan con los rayos de sol. Dolly se sienta en una silla y saca el teléfono móvil. Jules mira a Dolly y después a Sam. Debería decirle algo, que tendría que estar más atenta a lo que el crío hace, pero no le dice nada. Se limita a salir de la piscina y se ciñe la toalla alrededor del cuerpo.

De regreso en casa, Jules se bebe un vaso de agua del grifo, caliente. Se mira sus dedos arrugados. Junta las palmas de las manos y lanza una plegaria con los ojos hacia el techo.

—Por favor... —susurra.

Piensa en su padre diciéndole que se arrodillara los domingos en misa de seis, pero ya hace años que dejó atrás a Dios. No, ella dirige sus plegarias al universo. «Por esta cosita.» Se quita el bañador y se ducha, se pone un vestido ancho y el brazalete de cuero con un abalorio de plata con forma de corazón.

Coge la cámara de fotos y regresa a la planta baja en el ascensor. Pasa por el lado de Dolly y se detiene. Sam sigue buceando y Dolly sigue con su móvil. «A la mierda», piensa Jules, y enfoca a Dolly, capturando su perfil con todos esos pendientes brillantes. Hace fotos en ráfaga y sigue su camino. Dolly ni se da cuenta. Un hombre de piel blanquísima con un bañador negro («Es Gavin, ¿no?») está de pie en el borde de la parte menos honda poniéndose crema en el pecho velludo. Tiene unos brazos gruesos, musculosos, pero las piernas finas como palillos.

Hay otras cuatro criadas reunidas en la parte delantera del complejo hablando sentadas en un murete. Detrás del grupo, una cascada baja por un montón de piedras. Una de las criadas lanza una sonrisa a Jules. Está charlando con una amiga.

—¿Os importa si...? —Jules señala su cámara, y una de las mujeres se ríe.

Sin embargo, la amiga pasa su brazo alrededor de los hombros de la otra criada y hace el signo de la victoria con los dedos. Jules dispara y mira el resultado. La velocidad del obturador no está bien ajustada, la foto ha salido borrosa. Lo intenta de nuevo, y la cámara enfoca los ojos de las mujeres, con forma de almendra y destellos de luz.

—Gracias —dice Jules.

Sale del complejo y enfila la calle Mount Sinai. Casas de una sola planta a ambos lados, todas con patios delanteros cerrados por puertas metálicas y hojas de bambú revoloteando en las ventanas. Una mujer filipina con alpargatas negras desgastadas arrastra, colina arriba en dirección a Jules, un carrito floreado. Un taxi azul pasa al lado de Jules, y ella lo detiene levantando una mano. Se monta en el asiento trasero; es uno de los pocos coches que quedan con cambio manual y la suspensión brilla por su ausencia.

—A Dempsey Hill, por favor.

El taxista se cruje los nudillos; el taxi también cruje, y avanza a trompicones. Jules se distrae del ruido pasando las fotos en el visor de la cámara. Esa de Dolly es buena, de perfil, los pendientes como único foco. Se le ve en el hombro un tatuaje borroso de una mariposa. Es una mujer muy guapa. Se acuerda del día de la fiesta. «Pero ¿qué hace Dolly con un tío como Gavin?»

Jules se apea en el aparcamiento y paga al taxista. El sol está empezando a ponerse. Todas las plazas están ocupadas por coches, hay bares y restaurantes dondequiera que mire. Se encamina por el asfalto hacia un bar llamado

The Woods. El aire huele a cemento y a especias, a canela. Avanza desde la entrada lateral hasta el jardín trasero. Las copas de los árboles, unas pegadas a las otras, encima de su cabeza. David está sentado a una mesa redonda con el móvil junto a la oreja. La ve; aparta la mirada. Se tapa los labios y susurra al teléfono:

—No puedo hablar de eso ahora. He de dejarte. —Cuelga, pone el móvil encima de la mesa, tan lejos de él como le es posible.

Jules se sienta.

—¿Quién era?

—Nadie —responde David con la voz aguda que le sale cuando miente.

—¿Pasa algo?

—No.

David limpia una capa de polvo invisible de la mesa y Jules repara en que se ha mordido las pieles de las uñas. El hombre de la mesa de al lado se enciende un cigarrillo; Jules aparta el humo con la mano.

—¿Quieres que vayamos a otra parte? —pregunta David.

—No, tú ya estás bien servido. —Jules clava la mirada en su cerveza.

—La poli antialcohol patrulla de nuevo —replica, irónico—. De todas formas, ya he terminado lo mío.

Jules sonríe.

—Quizá no funciona —dice Jules.

—O, como ya he dicho, quizá sí.

—¿Y si no?

—¿Y si sí?

—Venga, ya basta.

El camarero se acerca, y Jules le pide una limonada. Todas las mesas de fuera están ocupadas. Llegan las pizzas a un grupo de mujeres. El interior del bar también está lleno, se ve mucha gente sentada detrás de las cristaleras enmarcadas en cobre. «Uy, un momento... ¿Ese de ahí no es Tor?» Tor se echa hacia atrás en una silla y las patas delanteras se levantan del suelo. Hay una mujer con unos zapatos blancos de tacón de aguja sentada a su lado, pero está apoyada con la espalda contra el cristal y Jules no puede verle la cara. Hay tres hombres más con ellos. Jules se levanta para ir al aseo.

Los mosquitos revolotean alrededor de su cabeza cuando abre la puerta hacia dentro. Chasca la lengua al reparar en que el asiento del retrete está salpicado de pis. Es el único que hay, así que entra de todas formas. De vuelta a la mesa tropieza con una rugosidad del suelo. Tor está sentado al lado de David.

—Hola —la saluda Tor incorporándose para darle dos besos, uno en cada mejilla.

—Ay, hola, Tor.

Se ha pasado con la loción de afeitado. Se sientan.

—Tenéis que probar el Pouilly Fumé de 1989 —les recomienda Tor ojeando la carta de vinos.

—Ya tengo la cerveza —dice David, y alza la copa.

—¿Dónde está Amber? —pregunta Jules.

—Los críos tienen un día ajetreado mañana. Clases de manualidades y una fiesta. Está descansando.

—Ajá —contesta Jules.

Busca con la mirada a los amigos de Tor. La mesa donde estaba sentado ahora está ocupada por una mujer con un vestido de tafetán rosa y un hombre trajeado.

—Y qué, David, ¿qué tal el trabajo?

—Voy al curro en chanclas, a quince minutos de casa. Así que no está mal —responde.

Jules no se ha interesado mucho por el nuevo trabajo

de David; provee de bases de datos a los comerciantes. Se sirve más limonada, levanta el vaso y a través del cristal translúcido observa la imagen borrosa de su marido. Se la bebe de un trago. David habla de fútbol, va encadenando nombres de jugadores escandinavos célebres.

—¿Tú juegas? —pregunta a Tor.

Tor carraspea y suelta una risita.

—Cuando hacía deporte, lo mío era el esquí de fondo. —Se da unas palmaditas en el vientre, cuyo tamaño no se adivina bajo las arrugas de su camisa holgada.

Jules percibe el acento noruego de Tor en algunas de sus palabras.

—¿Echas de menos Lillehammer? —le pregunta.

—Hace muchos años que ya que no vivo allí, Jules. Me mudé a Chicago a los veintipocos.

—¿Es donde conociste a Amber?

—Sí, aunque varios años después. Trabajábamos juntos, en gestión de fondos de cobertura.

—Ah, sí.

Tor se remueve en la silla.

—Es divertido, si pienso en ello. Los otros analistas llamaban a Amber «la Asesina Sonriente». —Tor entrelaza los dedos por debajo del mentón.

David infla los carrillos y se bebe la cerveza ruidosamente. Jules se siente confusa y se le tensa la cara.

—Era la jefa, la mujer de carrera —les cuenta Tor—. Ahora es muy distinta. —Se termina lo que queda de su bebida y deja el vaso encima de la mesa—. No sé cómo lo hace, si os digo la verdad. La semana pasada salió y Dolly tenía el día libre, así que yo me quedé con los niños. Amber se fue a uno de esos *brunch*s que duran todo el día, con champán a raudales y tanta comida como uno quiera. ¿Has estado en alguno?

David niega con la cabeza. Tor solo se dirige a él.

—Pues bueno, los niños estaban portándose fatal, y tuve que llamar a Amber y decirle que volviera a toda prisa —añade Tor, y David y Jules se miran—. No dejes que te tiente. —Da una palmada en la espalda a David, y este busca de nuevo la mirada de Jules.

—Bueno, a ver qué nos depara el futuro —dice David, y la sonrisa se le borra antes de dibujársele por completo.

A Tor le suena el teléfono. Se lo saca del bolsillo y lee un mensaje; de repente palidece.

—Madre de Dios —dice, y se lleva los dedos temblorosos a la boca.

—¿Qué ha ocurrido? —pregunta Jules.

Tor está hiperventilando, las manos le tiemblan todavía más. Jules le toma el pulso.

—¿Sientes dolor en el pecho?

Tor niega con la cabeza, se desliza hacia abajo en su asiento. Tose y se pasa la mano por la calva. David está sentado enfrente, desconcertado. Mira a Jules.

—¿Qué pasa, Tor? —pregunta David.

—Estaré bien. Una bajada de azúcar o algo así. Ay, Dios mío, qué vergüenza. Está claro que he comido poco.

—¿Estás seguro de que no te duele el pecho? —insiste Jules.

—Ni noto pinchazos en el brazo —contesta Tor—. No es un ataque de corazón. Tomaré otra copa. Me sentará bien. —Llama haciendo un gesto al camarero—. Un whisky doble.

David pide otra cerveza. Ya ha oscurecido y las estrellas brillan en el cielo. Cuando llegan las bebidas, Tor se bebe la suya de un trago y pide otra. El temblor ha desaparecido de su rostro, pero el vaso se agita en su mano. Se le derrama parte del whisky. Tor pide una tercera copa, y cuando el camarero se la sirve, Tor le dice:

—Otra de lo mismo.

Arrastra la silla hacia delante y acaba con su muslo contra el de Jules. Jules cruza las piernas para esquivarlo, busca los ojos de David y le dice con los labios «Vámonos».

David solicita un taxi mediante un mensaje y, por señas, pide la cuenta al camarero. Cuando este se la trae, David le da tres billetes y se levanta. Jules agarra su bolso del suelo y también se levanta. Tor abre la boca para hablar; parpadea lentamente. David lo interrumpe.

—Venga, Tor, hemos pedido un taxi. Ven con nosotros.

Cuando el taxi llega, tres mujeres se agolpan delante de la ventanilla del conductor, pero David ya ha abierto la puerta trasera.

—Me temo que es nuestro, señoras —dice.

Jules se sienta delante y cierra la puerta. Los hombres se montan detrás. Jules se da la vuelta y los mira. David trata de abrochar el cinturón de seguridad a Tor, cuya cabeza rebota contra la ventanilla. Pasan al lado de una fuente, junto a una plaza atestada de restaurantes y coches. El taxista sintoniza la radio y unos violines interpretan una melodía que a Jules le suena de alguna película de guerra.

—Aaah —farfulla Tor—. Adagio para cuerda.

Un coche cercano toca la bocina y pasa a toda velocidad por la luz difusa. Tor tiene los ojos cerrados. David mira por la ventanilla. El taxi huele a aliento rancio, y cuando llegan a la entrada del complejo, con sus columnas de cemento blancas y la caseta de cristal del guarda, la pareja se las ve y se las desea para sacar a Tor del vehículo. El taxista los observa por el retrovisor. Con el último tirón, Tor sale tambaleándose y se balancea dibujando un semicírculo. El trío avanza a trompicones por el camino que rodea la piscina, van escorando a la izquierda, de forma que David se ve obligado a avanzar levantando mucho los pies por entre los parterres. «¿Habrá serpientes por aquí?», piensa Jules. Prueba a abrir la puerta de Tor y lo consigue, no está cerrada con llave.

—Suerte que la seguridad no es estricta —dice.

David empuja a Tor adentro y entra detrás de él. Jules espera fuera, apoyada en el muro blanco. Son las once de la noche y todavía hace un calor espantoso. Se sopla a la cara y hace girar en el dedo su anillo de bodas. «Harris. Jules Harris.» Hasta ahora no había usado su apellido de casada. En el hospital siempre había sido Kinsella. Está probando con algo nuevo, ¿y qué? Está claro que su antigua personalidad ya no le sirve. Ir un domingo al mes a comer a casa de su suegra, Beryl, y reírle sus comentarios desafortunados mientras le sirve las patatas asadas. «Tener hijos, eso es de lo que va la vida.» Acudir al bautizo de los críos de sus amigas. Tragarse una bola de dolor cuando alguna paciente le pregunta: «¿Quién cuida de tus pequeños mientras estás aquí trabajando?».

Sonríe levemente a David cuando este sale. La puerta de roble hace un clac al cerrarse a su espalda.

—¿De qué iba todo eso? —pregunta Jules mientras avanzan.

—Supongo que tiene algo que ver con que su mujer sea la dama de hielo.

—No es tan mala.

—¿Tú crees? Solo la he visto ablandarse cuando presume de lo buenos padres que son ella y Tor. —David habla ahora con un acento estadounidense afectado—: «Oh, Tor se pasa horas y horas hablando en noruego a los niños.

Y en vacaciones contratamos a una niñera noruega para que les dé clases».

—¿Eso dijo?

—Sí.

—Mmm, quizá actúe así por algún motivo.

—¿Como cuál?

Jules piensa en los antidepresivos.

—Para empezar, Colby es una pesadilla.

—Nosotros no tendremos uno así.

—Podría salirnos uno así.

—Si es el caso, preferiría no tener ninguno, la verdad —concluye David.

El camino está salpicado de lucecitas, y en paralelo a este se ven las sombras de las tumbonas dispuestas en el entablado y el agua de la piscina, de un azul brillante. Jules se adelanta dando grandes zancadas y David no consigue alcanzarla hasta que se detiene para llamar al ascensor.

—¿Estás bien? —le pregunta.

—Sí, estoy bien —contesta Jules con la voz entrecortada.

Nota los ojos de David escrutándole el rostro, pero evita su mirada. Insiste en presionar una y otra vez el botón del ascensor hasta que la uña se le dobla con una punzada de dolor.

# 5

Mallie se chupa el pulgar, parece cansada; lleva el pelo, largo hasta los hombros, recogido detrás de las orejas.

—¿Qué estás haciendo? —pregunta Dolly.

Acerca aún más la cara a la pantalla del ordenador del señor Tor, como si hacerlo le permitiera ver a su hija en detalle, las líneas debajo de sus ojos, sus uñitas. Mallie se saca el pulgar de la boca.

—Estoy hablando contigo, tía —le responde, y sonríe mostrando un diente medio torcido.

—No es tu tía, es tu madre —se oye decir a la abuela desde algún lugar fuera de cámara, y Mallie se echa a reír.

—¿Cuándo volverás? —pregunta.

—Bueno, es que tengo que trabajar, pero puede que a finales de año.

—Las niñas del cole dicen que eres un pez gordo —añade Mallie.

Las amigas de Mallie creen que Dolly es una mujer con éxito porque trabaja en el extranjero. A Dolly le hace gracia.

—Es lo que dicen —insiste Mallie—. Yo les respondo que eres flaca, que no eres gorda.

Dentro de un momento ella y Dolly tendrán que despedirse porque llega la hora de que Mallie se vaya a dormir. Dolly intenta que su hija se quede delante de la pantalla un rato más; sus brazos huesudos, los personajes coloridos que sonríen estampados en su traje de baño.

—¡Mira, Mallie! —Dolly pone el muñeco amarillo delante de la cámara.

—¡Un Minion! —exclama Mallie saltando.

—Le susurraré una cosa al oído para que te la diga cuando te lo envíe, ¿vale?

De repente la sonrisa de Mallie se ha congelado en una mueca.

—¡Mallie! —exclama Dolly.

Pero Mallie está completamente quieta, y entonces suena una campanita en el ordenador, despejando toda duda: la conexión a través de Skype se ha interrumpido. Dolly espera de todas formas, e intenta restablecerla, pero no lo logra, así que sube pesadamente la escalera de la planta baja, justo cuando la puerta principal se cierra. La señora Amber debe de haber salido y el señor Tor sin duda estará trabajando hasta tarde.

Dolly sube hasta la primera planta, donde Sam está durmiendo en la litera de abajo, en la habitación que comparte con Colby; el sudor le gotea por la nariz. Los uniformes de la escuela —un polo y unos pantalones cortos de marinero— están doblados sobre el reposabrazos de una silla. Dolly vuelve a bajar a la despensa que es su dormitorio y se desnuda. Se pone unos pantalones cortos y una camiseta limpios.

Sale por la puerta principal y, allí, a dos metros, se planta delante de la piscina grande. Los focos situados a ambos lados quiebran con su luz la superficie. Un mosquito revolotea cerca de su oreja. Cientos de apartamentos blancos rodean el edificio; alguna ventana, rectangular, tiene la luz encendida. A través de una, Dolly ve la sombra de una palmera en una maceta, una sombrilla enorme en otra. Por una ventana abierta se escapa el sonido de risas enlatadas de un televisor. Se quita la cinta del pelo. La luz reflejada se arremolina cuando se mete en la piscina.

Intenta nadar, alza los brazos y chapotea, pero cuando levanta los pies del suelo se hunde; el agua le entra por la nariz y le quema en la garganta. Levanta la cabeza para sacarla de la superficie y tose, escrutando las proximidades a oscuras, pero no ve a nadie.

También aquella vez en Tagudin que trataba de aprender a nadar sola creía que no había nadie. Empujaba los brazos hacia arriba para mantenerse a flote y bajaba las piernas para estabilizarse. Había tres hombres en la orilla. Dolly se puso en pie, con la ropa chorreando; estaban riéndose de ella. Uno entró en el agua, tenía unos dientes grandes grisáceos y una gorra morada puesta del revés. Alargó una mano y le pasó el pulgar por la cara, como si tratara de borrar todo rastro de la personalidad de Dolly. Le dejó la mano allí. Si Dolly hubiera sabido nadar podría haber escapado. Pero se quedó quieta pensando que su rostro la había traicionado; si fuera más fea, ese hombre no se habría quedado sonriéndole de esa forma ni la habría tocado. Dolly miró hacia los otros, los que seguían en la arena, y entonces la mano del hombre se movió hasta un pecho de ella. Una arcada le subió a la garganta. Oyó chapoteo de agua, y se dijo que los otros venían a por ella. Pero no eran ellos; era Tala.

—Quita las manos de encima de mi hermana.

El hombre joven de la gorra apartó la mano del pecho de Dolly. Se alejó deprisa y desapareció junto con sus amigos. Tala cogió a Dolly por los hombros.

—¿Qué te han hecho? —le preguntó—. ¿Te han hecho daño?

Dolly negó con la cabeza. Tala atrajo a Dolly hacia sí, y Dolly se dio cuenta de cuánto la quería. No aprendió a nadar, nunca. Ahora se desplaza con los pies hacia delante en el agua tibia y dibuja círculos con los brazos bajo la superficie.

—¡Eh, tú! —la llama una voz.

Las cámaras de vigilancia deben de haberla delatado. El guarda de seguridad levanta su dedo índice peludo en el aire y lo agita. Está de pie a un lado de la piscina, mirándola. Con su tarjeta, su portapapeles, su camisa blanca.

—El personal doméstico no está autorizado a usar las instalaciones a menos que esté cuidando de los niños —le explica con un acento muy malo—. Te lo he dicho infinidad de veces.

Dolly sale de la piscina por la escalera mientras el guarda escribe en el portapapeles con un bolígrafo.

—Tendré que contárselo a tu señora —le advierte antes de irse.

Dolly se queda ahí plantada, chorreando; se ha dejado en casa la toalla. Da un manotazo a un mosquito que se le había posado en el brazo. El insecto se va zumbando a otra parte. Dolly baja por los escalones que llevan a un patio cerrado en medio del cual hay un gran estanque cuadrado repleto de peces koi. Entra en el gimnasio, cuyas ventanas están empañadas; hay una cámara en una esquina. Escribe su nombre en el cristal y lo borra. Después escribe: «Dolly ♥ Mallie». Sale y se sienta en un banco. Parece una habitación lo de aquí abajo, está rodeada de paredes, una de ellas ocupada por las puertas de cristal del gimnasio y el despacho donde el gerente se sienta de cuando en cuando. Y después está el baño comunitario.

Aquella mujer inglesa delgaducha está bajando la escalera. Mete una moneda en la máquina expendedora de bebidas y acto seguido cae una lata. Está incluso más delgada de lo que Dolly recordaba del día de la fiesta. Lleva una camiseta de tiras bordada con hilo plateado. Su rostro denota sorpresa al darse la vuelta y encontrarse a Dolly, le muestra una radiante sonrisa blanca que contrasta con su piel quemada por el sol.

—Ay, hola —dice—. ¿Te ha ido bien bañarte?

Echa la cabeza hacia atrás para beberse la Coca-Cola Light, aunque por lo que Dolly ve no necesita hacer dieta; necesitaría comerse uno de los pasteles de Dolly entero. Es un palillo: tiene brazos de palillo y piernas de palillo; incluso tiene la cara alargada y delgada.

—No tengo permitido... Nada, no importa, señora.

La mujer rompe a reír.

—Perdona, es que...

Dolly se muerde el labio.

—Es eso de que me llames «señora». Me han llamado de muchas formas en la vida, pero nunca «señora».

Dolly se remueve incómoda en su asiento, mira en dirección a la escalera.

La inglesa da otro trago y se sienta a su lado.

—¿Quieres beber algo?

Dolly traga saliva.

—¿Té frío al limón, Sprite, Coca-Cola? —Hace tintinear las monedas en su bolsillo.

—No, no, gracias, señora.

—En serio, me llamo Jules. Hablamos en la fiesta.

—Sí, señora, me acuerdo.

—Saliste corriendo de allí.

Dolly levanta la cabeza para mirar bien a la mujer. Tiene la nariz roja como una gamba, y se le está pelando;

tiene la frente chamuscada. Y pensar en todas las molestias que se toman las asiáticas poniéndose cremas blanqueadoras en el cutis... La señora Jules se rasca el esmalte naranja de la uña del pulgar.

—¿Llevas mucho tiempo aquí?

—Cinco años y medio.

—Uau, eso es mucho tiempo. ¿Te gusta?

—Tengo una buena habitación y trabajo para una buena familia. —Dolly cruza la pierna en el sentido contrario de la señora Jules.

—¿De dónde eres?

—De Filipinas.

La señora Jules toma otro trago y se acomoda en el banco, despatarrada.

—¿Y cómo es todo allí, en Filipinas?

—Muy verde, mi zona casi no está urbanizada. ¿Cuántos hijos tiene, señora?

—Oh, ninguno.—El ojo derecho se le cierra en una especie de tic.

Se hace el silencio y solo se oyen los koi. La señora Jules se levanta, arrastra con el pie dos barritas de comida para peces hasta que caen en el agua turbia y vuelve a sentarse. El banco tintinea.

—¿Irás pronto de vacaciones? —pregunta la señora Jules.

—No lo tengo planeado, señora. Además, es muy caro.

—¿Te refieres a los billetes de avión?

—Me quedo sin sueldo el tiempo que voy a casa. Y mi familia, mis vecinos y mis amigos esperan que les lleve regalos.

—Ah, claro. Amber me dijo que tienes una hija.

—Sí, señora. Mallie.

—¿Cada cuánto la ves?

—No mucho.

—Debe de ser duro.

—Tengo que trabajar para que mi hija pueda ir a la escuela.

—¿Y qué quiere ser Mallie cuando sea mayor?

—Astronauta.

La señora Jules se echa a reír.

—Tiene grandes expectativas, veo. Es ambiciosa.

—Sí. —Dolly sonríe.

Un pez coletea por la superficie del estanque.

—Estoy buscando a alguien que vaya a limpiar a mi casa.

Dolly echa un vistazo a la escalera.

—Quizá pueda ayudarla.

—Ah, vale, si estás dispuesta a trabajar en tu día libre... Quiero decir, ¡Dios, lamento tener que pedírtelo!

—Me refería a que puedo proponérselo a mi hermana, Tala.

—¿Qué? —La señora Jules frunce el ceño.

—Mi hermana limpia muy bien, es de las mejores. Es más buena que yo, es brillante.

La señora Jules sonríe, observa distintas partes de la cara de Dolly. Esta aparta la mirada.

—Perfecto —contesta la señora Jules.

Se saca el teléfono del bolsillo. Dolly hace lo propio y busca el número de Tala. El único número que se sabe de memoria es el de Gavin; no puede tenerlo guardado entre sus contactos por si acaso alguien lo descubriera. Dolly recita el número de Tala y la señora Jules lo escribe en su teléfono.

—Amber dice que eres una especie de Mary Berry.

—¿De qué?

—Que haces unos pasteles fabulosos.

Dolly intenta ver a través de la ventana la hora que marca el reloj del gimnasio, pero no le alcanza la vista. Se levanta de repente.

—Tengo que irme.

—Ah, de acuerdo. Bueno, avisarás a Tala de que la llamaré, ¿verdad?

—Sí, señora.

—Jules… Jules a secas.

Dolly sube a toda prisa la escalera, dejando un rastro de gotas a su paso. Entra por la puerta y al pasar por la cocina el reloj le indica que ha llegado justo a tiempo. Gavin estará ahí de un momento a otro. Otra vez dentro de su oscura habitación, se quita la ropa mojada. Se seca con una toalla y se pone una camiseta limpia. La puerta de metal cruje y unos dedos tocan su hombro.

—Mierda —dice.

Entonces los dedos de Gavin la agarran por las nalgas y tiran de ella. Gavin se ríe en su oreja.

—Soy yo.

—Me has dado un buen susto.

—Voy a darte algo más que eso.

Como siempre, Gavin ha entrado por la puerta lateral de la casa, la que solo Dolly usa. La deja abierta las noches que él tiene previsto visitarla. Gavin enciende la luz. Tiene el contorno de los ojos surcado de arrugas. Es demasiado viejo para ella, pero Dolly aparta de su mente esa idea y fuerza una sonrisa. Gavin acerca sus labios a los de ella y se los lame por dentro.

Dolly lo aparta.

—Espera.

Cierra la puerta, y el calor aumenta. Gavin vuelve a besarla. A Dolly le parece que Gavin tiene un sabor amargo, parecido al café de la señora Amber. Él se saca un paquete de condones del bolsillo y lo abre con los dientes. Se baja los pantalones y se enfunda un preservativo en su erección venosa. Dolly hace una mueca de disgusto. Apaga la luz y va hasta la cama para tumbarse. Gavin se le pone encima, con la boca pegada a su cuello. Le roza la nariz con la suya, y Dolly aparta la cara, no quiere oler el hedor a tabaco. Trata de imaginarse la cara de otra persona, la del padre de Mallie, o la del guapo estibador con el que charla cuando logra tener un día libre. Piensa en él, y eso la ayuda a diluir lo molesto que le resulta el hombre que resopla encima de ella. Su relación con Gavin empezó una noche en la piscina. Dolly estiró los brazos, se sumergió y salió del agua tosiendo con el pelo cubriéndole la cara. Un puntito naranja dibujó una línea curva en el aire.

—Puedo enseñarte —le propuso una voz nasal.

Dolly alcanzó el borde de la piscina y se sentó junto al desconocido que fumaba. Llevaba los chinos doblados por encima de los tobillos, con los pies dentro del agua, y el rostro se le veía azulado por el reflejo de las luces en la superficie de la piscina.

—Soy Gavin —dijo. Sujetaba el cigarrillo entre los labios apretados—. Tú y yo tendríamos que... —Sacó un hilo de humo por la boca y sonrió.

Dolly tenía mal sabor de boca, como de aspirina masticada. Empezó a alejarse por la piscina moviendo los brazos y caminando, y él lo probó de otra forma.

—Podríamos divertirnos juntos.

Dolly se detuvo, la sangre le martilleaba en los oídos. Acababa de presentársele una oportunidad, pero ¿la aprovecharía? No se dio la vuelta del todo. Una tormenta se desató en su vientre. No era capaz, ¿no? Incluso la mirada de ese hombre le había disgustado. Aun así, podía ser una forma de ayudar a Mallie... Se dio la vuelta y lo miró de frente; le costó, pero tragó saliva.

—Llévame a cenar —dijo.

Gavin estalló en carcajadas. Con el rostro impasible, Dolly siguió en sus trece.

—Estás quedándote conmigo, ¿no?

Dolly se dirigió hacia la escalera de la piscina, subió los escalones y empezó a alejarse.

—Oh, joder —murmuró el hombre. Ella ya estaba lejos—. ¡Espera! —la llamó.

Dolly se detuvo.

—Supongo que podemos salir —dijo Gavin—. ¿Me das tu número? —Sacó el teléfono.

Una semana más tarde empezó a hacerle regalos. Un fular con esferas turquesas desteñidas estampadas sobre un fondo rojo. Según la etiqueta, era de seda auténtica. A las dos semanas le regaló un collar de plata de Tiffany & Co. Fue entonces cuando lo dejó entrar en su habitación. Se metió por la puerta lateral, y Dolly se abrió de piernas. Y después, cuando se quedó dormido, ella se sentó con su billetera en una mano calculando cuánto podía birlarle sin levantar sospechas. Gavin se había convertido en su trabajillo aparte, en su extra, así que Dolly se tragaba el asco junto con sus opiniones de forma que cuando hablaba con él le decía todo lo que deseaba oír. «Oh, sí. Más. ¿Dónde quieres que te toque?»

Dolly siente la necesidad de escupir, pero Gavin tiene la lengua metida en su boca, moviéndola en círculos. Gavin jadea en un «oooh» que parece no terminar nunca y por fin sale de Dolly. Deja caer el muslo sudado sobre su pierna y Dolly lo empuja para quitárselo de encima. Su mente fluctúa entre su hija y el embarazo no deseado por culpa de un condón roto. La puerta de metal se abre chirriando, la luz del pasillo entra hasta la habitación. Dolly pregunta sin aliento:

—¿Quién es?

Se incorpora y se queda sentada. Los pasos se alejan. Todo va mal, pero todavía irá peor si era la señora Amber. Nunca antes nadie de la familia había entrado en su cuarto en mitad de la noche.

—Despierta —susurra.

—¿Qué? —gime Gavin en señal de protesta.

—Te has quedado dormido.

—Tengo que irme —dice Gavin mientras se incorpora.

Dolly se estira sobre las rodillas para alcanzar los pantalones de Gavin. Les da la vuelta. Palpa un bolsillo, hay percibe dentro un pañuelo usado y algo con consistencia de papel, como de billete. Desliza el papel hasta debajo de la cama mientras Gavin se viste. Él alarga la mano, y con un dedo juguetea en su hombro y resigue la silueta de su mariposa tatuada. Entonces acerca los labios y se la besa suavemente.

La puerta se cierra detrás de Gavin, y Dolly escucha con atención en la oscuridad.


Tala va con retraso, así que cruza la calle a toda prisa, con un movimiento de pelvis un tanto extravagante, con el crucifijo rebotándole en el pecho. Es una de las pocas tardes de libertad para algunas criadas, y se van juntas de picnic. Los coches rugen y pitan alrededor de Tala, pero sigue andando. Todo en ella se mueve: las caderas se contonean, los brazos se balancean, el bolso oscila arriba y abajo. ¿Quién necesita un DVD de ejercicios si quema la energía que Tala emplea para desplazarse de un punto a otro de la ciudad?

Para cuando llega al puente blanco y curvo de los Jardines Chinos tiene tanto calor como un pollo asándose, aunque va mucho mejor vestida. Lleva una camiseta de color rojo cereza y una falda floreada con grandes amapolas, también rojas. Se cruza con una mujer occidental con las piernas arqueadas embutida en una camisa blanca y le sonríe, pero la mujer no le devuelve el gesto. Los pies de Tala ya chapotean por el sudor en las chanclas adornadas con un arco de plástico rosa.

Va en dirección a la hierba, con la mano haciéndose visera sobre los ojos para protegérselos del sol, buscándolas. Y allí están, sus amigas, sus mujeres, esparcidas por los manteles de colores, de cuadritos rosas y azules, algunos con flecos. En uno de los manteles hay una guitarra. Murmullo de voces. Risas.

—¡Hola, Tala!

Una de las mujeres, que lleva sombra rosa en los párpados, se levanta y abraza a Tala. El estanque verde junto a ellas es poco profundo y lo cruza un puente rojo que parece una sonrisa del revés. Del puente cuelgan numerosas lucecitas rosas, y el estanque está rodeado por grandes piedras y una farola. En la distancia, una pagoda roja y blanca se erige hacia el cielo.

Tala localiza a Dolly, que está sentada sobre las rodillas repartiendo magdalenas de una caja de plástico circular. Su hermana tiene treinta y cinco años, aunque podría pasar por una chica de veinticinco. Hoy se la ve pálida, con ese vestido negro con botones; la tela de algodón se le tensa a la altura de los pechos, como si le hubieran crecido. Se ha pintado los labios de rojo. Doblado encima del mantel está el chal rosado que Dolly siempre se pone encima de los hombros cuando se hace tarde en esas reuniones, otorgando un aire de sofisticación a su mejor vestido, un tanto desteñido ya. La rodean mujeres con camisetas de colores irisados, una que se lima las uñas, otra que se acerca a la boca un vaso de plástico.

—Hola, Tala —la saluda Dolly.

—Ay, estás como hinchada.

Dolly aprieta contra su pecho la caja de magdalenas, mira a lo lejos y después baja la vista hacia el mantel.

—¿Te encuentras mal?

Dolly se pone el pelo por detrás de las orejas, y sus pendientes tintinean.

—Estoy bien. De todas formas, no es por mí por quien debes preocuparte.

Dolly señala con la cabeza a Rita, que está sentada con otra caja de magdalenas en el regazo; le falta un diente en un lateral. Se le han quedado migas en las comisuras de los labios. A la velocidad que come, no dejará magdalenas para las demás. Tala se acerca a toda prisa, se quita las chanclas de una sacudida y se planta delante de Rita. La mujer tiene los ojos enrojecidos.

—¿Cuántas magdalenas te has comido ya, Rita?

—Cuatro.

—Pues es suficiente. Esas cartucheras no necesitan más munición.

Tala la agarra, tira hacia sí y mete una mano en la caja. Mientras lo hace, Rita se acerca a la boca la magdalena que iba a zamparse y empieza a saborearla.

—No he comido más que arroz desde hace cuatro días —dice con la boca llena de pasta masticada.

—¿En serio? —Tala coge una magdalena y le da un mordisco.

—Y me han tenido en pie a menudo todas las noches con el recién nacido.

Rita trabaja para una familia que vive en los mismos

pisos del Departamento de Desarrollo de Viviendas que Tala. Un bloque de treinta apartamentos en una urbanización que cuenta con supermercado, clínica y un complejo de restauración allí mismo.

—Tienes que rebelarte, Rita, decirles que no puedes trabajar sin comer bien.

—Cuando digo algo me acusan de ser maleducada. Ya me han dado el último aviso.

—*Ay nako!* Iré contigo a la agencia para exponerles la situación.

—Y por si las cosas no fueran lo bastante mal, esa tal Vanda va escribiendo acerca de que las señoras tienen que vigilar lo que nos dan de comer, no vaya a ser que les costemos demasiado dinero. Como si fuéramos una panda de glotonas o algo así.

—¡Qué asco! —responde Tala, y da otro bocado a su magdalena.

Tala topa con la mirada de Dolly, que tiene la frente perlada de sudor.

—¿Has mirado si tienes fiebre?

—Estoy bien, ¿no? —espeta Dolly, que acaba preguntándolo, como si ella misma no se tomara en serio.

Tala no le quita ojo y frunce el ceño. Dolly se muerde las uñas. Se llevan trece años, pero se conocen como si fueran gemelas. Si su madre no hubiera perdido tantos bebés entre la una y la otra todo sería distinto.

Llega Caroline, que acaba de cortarse el pelo.

—Hola a todas —las saluda, y contonea las caderas.

Risas generalizadas. Saca seis latas de cerveza Red Horse de una bolsa naranja. Va llenando de cerveza los vasos de plástico que hay encima del mantel. Rita se hace con uno. Dolly ofrece magdalenas de una de sus cajas.

—No debería ni pensar en comer magdalenas, no

mientras Rita siga sufriendo así —dice Tala al tiempo que coge dos—. Están tan buenas que podrás venderlas en la pastelería que abrirás algún día, Dolly.

—Bolsas de papel colgando de un gancho en la pared. Pasteles ordenados en el mostrador. ¡Ojalá! —Dolly le guiña un ojo.

—¡Una pastelería! —salta Rita, con cerveza goteándole por los labios—. ¡La gente como nosotras no abre pastelerías!

—Oye, ¿habéis visto el nuevo blog? Es de una filipina indignada que no para de despotricar —les cuenta Caroline.

Tala tose tapándose la boca con la mano.

—¿Dónde has oído hablar de ella? —pregunta con una voz diez octavas más alta que la habitual.

—¡Todo el mundo habla de ella! Estoy impaciente por leer su próximo artículo —replica Caroline.

A Rita ya le chorrea la cerveza por la barbilla.

—Esa tal Criada Bloguera está jugándose la vida —dice Dolly.

—¿Tú crees? ¿Es ese o esa? —Tala juguetea con la tira de su bolso de ante amarillo.

—Bueno, mira lo que le pasó a aquel tío que escribió un libro sobre la pena de muerte —responde Dolly.

—¿Qué le pasó? —pregunta Caroline.

—Acusó al gobierno de colgar a gente pobre mientras que indultaba a los ricos —explica Dolly.

Caroline frunce el ceño.

—Bueno, la Criada Bloguera no critica al gobierno.

—Ya, pero sí critica algunas de sus leyes. Escribe sobre la necesidad de incluir un día libre en nuestros contratos y de gente que espía a sus empleadas. Está caldeando el ambiente.

—Y yo que me alegro —concluye Caroline.

Los ojos de Tala están a punto de salírsele de las órbitas. Trata de hablar en un tono de voz más normal:

—Y, esto…, ¿qué le pasó al hombre que decías antes, Dolly?

—Acabó en la prisión de Changi.

Dios la ayude, piensa Tala, y se sienta encima de su mano derecha para no santiguarse.

—Venga, Dolly, ¡estás exagerando! —comenta Rita tomando otro trago de su bebida.

—Aquí la gente que dice algo fuera de lugar acaba en los tribunales —asegura Dolly.

Caroline niega con la cabeza.

—Es verdad —replica Dolly—. Las autoridades lo tienen muy fácil para averiguar quién es la autora de *La criada bloguera*. Basta con rastrear la dirección IP, en realidad. Y aunque no la metan en la cárcel, pueden anularle el permiso de trabajo.

Tala abre la cremallera de su bolso, saca el abanico de papel con margaritas estampadas y se avienta.

—¿Quién creéis que es? —pregunta Rita.

Tala mira hacia arriba; Rita la mira a los ojos.

—¡Y yo qué sé! —dice Tala en una especie de chillido, y se abanica con más brío.

—¡Pero si tú conoces a todo el mundo! —exclama Rita.

—Tú no la delatarías, si supieras quién es, Tala. Pero en serio, si sabes quién está escribiendo todo eso, dile que pare —espeta Dolly volviéndose hacia Tala.

—No tengo ni la más remota idea de quién está escribiendo ese blog. —Tala coge aire—. Pero sobre Vanda sí tengo mis sospechas.

—¿En serio? ¿Quién es? —inquiere Rita.

Pone del revés su lata y la sacude. Cae alguna gota. La chafa con una mano, alarga el brazo hasta una bolsa de plástico vacía y la tira en ella.

—Bueno, pues tu señora y sus amigas son las principales sospechosas —dice Tala dirigiéndose a Dolly.

—¿Qué? ¿La señora Amber?

—Bueno, ¿y por qué no?

—Pues porque no... No lo creo —responde Dolly.

—Seguro que es ella —añade Rita—. Esa cara que tiene la delata. Ese rostro ha vivido, esas arrugas, esa barbilla larga y puntiaguda. —Rita se chupa las mejillas—. Solo a su madre podría gustarle ese rostro.

—No está mal, la señora Amber, solo que es un poco... bueno, no sé, creo que en el fondo es decente —opina Dolly.

—¿Decente? —exclama Rita—. Pero si casi nunca te da un día libre.

—Estoy aquí hoy, ¿no?

—Solo digo que debemos mantener los ojos y los oídos abiertos —aclara Tala—. Es la única forma que tenemos para descubrir quién es Vanda.

Rita coge otra lata de Red Horse.

—Ya ha vuelto a las andadas —dice Caroline—. «No dejéis salir a vuestras criadas. Basta con una tarde libre para que se queden preñadas.»

A Dolly se le cae el vaso de limonada. Se derrama todo el líquido. Agarra un rollo de papel de cocina y empieza a secar el mantel.

—¿Os acordáis de Florence Torres? —pregunta Caroline—. Vanda publicó su nombre y el número de su permiso de trabajo en el blog cuando supo que Florence se había quedado embarazada. En dos días ya la habían deportado.

Dolly tira el papel de cocina en la bolsa de basura, se muerde una uña y se mira la mano. Tiene una gota de sangre.

—Y con dos hijos más para mantener en casa —explica Tala.

—«¡Nada de novios!» —dice Caroline con una voz aguda—. Eso me soltó Charmaine en una de las clases de la agencia de empleo.

—Bueno, pues Rita no se dio por aludida —dice Tala. Rita se ríe.

—¿Y qué hay de ti, Dolly? ¿Has conocido a alguien últimamente?

Dolly cierra el puño y sacude la cabeza. Tala la mira. Dolly vuelca su neceser y caen un montón de cintas para el pelo, rosas, lilas, amarillas y unas adornadas con cuentas, todas con pelos y pelusas enredados. Se levanta, se sienta detrás de Rita y empieza a trenzarle el pelo.

—Bueno, Charmaine, Vanda y la zorra de mi jefa, todas se parecen a lo que describe la autora de *La criada bloguera* —opina Caroline.

«*La criada bloguera.*» Tala tiene el corazón tan acelerado que siente que está a punto de darle un ataque al corazón. Bebe un poco de limonada. Rita coge la guitarra y se pone a cantar una canción tradicional filipina. Puntea la melodía con los dedos. Comen y cantan. Se peinan las unas a las otras y dejan pasar las horas.

Al cabo de un rato, a Rita empiezan a cerrársele los ojos; se inclina hacia delante, con el pelo dividido en dos trenzas perfectas. Tala está sentada a su lado. El alcohol se evapora por los poros de Rita. Tala la mira.

—*Oh, Dius!* —se le escapa en su pésimo inglés. A veces piensa en inglés en vez de en tagalo, lleva muchos años hablándolo.

—¿Dónde aprendiste a hablar ese inglés? —farfulla Rita entre risas y salpicaduras de saliva.

—Fui un tiempo a la escuela —responde Tala volviendo al tagalo—. Y después con cintas de casete.

—Bueno, pues has acabado asimilando un acento un poco raro —replica Rita.

Intenta ponerse de pie y parece que esté en un bote en medio del mar. Se precipita hacia un arbusto, Tala la sigue. Detrás del arbusto, Rita se inclina para vomitar.

—Vaya borrachera. ¿Cuánto has bebido?

—Déjame.

Rita mete el pie en un agujero entre la hierba y se golpea la rodilla con una piedra.

—¡Au!

—¡No voy a dejarte! Te traeré algo para beber.

—No pienso volver a beber Red Horse nunca más.

—¡No me refería a traerte cerveza!

Tala se va, llena un vaso con limonada y coge sus cosas. Cargada con el bolso y la guitarra de Rita colgada del hombro, vuelve hasta el arbusto. Rita se bebe la limonada y Tala la ayuda a levantarse. Pesa más que ella esa noche, aunque solo sea piel y huesos. Echan a andar, Rita con un brazo alrededor del cuello de Tala.

—¡Me la llevo a casa! —grita Tala por encima de su hombro.

Dolly le manda un beso con la mano. Algunas se despiden gesticulando. Tala y Rita van dando pasos vacilantes por el camino.


Tala se las ingenia para meter a Rita en el ascensor y ambas avanzan dando traspiés a lo largo de la estrecha pasarela que conduce hasta la puerta roja del piso de la señora

Heng. Rita no puede volver a su casa en ese estado, piensa Tala, sobre todo teniendo en cuenta eso que ha dicho del último aviso. Esa gente no necesita más motivos para deshacerse de ella.

—¿Qué voy a hacer, Tala? No puedo seguir viviendo así —masculla Rita.

—Cierra esa bocaza, Rita, ¡estamos en casa de la señora Heng!

Gira la llave en la cerradura y el calor proveniente del oscuro recibidor las envuelve. Entran a trompicones hasta el cuarto de la colada, cada paso resuena en los oídos de Tala. Enciende la luz, y Rita se desliza encima del pequeño colchón del suelo, con un pedazo reseco de magdalena pegado en el escote, como si luciera un broche.

—Tienes que espabilarte, chica.

Tala echa un vistazo al armario donde guarda el ordenador, pero Rita no está para levantarse hasta allí y ponerse a husmear. Se le cierran los ojos. A oscuras, Tala va de puntillas hasta la cocina y llena una taza con agua. Chafa cuatro hormigas contra el marco metálico de la ventana. Cuando regresa al cuarto, Rita está babeando la almohada. El papa Benedicto, colgado en la pared con Blue-Tack, le lanza una mirada de reprobación. Tala levanta la cabeza a Rita y le pone la taza delante de los labios. El agua le gotea por la barbilla, pero consigue tragar un poco. Un eructo rompe el silencio.

—Virgen santa, ¿te callarás?

Es entonces cuando Tala se fija en la herida que Rita tiene en la rodilla. Rebusca en su bolso, saca un poco de algodón y le presiona la herida con él.

—¡Au, au! —Rita se incorpora.

—No es profunda, ¿por qué montas tanto escándalo?

—Me duele.

—Tú sigue viéndote con todos esos hombres y tu pierna no será lo único que te dolerá. Métete un crío dentro y ya verás que tu chasis no volverá a ser el mismo, recuerda lo que digo.

Tala se sienta en el colchón, recupera el aliento y hace un recuento mental sobre cuántas amigas ha mandado a la tienda del Plover Plaza donde venden aquellas pastillas ilegales. La verdad es que ya no necesitan preguntárselo, saben perfectamente dónde está.

—Puedes quedarte esta noche, pero que no te oiga la señora Heng.

Una expresión irónica recorre el rostro agotado de Rita.

—¿Por qué no te has buscado un hombre, Tala?

—Estoy casada, no lo olvides. Además, muchas agencias de empleo no nos permiten tener novio.

—¿Cuántas normas has incumplido, Tala? —Rita sonríe de oreja a oreja.

Tala se toca la cruz que le cuelga sobre el pecho.

—Las normas están para algo —responde.

Si Rita se enterara de que Tala trabaja ilegalmente para toda esa gente, toda la comunidad pinoy también se enteraría. Tala tiene la costumbre de otorgar apodos a la gente; el de Rita es Salamin, que es el nombre del periódico más vendido de Filipinas. Los ojos de Tala se dirigen otra vez hacia el ordenador.

—Siempre escuchando los problemas de la gente y mostrándote alegre, pero, ahora que lo pienso, casi no sabemos nada de ti. —Rita habla con un hilo de voz.

Tala se remete la camiseta en la falda, yergue la espalda y mira, entre las fotos de la mesilla de noche, el cuadro del paisaje que Marlon le pintó.

—No hay nada que saber, aparte de que tengo dos hijos en casa a los que apenas conozco.

—Por lo menos tienes hijos, Tala. Ojalá yo los tuviera, pero el tiempo corre en mi contra. —Rita se encorva para mirarse la herida de la rodilla—. Estoy aquí atrapada ganando dinero para que mis hermanas vayan a la universidad. Ellas son listas, no como yo. Yo he nacido para trabajar. Cuando por fin vuelva a casa ya será demasiado tarde para formar mi propia familia.

Tala le frota en círculos la espalda y se levanta. Extiende unas cuantas toallas en el suelo para Rita, unas encima de las otras hasta que quedan mullidas. Aunque, con lo mullida que es Tala, perfectamente podría dormir sobre el suelo ella misma… Pero, no, está demasiado cansada. Rita se quita el vestido de color naranja. Tala se pone de pie y hace lo propio con su falda, luego se dirige a la pequeña pila para lavarse los dientes. Cuando vuelve, Rita está tumbada encima del colchón con los brazos y las piernas separados, como una estrella de mar. Tiene la boca abierta y ronca, dejando al descubierto su enorme dentadura.

—¡Rita! —Tala le zarandea el hombro.

Rita permanece inmóvil, aunque respirando sonoramente por la boca. Tala se fija en la revista que yace a los pies de la cama. La sonrisa de su astrólogo favorito, Russell Grant, la mira fijamente, como si estuviera a punto de comerse una pasta. «Oh, por favor, Grant, haz que se calle», piensa Tala. Busca a tientas el rollo de papel higiénico que tiene junto al colchón, arranca un par de trozos y se los mete arrugados en los oídos. Apaga la luz y se tumba como puede en el espacio minúsculo donde ha extendido las toallas. El papel no le sirve de nada. Por Dios, Rita sí que sabe hacer ruido.

Suena la alarma. Tala apaga de un manotazo el despertador. Rita ni se inmuta; continúa con la boca entreabierta y un brazo doblado debajo de la cabeza. La habitación es una caja hermética que no deja escapar el olor corporal. Una de las paredes está ocupada por armarios de madera con tiradores plateados. En una esquina hay unas cuantas fregonas apoyadas y el techo está cubierto por moho negro. Tala se levanta y entreabre la puerta para que entre la luz del pasillo; el cuarto no tiene ventanas. El ventilador sigue destripado encima de la mesilla. Se pone unas bragas limpias y le tira la camiseta sucia a Rita en la cabeza. El polvo de la secadora le pica en la nariz. Tiene la vejiga tan llena que si estornuda se le escapará el pis, así que se va al aseo con una mano en la nariz y la otra aguantándose sus pechos flácidos desnudos. Ese es un problema al que se enfrentan todas las mujeres con pechos grandes del mundo; durante años, exhibes tus tetas como si fueran trofeos, y con el tiempo parecen piedras metidas en calcetines mojados.

Se sienta de lado en el retrete para esquivar las botellas de limpiador que cubren toda una pared del aseo. Justo debajo de su pie, un azulejo roto. Cuando regresa oye chirriar las zapatillas de la señora Heng por las baldosas de mármol. Se ha parado para apoyar su enorme oreja contra la puerta cerrada de la habitación de Tala. Al verla, da un bote.

—¡No creas que no sé lo que está pasando, chica! —dice agitando la cabeza cubierta con una redecilla.

Tala se pone tensa, no se le ocurre ninguna excusa, y pega más los brazos cruzados sobre sus pechos desnudos.

—Ya basta, Tala. Mujeres, mujeres *ta ma de*, siempre en mi casa, ¡y todas son vagas como mantas!

—Lo siento, señora Heng.

—Ya basta de sentirlo, Tala. —Blande un dedo en el aire—. Eso no es un refugio para mujeres. Arréglate.

La señora Heng gira sobre sus talones. Tala se limpia una legaña del ojo izquierdo y la mira mientras se aleja con su bata de nailon ondeando como si tuviera alas.

# 6

Dolly se pasa los dedos por donde Colby le ha mordido esa mañana, tiene la piel levantada. Por ahí va ese crío, corriendo por la arena en dirección a la tirolina con Sam pisándole los talones. Todavía llevan puesto el uniforme de la escuela.

Colby pega a Sam, pero la señora Amber y el señor Tor, que están a unos metros de Dolly en el mismo parque infantil, no se dan cuenta. Sam se frota el brazo y mira hacia Dolly, que le sonríe y asiente con la cabeza para darle ánimos. Dolly se fija en que la frente de Sam, antes fruncida, se le ensancha y las comisuras de los labios empiezan a levantársele. A Colby le basta con que ella lo mire; coge la cuerda de la tirolina y se sienta a horcajadas en el asiento.

—¡Mamá! —llama.

Pero la señora Amber está mirando al señor Tor, cuya cabeza brilla como una esfera plateada. Sam alcanza la escalera hecha con cuerdas de distintos colores. A su alrededor, hay trenes y aviones de plástico de juguete.

—No lo aguanto más —dice el señor Tor.

Dolly contiene la respiración para aguzar el oído.

—No me digas lo que tengo que hacer —responde la señora Amber.

Lleva unos zapatos de cuña sin conjuntar, uno es azul y el otro verde oscuro. La señora Amber debe de estar más estresada de lo normal y se habrá puesto uno de cada par, piensa Dolly. Se concentra para escuchar la conversación de la pareja. El señor Tor dice algo más, pero Dolly no lo pilla. La señora Amber se frota un ojo y le queda como el de un oso panda, con todo el rímel corrido.

—Esto no es un matrimonio ni es nada —se queja el señor Tor.

La señora Amber habla entre dientes. Dolly avanza hacia el arenal.

—Ya vale de intentar maquillarlo.

—Que te den, Tor.

—No me alces la voz.

La señora Amber rompe a llorar, su cara parece un trapo rosa arrugado.

—No puedes dejarme —dice—. Me llevaré a los niños. No formarán parte de tu vida. A lo sumo los verás unos días durante las vacaciones.

El señor Tor niega con la cabeza. La señora Amber echa a andar hacia el aparcamiento, clavando los tacones en el suelo. El señor Tor se peina hacia atrás el poco pelo que le queda.

Un crío salta de la tirolina, que se queda abandonada balanceándose a mitad del recorrido. Dolly va corriendo, la coge y acelera la marcha. Salta encima y las chanclas se le caen en la arena. Llega zumbando a la plataforma de madera, donde la esperan Sam y Colby. Colby no para de moverse, dirigiendo sus brazos impacientes hacia Dolly, que salta de la tirolina. Colby se monta y sale disparado.

—¡Venga, Colby!

Se queda encallado a medio recorrido, y Dolly corre a ayudarlo. Lo coge por los pies y lo arrastra entre resoplidos, con el corazón latiéndole con fuerza. Observa al crío mientras este salta de la tirolina; su rostro sudado y sonriente lleno de pecas. Le acaricia el pelo castaño. De repente, la sonrisa desaparece del rostro de Colby.

—Os vi a ti y a mi padre —dice, y entonces Dolly frunce el ceño—. La otra noche —añade.

—¿Qué quieres decir?

—Papá no llevaba ropa; estaba en tu cama.

—No lo viste.

—Sí.

—No lo viste, Colby.

—Que sí.

—Mierda. —Mira a lo lejos, hacia el señor Tor, que se sujeta la cabeza con las manos—. Solo invité a dormir a un amigo.

—Un amigo desnudo.

Las palabras de Colby quedan suspendidas en el calor. A Dolly le gustaría agarrarlas y lanzarlas lejos, pero no puede.

—Yo te cuido, ¿verdad?

—Sí.

—¿Quieres que siga cuidándote?

El niño asiente.

—Entonces, cariño, no puedes contar a nadie lo que viste.

—¿Por qué no?

—Porque tu mamá me echaría.

—Pero...

—Por favor, Colby, confía en mí. No deseo tener que dejarte; tampoco a Sam.

Colby mira a su padre y a continuación a Dolly. Ella lo abraza.

—Te quiero —susurra, pero Colby la aparta y corre a trepar por las cuerdas.

Dolly se masajea las sienes, el corazón le golpea el pecho. Va hasta el señor Tor, que se pisa el dobladillo de los pantalones con la suela de las sandalias Birkenstock.

—Se ha llevado el coche —dice el señor Tor—. Ay Dios.

Se tapa la boca con la mano. Dolly mira a su alrededor. Colby está trepando por las cuerdas, pero no hay ni rastro de Sam.

—¿Dónde está Sam?

—No lo sé —responde el señor Tor.

El señor Tor se dirige corriendo hacia la tirolina. Dolly arranca a correr y lo adelanta. Mira debajo de los bloques de madera, pero Sam no está ahí.

—¡Sam! —llama el señor Tor—. ¡Sam!

—¿Dónde está Sam? —pregunta Dolly a Colby.

Él la mira desde arriba y se encoge de hombros. Dolly tiene la boca seca, como aquel día que Sam se perdió en el Lion Plaza. Se puso a buscarlo corriendo y llamándolo por delante de la agencia de empleo donde se formó. Solo esperaba que la jefa de la agencia, Charmaine, no la viera; que se te pierda un niño no es precisamente una carta de recomendación. Lo encontró al cabo de diez minutos, en una tienda de instrumentos, mirando al dependiente, que tocaba la batería con las baquetas.

—¡Sammy! —grita.

—¿Dónde está? —pregunta el señor Tor. Tiene la cara blanca como la cera.

Dolly va corriendo hasta el coche de juguete. Sam tampoco está ahí. Ni en los troncos resbaladizos ni dentro del castillo. Se ha esfumado. Empieza a oscurecer; pronto será de noche. Dolly da una vuelta sobre sí misma; ve borroso, niños y gente con gafas de sol.

—¡Sam! —llama el señor Tor.

—¡Sam! —dice Dolly, esta vez chillando.

La gente los mira.

Y entonces lo ve. Con su cabello fino ondeando al viento, trepando por la pared de escalada.

—¡Ahí está! —grita Dolly.

Corre hacia él y lo agarra, mientras él patea al aire.

—Quiero escalar —se queja.

—Pensábamos que te habías perdido. Has desaparecido —le dice Dolly.

—Como mamá —responde Sam.

Dolly besa su pelo fino y plateado, que huele a champú. Y piensa en Mallie y el olor del champú que usan en casa, en Tagudin.

—¿Dónde está mamá?

—Ha tenido que irse a casa.

—¿Por qué?

El señor Tor está ahora a su lado, carraspea.

—Gracias, querida.

Los abraza. Dolly relaja los hombros y se apoya en él. Ladea levemente la cabeza y advierte una línea blanca en el dedo donde el señor Tor solía llevar el anillo de bodas. Hace calor entre sus brazos; le falta el aire, pero no se aparta. Mira a lo lejos y se cruza con los ojos verdes y enfadados de Colby, que la observa fijamente.


—Friega el suelo, Dolly, y después haz las quiches —le manda la señora Amber. Tiene los ojos enrojecidos. ¿Ha llorado?

Los moldes ya están dispuestos en fila en la encimera de la cocina. Dolly desliza la fregona por el suelo de mármol. La señora Amber está en el salón ahuecando los almohadones de uno de los sofás de piel blanca. Cuando termina, se muerde un labio. Le palpita el párpado derecho. Mira el reloj y empieza a andar de un lado al otro. No suele ponerse tan nerviosa antes de recibir a las del club de lectura.

Dolly moja la fregona en el cubo y la pasa por el suelo llevándose por delante dos hormigas. La señora Amber estira los brazos. Se ha puesto un vestido capa de color blanco, y parece que tenga alas.

—Es de Miu Miu —dice. Dolly frunce el ceño y esboza una sonrisa—. Es nuevo —aclara la señora Amber.

Dolly alza las cejas y asiente. Sam sale de la cocina, despeinado y todavía con el uniforme del colegio.

—¿Puedo pintar, mamá?

—¿Dónde estabas?

—En el cuarto de Dolly.

—Ya sabes que no tienes que ir allí.

—Pero a mí me gusta.

La señora Amber chasca la lengua.

—¡Me apetece pintar!

—No quiero que lo pongas todo hecho un desastre, y menos tu uniforme. Mantente limpio hasta que llegue todo el mundo. —Su voz está repleta de quiebros y de suspiros.

Sam se desploma en el sofá y se pone a jugar con la Nintendo DS. Suena la música electrónica; pulsa los botones. Se oyen pasos sonoros e irregulares por la escalera, y Colby irrumpe en el salón en sus Crocs, directo hacia el televisor.

—¡Colby! —grita la señora Amber.

El crío enciende la tele y un niño de dibujos animados con el pelo de punta salta por los aires, dando volteretas. Colby se sienta en el sofá y se da la vuelta, de forma que apoya los pies en el respaldo.

—Tendrás que apagarla cuando las invitadas lleguen —le advierte la señora Amber.

Colby tiene la mirada fija en la pantalla. La señora Amber sube por la escalera; parece un saco de algodón blanco.

—Colby, cielo, me iría muy bien que me ayudaras a sacar el aperitivo —le dice Dolly, apoyada en la fregona. Toma una gran bocanada de aire.

Colby se vuelve hacia ella y la mira con desdén.

—Venga, Colby. —La propia Dolly percibe su falta de autoridad en su voz insegura.

Colby se tapa el rostro pecoso con las manos y niega con la cabeza. Dolly se le acerca y él se araña las mejillas.

—Me dijiste que no lo contara.

Dolly abre mucho los ojos; mira hacia la escalera, pero no hay nadie. Vuelve a mirar a Colby, obligándose a mantener una expresión impasible como una roca. Desplaza la mirada hacia Sam, que continúa jugando con su pequeña consola.

—Ven conmigo, Sam —le dice—. Tengo un trabajito para ti.

—¿Cuál?

—Cascar huevos.

Se arriesga a mirar a Colby por última vez; tiene las mejillas rasguñadas. Colby la sigue con los ojos mientras se aleja hacia la cocina con Sam detrás. Dolly le ciñe un delantal. El niño va cascando los huevos y los bate dentro de un bol. No tarda en batir la mezcla con el tenedor, tan fuerte que se mancha el cabello y el polo.

—Hostia, Sam, no.

—Hostia, hostia, hostia —repite Sam.

—Quería decir «ostras».

Le quita el tenedor, vierte la mezcla en los moldes y los mete en el horno. En ese momento llaman a la puerta, dos golpes tímidos. Colby se ha ido del salón, y Dolly levanta el mando para apagar el televisor. Abre la puerta de roble.

Es la señora Jules, con unos tejanos cortos deshilachados y una camiseta rosa que le deja un hombro al descubierto. Lleva un regalo envuelto en un papel rojo con topos. Se lo ofrece a Dolly.

—Voy a buscar a la señora Amber.

—Es para ti.

—¿Para mí?

—Sí… Es que he entrado en esa tienda de Holland Village y he pensado en ti. Puedes hacerte un buen libro de recetas.

—¿A qué se refiere?

—Amber me contó que tienes todas esas recetas de pasteles escritas en papeles sueltos; he pensado que podrías recopilarlas aquí.

Dolly mira el paquete y después a la señora Jules. Por el rabillo del ojo, ve que la señora Amber está bajando por la escalera.

—Jules, qué amable —dice la señora Amber.

Dolly le da las gracias con los labios. La señora Jules se agacha hacia la señora Amber, quien lanza sus besos al aire. Son polos opuestos, la señora Jules hecha un pingo y la señora Amber arreglada como si se fuera de boda.

Llegan más mujeres. Holas y besos. Una de ellas lleva un vestido verde y pulseras plateadas tintineando en una muñeca. Dolly recuerda que es la señora Kathryn. La otra mujer, con un largo vestido floreado, es la señora Yi Ling. Llega la señora Jemima enfundada en un *catsuit* de una talla menos de la que necesita, por lo que la tela negra se le pega tanto al cuerpo que se le marca la entrepierna. Abre el bolso y deja un libro en una mesita de centro. *Criadas y señoras*. A lo mejor es como aquel libro que Tala le prestó. *El Secreto*. Se suponía que le solucionaría todos los problemas, pero todavía no se ha cumplido ni uno solo de los sueños de Dolly. Mira hacia arriba, a la escalera, pero no hay ni rastro de Colby.

—¿Qué os ha parecido? —pregunta la señora Amber señalando el libro con la mirada.

—Maravilloso —responde la señora Jemima.

Todas, excepto la señora Amber, están sentadas en los sofás.

—Una historia del pasado, gracias a Dios. Todo ese lío con los aseos. Terrible —dice la señora Amber. Se sienta en el brazo de un sofá.

—Bueno, es lo que pasó —comenta la señora Jemima.

—Lo que pasa —salta la señora Kathryn.

—¿A qué te refieres? —pregunta la señora Amber.

La señora Kathryn mira a Dolly. Dolly se mete en la cocina y deja el regalo de la señora Jules en la encimera. No ve a Sam por ninguna parte.

—Bueno, ahora todas las criadas tienen un baño propio aparte —explica la señora Kathryn.

—Pero no es lo mismo —responde la señora Amber.

—Por supuesto que lo es —insiste la señora Kathryn.

La etiqueta del regalo reza «Con cariño, Jules». Dolly saca las quiches del horno y las coloca en la mesa junto a la ensalada. Llena los vasos con zumo concentrado de saúco y los dispone en una bandeja. Oye un ruido que proviene de arriba de algo cayéndose y rompiéndose en mil pedazos. La señora Amber se pone de pie con un suspiro.

—De todas formas, me ha gustado más este libro que el anterior —dice la señora Jemima—. *Tenemos que hablar de Kevin.* No era de mi estilo para nada.

—Tenemos que hablar de Gavin, más bien —interviene la señora Kathryn.

Dolly vuelve despacio a la cocina, atenta a la conversación. La señora Jemima suelta una risita.

—¿Qué quieres decir? —pregunta la señora Jules justo cuando la señora Amber baja por la escalera, se sienta de nuevo y toma la palabra.

—Volvamos al libro. No pasa lo mismo que ahora... Aquello ocurría en el Sur Profundo de Estados Unidos en los sesenta.

—Solo me refería a que es comparable.

—Pero *Criadas y señoras* tiene un trasfondo de maltratos y cosas así.

—¿Quién necesita sogas cuando tenemos a esa horrible Vanda? —dice la señora Kathryn.

—Yo la entiendo —responde la señora Amber.

—¿En serio? —le pregunta la señora Kathryn, boquiabierta.

Dolly sale de la cocina, y empieza a poner las bandejas en la mesa. La señora Jules se levanta para coger un trozo de quiche, y le da un bocado. Le caen migas por la barbilla.

—A ver, la norma del novio, por ejemplo, es acertada —se defiende la señora Amber—. Me niego a que preñen a mi criada bajo mi supervisión.

La señora Jules pone los ojos en blanco. Dolly baja la mirada hacia su vientre, presionado por la cinturilla de sus pantalones cortos. Se saca la camiseta que llevaba remetida en ellos para que le caiga holgada sobre las caderas. La mujer del vestido floreado, la señora Yi Ling, interviene:

—Pero no está bien publicar los nombres de las mujeres como esa Vanda hace. Pone en peligro su forma de ganarse la vida.

—Me pregunto quién será Vanda —comenta la señora Amber con una sonrisa.

No puede ser que Tala tenga razón, piensa Dolly; la señora Amber no es Vanda, seguro que no.

—Será alguna ama de casa que no tiene nada mejor que hacer —responde la señora Jules.

Se sirve otro trozo de quiche en el plato, y durante el siguiente minuto solo se la oye masticar.

—Ya, bueno… —dice por fin la señora Amber.

—Pienso lo mismo, le sobra el tiempo —añade la señora Yi Ling.

—Vanda puede parecer demasiado marimandona, pero es que a esas chicas se les tiene que explicar todo —se queja la señora Amber—. Quiero decir, son pueblerinas, vienen del medio de la nada, no tienen estudios.

—Bueno, por lo menos ha aparecido ese otro blog que está dando una buena tunda a Vanda —interviene la señora Jules.

—¿Qué blog? —pregunta la señora Yi Ling.

—*La criada bloguera*. Le está dejando las cosas claras a Vanda —explica la señora Jules.

—Uy, pero no durará. Solo es una criada resentida —replica la señora Amber.

—Pues yo no estaría tan segura —insiste la señora Jules—. ¿Te has leído los comentarios? Está clarísimo que toca la fibra a la gente.

Dolly pasa la bandeja ofreciendo quiche. Algo golpea en el suelo, el ruido parece que provenga de su cuarto. Las mujeres vuelven la cabeza para oírlo mejor. Dolly se dirige a su habitación. Entre aquellas cuatro paredes claustrofóbicas, Sam está arrodillado al lado de su cama, rebuscando dentro de una caja de zapatos.

—Sam, ¿qué estás haciendo?

—Joyas.

Tiene en la mano el Minion de Mallie. Enrollado en los dedos de la otra mano, tiene el collar de oro blanco de Tiffany con el colgante en forma de corazón, regalo de Gavin. El billete de cincuenta que le cogió de la cartera la otra noche está doblado encima de la cama, junto a la postal que Mallie le hizo con una magdalena dibujada. Dolly coge el collar y lo guarda en la caja. Cierra la mano alrededor del billete, la razón por la cual mantiene relaciones sexuales con ese hombre una noche sí, una noche no. La razón por la que finge la emoción en sus ojos cuando lo mira y cuando se seca su rastro húmedo cuando termina. Gavin solo mencionó una vez que echaba en falta dinero de su cartera cada vez que iba a su cuarto. «Sé que te quedas cosas que me pertenecen», dijo sonriendo con suficiencia. Pero la siguiente vez que fue a visitarla seguía llevando la cartera en el bolsillo trasero de los pantalones, así que Dolly nunca ha dejado de birlarle. Gavin es un sobresueldo, eso es todo, una forma de sacarse un extra. Mete el billete en la caja y, encima de todo, deja la postal de Mallie.

—Venga —le dice a Sam. Tapa la caja—. Necesito tu ayuda.

Le quita lentamente el Minion para dejarlo encima de la cama. Es imposible tener intimidad sin una cerradura en la puerta de su cuarto.

En la cocina pone galletitas saladas en un bol, y Sam se va zampando una detrás de otra.

—Ve a ofrecérselas a las señoras.

Desde la puerta de la cocina, se fija en que la señora Amber está observando a Sam, su ropa sucia, su cara.

—¿Todavía no tienes una criada interna? —pregunta la señora Amber a la señora Jules.

—Hum… no. —La señora Jules coge un puñado de galletitas saladas del bol que Sam le ofrece.

—No sé cómo te las arreglas.

—Bueno, solo estamos David y yo. —Jules se encoge de hombros.

—Pero trabajas fuera de casa y tenéis este mismo suelo de mármol. Me refiero a que forma parte de la vida aquí —dice la señora Amber.

El bol que Sam llevaba se rompe contra el suelo y quedan fragmentos de cerámica y trozos de galletitas saladas por todas partes.

—Ay, Sammy, ¡qué tonto eres! —grita la señora Amber, y se pone a reír tapándose la boca. En un tono más suave añade—: Menudo tontorrón estás hecho.

Se levanta y lo coge de la mano. Sam se zafa al instante.

—Dolly, llévatelo. Está aburrido.

—Sí, señora.

Dolly va a buscar la escoba y el recogedor, y barre las galletitas y los pedazos rotos del bol.

—Vamos a la piscina —pide Sam.

Dolly entra en la cocina y deja que los restos se deslicen dentro del cubo de la basura desde el recogedor. Sam se le cuelga de la camiseta holgada.

—Por favor…

Dolly lo coge de la mano y lo lleva arriba, pasando junto a las mujeres que hablan todas a la vez; alguna risa, tintineo de vasos. En el cuarto de los niños, Colby está sacando un libro de la estantería situada contra la pared. Abre el libro, lo tira al suelo y saca otro.

—Colby, ¿quieres ir con nosotros a la piscina? —le propone Dolly.

—Iba sin ropa —dice Colby con un libro en cada mano.

—Cielo, yo... —empieza Dolly.

—¿Quién iba sin ropa? —pregunta Sam.

Colby va tirando, uno a uno, los libros al suelo.

—Nadie —responde Dolly.

—¿Quién? —insiste Sam mientras mira a Dolly con la barbilla alzada.

—¡Dejadme en paz! —grita Colby. La cara se le va enrojeciendo conforme tira libros al suelo, cada vez más rápido.

—No estés enfadado, Colby —le dice Sam, que se zafa de la mano de Dolly y acaricia la espalda a su hermano.

Colby se da la vuelta, levanta la mano de Sam y se la muerde. Sam empieza a chillar.

—¡Ya basta, Colby! —le pide Dolly.

Examina la mano de Sam. Le ha dejado un semicírculo de marcas de dientes. Le frota la mano, y Sam rompe a llorar. Lo coge en brazos y lo acuna. Los libros siguen estrellándose contra el suelo.

—No pasa nada, Sam —dice Dolly.

Colby refunfuña. Dolly saca el traje de baño de Sam de un cajón y sale de la habitación, con Sam todavía en brazos. Lo deja en el suelo y bajan la escalera.

La señora Amber está sentada en el borde de un sofá con la espalda erguida, con un vaso haciendo equilibrios en su muslo. Las mujeres dejan de hablar y se vuelven hacia Sam, que ahora llora en silencio.

—¡Colby me ha mordido! —explica el niño.

Dolly se acaricia el vientre. «Que no diga la palabra "desnudo", por favor.»

—Está cansado, eso es todo —afirma la señora Amber.

Da una palmadita en la mano a Sam, y acto seguido se levanta, coge un plato de quiche cortada y va ofreciendo a sus invitadas. Sam se va hacia la habitación de Dolly y ella lo sigue. Se desvisten y se ponen los trajes de baño.

—Esa es mi hermana —dice Sam señalando la foto colgada en el corcho de la cabecera de la cama.

—Esa es mi Mallie.

En la foto la niña todavía es un bebé; está sentada en una palangana azul llena de agua, con una sonrisa desdentada dibujada en la cara.

—Tú eres mi mamá, así que ella es mi hermana.

—Yo soy algo así como tu tía, Sammy Bean, no soy tu mamá.

—Mamá.

Estrecha su cuerpo contra el de Dolly y ella se agacha para devolverle el abrazo.

—Estás gorda —dice Sam.

—No —contesta Dolly.

—Sí, sí lo estás —replica mientras le pone su mano cálida sobre el vientre.

Salen de la casa. La piscina está desierta excepto por la señora Maeve, que toma el sol con un biquini negro junto a su hija adolescente; su hijo también está, salta a la piscina, sale y vuelve a saltar. La señora Maeve debe de haber declinado la invitación a la reunión del club de lectura de ese mes. Sam echa a correr y salta a su vez a la piscina. Dolly baja por la escalera, y el agua va rodeándola. Se pone a andar por el fondo dibujando círculos con los brazos mientras Sam se aleja nadando.

—Mierda —dice Dolly.

El niño se va al otro extremo de la piscina, donde el hijo de la señora Maeve acaba de zambullirse y a punto está de caer encima de Sam. Dolly sale del agua y camina por el bordillo hasta donde está Sam. El niño vuelve nadando a la parte poco profunda y ella entra otra vez por la escalera.

—Mira, Dolly, tienes que poner los brazos así. Levanta los pies del fondo —explica Sam. Las pestañas mojadas se le agrupan en triángulos.

Dolly extiende los brazos y levanta los pies como el crío le ha aconsejado. Y durante un instante perfecto logra flotar. Pero entonces la nariz se le sumerge, apoya los pies en el suelo y tose. Sam se ríe.

—¡Lo has conseguido, Dolly!

Ella tira de Sam hacia sí y lo gira de forma que vuelve a tener la cabeza en el agua. Lo suelta y lo agarra por los pies para dibujar un círculo en la superficie de la piscina con su cuerpo.

—Eres un niño sirena.

En uno de los extremos de la piscina, el guarda de seguridad está junto a la señora Maeve, cuyo pelo mojado le ha quedado despeinado y de punta. La mujer señala hacia Dolly negando con la cabeza. El guarda de seguridad se acerca a Dolly.

—¡Fuera ahora mismo! —le ordena mostrándole toda la dentadura.

—Pero si estoy vigilando al niño…

—Tienes que llevar un traje de baño.

—Ya lo llevo.

—Vas en pantalones cortos. ¡Y los pantalones cortos no están permitidos!

Dolly suspira, sale del agua y se queda sentada en el bordillo, empapada. Sam da volteretas en el agua. El guarda de seguridad vuelve junto a la señora Maeve y asiente. La mujer le dice algo y regresa a su tumbona para seguir leyendo su libro.

Más tarde, todas las mujeres del club de lectura se han ido excepto la señora Jules. Dolly coloca un plato de sándwiches de queso en la mesa, delante de Sam. La señora Amber levanta el regalo de Dolly y lee la dedicatoria.

—Gracias, Jules. No me había dado cuenta de que era para mí —dice.

—Oh, es... —empieza la señora Jules, que ve que Dolly le hace señas para que no siga.

—¡Qué mono! —La señora Amber rompe el papel.

El cuaderno está forrado con recuadros de materiales distintos, con purpurina, rayas y espirales dorados. La señora Amber ofrece la mejilla a la señora Jules y esta se la besa.

—Oh —responde la señora Jules—. No es nada.

De camino a la puerta, la señora Jules se detiene enfrente de una mesa auxiliar atestada de libros enormes que la señora Amber suele guardar en una vitrina: *Cien interiores ingleses*; *Nueva York en fotografías...*

Acaricia uno de ellos.

—Deberías llevártelo —le ofrece la señora Amber.

—No. También tengo libros de Avedon en casa.

—¿En casa? En una caja en alguna parte, querrás decir. Te lo presto.

—No, no, de verdad.

—En serio, insisto.

La señora Amber empuja el libro hasta la mano de la señora Jules y vuelven a montar la extraña escena de los besos, luego la señora Jules se va.

Dolly recoge los platos sucios y observa a la señora Amber subir la escalera con el cuaderno en la mano, que en realidad es suyo. Cuando termina de limpiar, va arriba

y a través de la rendija de la puerta del dormitorio principal ve a la señora Amber tumbada con una toalla húmeda
encima de los ojos. Entra en la habitación de los chicos a
continuación. Colby está sentado en el suelo, garabatean-
do con rabia en las páginas de un bloc de dibujo. Las estanterías están vacías, los libros diseminados por el suelo.
Dolly se sienta a su lado y le coge el bloc. Hay trazos a
lápiz en el papel. «SOCORRO.» Pasa a la página siguiente. La misma palabra. Pasa una página tras otra. Todo el
bloc está lleno de la misma súplica. Rodea al niño con un
brazo. Colby apoya la cabeza en el hombro de Dolly y
rompe a llorar.

# 7

Llaman a la puerta. Jules consulta la hora en el despertador, son las diez de la mañana. Le duele el vientre; nota las bragas húmedas. No puede ser, ¿no? Debe de ser por la implantación de los embriones. Precisamente hoy iba a hacerse la prueba de embarazo. Llaman de nuevo. «Ya se irán.» Se dirige al cuarto de baño, se baja las braguitas. Están empapadas, rojas. No hay duda; la FIV no ha funcionado. Ni los diez mil dólares que ha costado; la tercera y última oportunidad.

—Joder —dice apretando los dientes.

No pueden permitirse volver a intentarlo. Joder, no podían permitírselo ni la primera vez. Ya no les quedan ahorros. Han malgastado el dinero. Coge un Tampax de un cajón y se lo pone. El timbre sigue sonando.

—¡A la mierda! —reniega, hasta que cae en la cuenta de quién debe de ser la persona que llama: ese día empieza la mujer de la limpieza.

Coge unas bragas y unos pantalones cortos de un cajón lleno a rebosar. Se enfunda la camiseta mientras baja corriendo la escalera, justo cuando empieza a sonarle el móvil. Abre la puerta.

—Lo siento mucho, señora. No sabía si estaba en casa —se disculpa Tala con el teléfono en la mano.

Jules se aparta para dejarla entrar. Tala se quita las chanclas adornadas con falsos diamantes y deja su bolso amarillo encima de una silla.

—Gracias por venir —dice Jules.

A Tala se le dibujan las arrugas alrededor de los ojos al sonreír. Lleva un vestido estampado con girasoles.

—Esto… He comprado cosas para limpiar —añade Jules señalando las bolsas de la compra, en la cocina.

Tala se dirige hacia allí por el pasillo.

—Me cambiaré aquí —dice indicando el refugio anti-aéreo donde Jules guarda los envases vacíos, las cajas a medio abrir y un aspirador cuyas partes se mantienen unidas gracias a unos trozos de cinta aislante.

—Vale, pero hace un calor infernal.

Jules pensaba que allí, con menos cosas que en Londres, sería diferente, pero sigue siendo un desastre. Abrió algunas cajas, sacó la cámara y los objetivos y volvió a cerrarlas.

«No ha funcionado.» El pensamiento es recurrente.

Cuando Tala sale, se ha cambiado el vestido por una camiseta marrón y unos pantalones beige. Carga con un cubo y varios trapos. Jules da un bocado a una manzana y levanta una de las persianas del ventanal que da a las piscinas. Tala, que está quitando el polvo del televisor de pared, se detiene.

—Mmm, señora, no quiero que nadie me vea. Por favor.

Jules se queda allí plantada, con la manzana en la mano.

—Podría tener problemas si alguien me ve.

Jules se traga el trozo de manzana y vuelve a bajar la

persiana. Se desenrolla hasta que la base choca contra el suelo. Tala levanta un marco de fotos y le quita el polvo. Mientras limpia la fotografía de los padres de Jules abrazados en algún monte del Distrito de los Lagos, Jules siente la necesidad de ir por toda la casa a esconder sus cosas personales: el antifaz junto a la cama, los salvaslips usados en la papelera de la planta de arriba. Y el cubo lleno de jeringuillas vacías; qué completa pérdida de tiempo. Pero hay cosas peores. Bueno, no está hecha para tener hijos; ya encontrará otra cosa. Pero ¿qué? No se ve volviendo a trabajar de comadrona, ayudando a otras mujeres a traer bebés al mundo cuando ya está segura de que ella no tendrá el suyo. Si vuelve a trabajar de comadrona, eso la hundirá, ¿verdad? Pero si no vuelve, todo lo que ha estudiado, todo lo que la ha hecho ser quien es, se habrá esfumado. Va corriendo por el pasillo, pasa por delante del cuarto de invitados y se dirige al piso de arriba. Tira el corazón de la manzana en la papelera, recoge el balde de las jeringuillas y lo esconde ruidosamente en el fondo del armario.

—Cabronas —susurra.

Se va a la habitación contigua al baño y se queda de pie enfrente del espejo que cubre toda una pared. Saca la prueba de embarazo del envoltorio de plástico e intenta partirla en dos. No se rompe, así que lo intenta otra vez, apretando los dientes y gruñendo. Al final lo consigue y quedan colgando un rectángulo de plástico por un lado y una tela blanca por el otro. Se tira con fuerza del cabello rubio; le sienta bien hacerse daño a sí misma, solo un momento. También le iría bien algo de chocolate, una maldita tableta entera de Galaxy. O una botella de sauvignon blanco, toda para ella sola. Pero ya se la tomó la primera vez que no funcionó. Y la autocompasión únicamente le reportó una resaca. Sonríe para sus adentros, una manzana se ha comido esta vez, por Dios, qué contenida.

Va hasta la sala de estar del piso de arriba, en la que hay una mesa de mármol contra una pared y un sofá en L tapizado con tela gris pegado a la otra. El uniforme de la clínica está encima del sofá y la tarjeta con su nombre en la mesa. Enciende su MacBook Air. Aparecen fotos de cantantes y grupos de la biblioteca del iTunes de David. La minimiza y entra en su cuenta de Instagram. La foto del estibador con su mono de trabajo naranja mirando el casco que lleva en la mano tiene catorce «me gusta». Sube las mejores fotos a la nube, y escoge su favorita: el primer plano de Dolly con todos sus pendientes y el tatuaje en la espalda. Escribe la etiqueta: #asistentaSingapur.

Sale al balcón y arrastra una silla de madera hasta la sombra. Amber está tumbada boca abajo junto a la piscina con el biquini desabrochado, de forma que su espalda con líneas blancas reluce al sol. Maeve está en el otro extremo, absorta en su revista. Jules se sorprende de que las mujeres estén tan alejadas la una de la otra. ¿No se supone que son amigas? Sam juega en la parte menos profunda de la piscina, sin que nadie lo vigile. Jules las observa, Amber dibujando círculos en el aire con el pie; Maeve, con sus manchas, quieta.

Va al piso de abajo, donde Tala está enfrente de la encimera de la cocina limpiando con un trapo el escurridor de platos elevado contra el que Jules se golpea la cabeza cada vez que lava los cacharros. Tala arrastra los pies hasta el gran ventanal y empieza a limpiarlo. Jules se imagina que la ventana se abre, Tala resbala, se cae y se estampa contra el suelo. Oh, Dios, no puede parar.

—Ve con cuidado ahí arriba.

—Ay, lo siento, señora.

—No lo sientas; basta con que no te caigas.

Tala se da la vuelta y se echa a reír. Muestra una sonrisa tan blanca y radiante que a Jules le entran ganas de sonreír también. ¿Qué tiene esa mujer? Solo lleva allí media hora y Jules ya se encuentra un poco mejor, a pesar de que le duela el vientre, a pesar de haber fracasado otra vez. Amigas de Fertilidad. Quedateembarazada.com. ¿Por qué se molesta en visitar esas webs? ¿Por qué se empeñó en convencerse de que tendría suerte?

Comprueba que la ventana está cerrada, empieza a alejarse y vuelve a comprobarlo. Se dirige al aseo del piso de abajo y reordena los frasquitos alrededor de la pila blanca. Se va.

Al cabo de un rato recorre el pasillo y se encuentra a Tala en el cuarto de invitados, con la cama doble contra la pared forrada con paneles de madera. Tala tiene en las manos una foto de la sobrina de Jules, y de su garganta salen sonidos absurdos. Levanta la mirada y sonríe.

—¿Es su hija?

—Mi sobrina —responde Jules.

—¿Tiene hijos?

«Hoy no, por favor.»

—No.

Tala levanta las cejas. Sigue quitando el polvo. Jules se queda ahí plantada, tratando de controlar su respiración. Gracias a Dios que la hermana mayor de David, Rach, es una verdadera máquina de hacer bebés. La sobrina de Jules y otros tres sobrinos han hecho que la pesada de su suegra, Beryl, no la presione tanto. Los padres de Jules, por otro lado, se han tragado la excusa de que no tiene tiempo para formar una familia. No son tan insistentes, aunque sea su única esperanza de tener nietos, pues con lo único que el hermano pequeño de Jules ampliará la familia será con más reptiles para hacer compañía a su serpiente y a sus dos tortugas.

—¿Cuándo se animarán a tener un bebé? —le pregunta Tala de espaldas.

—Bueno, nosotros... —Jules inspira—. Estamos bien así.

—Es mejor no dejar pasar demasiado tiempo.

—Lo tendré en cuenta. —Jules ríe, pero no sonríe—. Y tú ¿tienes hijos?

—Tengo dos chicos, pero ahora ya son mayores. Estoy a punto de ser abuela. Y está la hija de mi hermana también —añade Tala a la vez que frota con el trapo los paneles de madera.

—Ah, claro. Sí. —Jules asiente y se va de la habitación. Vuelve arriba, sale otra vez al balcón y saca del bolso la revista gratuita de expatriados. Amber ya no está en la piscina. En cambio, Maeve sigue ahí, ahora con su pamela de paja. Hay muchas tumbonas vacías dispuestas en el suelo de cualquier forma. Una mujer recorre el caminito descalza; lleva unos pantalones blancos cortados y deshilachados que hacen que sus piernas luzcan todavía más morenas. Se divisan nubes en el cielo.

Se oye la risa de un hombre. Aparece David, con su traje del trabajo. ¿Qué hace volviendo tan pronto? Va arrastrando los pies, cabizbajo. Lo observa mientras pasa al lado de Dolly, que está peinándose su larga melena con los dedos. Dolly mira a David cuando pasa.

Jules vuelve adentro y relee el artículo sobre los bebés que necesitan acogida temporal. Nunca se había planteado la acogida, solo la adopción. Pidió información a tres agencias después del fracaso de la segunda FIV. Examinó todos aquellos folletos sobre la adopción, aquellas fotos de grupos de hermanos y críos de más de cinco años, pero ella anhelaba un bebé. Ha asistido el parto de centenares de niños, con todo el esfuerzo materno, todo el agotamiento y, después, los ojos brillantes de júbilo. Jules deseaba todo aquello: el amor incondicional, la costra láctea, los pechos doloridos y goteando leche. Cualquier cosa habría hecho para conseguir un bebé que fuese suyo, pero su cuerpo no dejaba de decepcionarla. «Hay otras formas», había dicho David más de una vez. Después del fracaso de cada FIV habían pasado horas y horas hablando sobre esas otras opciones: vientres de alquiler, donación de óvulos y siempre, al final, la adopción. A lo mejor todo eso ha sido para llegar hasta aquí. Quizá la acogida le sirva como entrenamiento. Lo hará; se presentará voluntaria. ¿Es una locura cuidar de un bebé, después de todo por lo que ha pasado? Sería una distracción más, como la fotografía. Coge el teléfono y marca el número.

—¡Albergue infantil! —responde una voz al otro lado del teléfono.

—Soy... Mmm, he visto vuestro anuncio, quiero decir, he leído un artículo sobre vosotros en una revista. Estoy interesada en hacer de voluntaria.

—Siempre necesitamos voluntarios. ¿Has visitado nuestra web?

—Pues... no —reconoce. Si esa mujer está poniéndola a prueba, va a suspenderla a la primera de cambio.

—Bueno, solo tienes que rellenar la solicitud. Clica en el icono de descarga.

—De acuerdo.

—¿Me dices tu nombre?

—Sí, Jules, Jules Kinsella —responde, y enseguida rectifica—: Bueno, en realidad es Jules Harris. Y, mmm, soy comadrona.

—Ah, muy bien… La mayoría de nuestros voluntarios no trabajan.

—En realidad no trabajo.

—Bueno, anota tu número de teléfono en la solicitud y ya nos pondremos en contacto contigo.

—Me gustaría empezar lo antes posible.

—Perfecto, muy bien. Ya he apuntado tu nombre y tomaré nota de eso también.

Jules cuelga el teléfono y se lo guarda en el bolsillo. Teclea la dirección de la web en el buscador. Oye toser a David en el piso de abajo. En la página de inicio unas manos de hombre con los dedos dispuestos en forma de corazón abrazan unos piececitos de bebé. Van apareciendo una serie de frases: «Embarazada y sola», «No sabes cuidar de un bebé»… Se descarga el formulario y empieza a rellenarlo. Se lo relee seis veces antes de mandarlo. Su teléfono empieza a vibrar. Rebusca en su bolsillo. «¿Todavía está en pie el café del miércoles? Por favor, ¡responde!» Vuelve a ser Amber. Vaya loca controladora, pero piensa en Colby y en la depresión que Amber lleva encima, y se dice que debería darle una oportunidad. «Por supuesto», le responde, aunque ella es más de té.

Coge la cámara y baja la escalera. David está sentado en el sofá inclinado hacia delante, escribiendo en el móvil.

—¡Ah, Jules! —la saluda, y se pone a rascarse la cabeza.

—¿Ya estás en casa?

—Creía que… Creía que hoy te tocaba trabajar —responde.

—No.

—Es que… esto… No hay mucho que hacer en la oficina y he decidido volver antes a casa.

—¿En serio?

Tala comienza a tararear una canción desde otra habitación. La melodía llega hasta el salón.

—¿Quién canta?

—La mujer de la limpieza. Ha empezado hoy.

—Ah. —David suspira.

—¿Qué ocurre? —le pregunta Jules sentándose a su lado.

—¿Cómo? Por Dios, Jules, tienes muy mal aspecto.

—No ha funcionado —responde con un sonoro suspiro.

—Joder. —David cruza los brazos para volver a descruzarlos justo después, y le acaricia una mano a Jules.

—Tú estabas muy convencido, pero yo ya sabía que no iría bien —dice Jules.

—Bueno, pues volveremos a intentarlo.

—No podemos seguir así.

—Funcionará… algún día.

—No puedo más. Me doy por vencida. —Aparta la mano y la cierra en su regazo.

—Pues probaremos con otra cosa —insiste David un poco histérico. Él, que siempre se guarda para sí lo que siente de verdad para protegerla.

—Vas a pensar que estoy loca.

—¿Qué?

—Me he hecho voluntaria de una fundación para acoger niños.

—¿Ah, sí? —Pone los ojos como platos—. ¿En qué consiste, exactamente?

—En cuidar de un bebé.

—Pero ¿por qué…?

—Parece que las madres solteras no gozan de los mismos derechos que las madres casadas en este país, por lo que si eres pobre, soltera y no tienes familia, lo más fácil es dar en adopción a tu hijo.

—Ay Dios. ¿Y cuándo será eso?

—Acabo de inscribirme.

—¿Y podremos adoptar un bebé?

—No lo sé.

—Porque, bueno, dijimos que pensaríamos en adoptar; era el siguiente paso.

—Ya lo sé...

—Quiero decir, somos capaces de amar a un niño que no sea pariente nuestro, ¿verdad?

—Pero las adopciones conllevan decepciones y angustia. Podrían considerarnos no aptos, y entonces ¿qué?

—También podrían aceptarnos.

—Sigo con la esperanza de que ocurrirá un milagro, que tendremos un golpe de suerte, que no tendremos que pasar por todo eso.

—¿Y qué hay de todos esos niños que están pasándolo fatal? Padres que no los cuidan, gente que los maltrata? Estoy convencido de que también están esperando un milagro.

Jules siente la desesperación presionándole el pecho. En ese momento Tala entra en el salón. David se pone de pie.

—Hola, soy David —se presenta con su voz alegre de pinchadiscos radiofónico.

Alarga la mano en dirección a Tala, y esta se la estrecha mirándolo con una gran sonrisa.

—Tala, señor —responde, y aguantándose la risa señala la cocina y desaparece.

—Podría ser el principio de algo más —dice David volviéndose de nuevo hacia Jules.

David está ahí plantado, mirándola con una expresión ilusionada. Ella intenta forzar una sonrisa.

—Bueno, de todas formas, seguro que tendremos que pasar por un sinfín de pruebas antes de que nos den un niño en acogida.

David le pone un mechón de pelo detrás de la oreja, la besa y desaparece por el pasillo para subir por la escalera. Jules coge la cámara y juguetea con ella.

Cuando Tala sale del refugio antiaéreo lleva puesto el vestido de girasoles otra vez, una bolsa para hacer la compra colgada de un brazo, unas gafas sujetas con una cadenita alrededor del cuello y una gargantilla de oro con una cruz que brilla bajo la luz. Jules no pide permiso; la enfoca y dispara. La cámara toma una ráfaga de veinte fotos.

—¡Oh *Dius*! —exclama Tala dándose una palmada en el pecho.

—Lo siento, no pretendía asustarte.

—¿Por qué me hace fotos?

—Porque...

—¿Qué? —Tala se pone una mano en la cintura, se queda ahí, de pie, con las piernas separadas. Se coloca el pelo por detrás de las orejas, relaja los hombros, se toca la cruz—. Bueno, no es que sea un problema, tampoco —aclara, y suelta una risita forzada.

—Es que pareces, no sé... tan feliz.

—¿Yo? ¿Feliz? Ay *Dius* mío. —Tala echa la cabeza hacia atrás y se ríe, esa vez de verdad, dejando al descubierto su blanca dentadura, con un par de agujeros en la parte de atrás—. Nos vemos la semana que viene —dice negando con la cabeza.

La puerta de entrada se cierra detrás de ella y parece que se hayan apagado todas las luces de la habitación.

## *La vida con una asistenta del hogar extranjera*

᷇

## Normas esenciales para las empleadas
## domésticas extranjeras

**Norma 3. Alimentación:** Aconsejo separar su comida desde el primer día. Por ejemplo, yo tomo café Illy, que cuesta veinte dólares el paquete. ¡No esperaréis que lo comparta con ella!

# 8

El perro ciego de la señora Jemima, Malcolm, se acerca a Tala ladrando. La señora Jemima cruza el recibidor a grandes zancadas.

—Ay, Tala, estás aquí. Mira, es que tengo una reunión de trabajo dentro de media hora y Malcolm, mi pobre nene, está desesperado por salir a pasear.

—Sí, por supuesto, señora.

Tala está forzando tanto la sonrisa que le duelen las mejillas. Quizá la señora Jemima es lo que se dice glamurosa, pero Tala nunca había visto antes a nadie con ese aspecto. Un traje blanco con volcanes en el dobladillo de las mangas. La expresión de la señora Jemima parece un signo de interrogación, y Tala se da cuenta de que se ha distraído.

—Parece Michael Jackson —le espeta Tala.

La señora Jemima se queda en silencio durante mucho rato.

En el cuarto de la colada, Tala se pone la ropa beige. Armada con su arsenal de limpieza metido en un cubo negro, pasa arrastrando los pies junto a la señora Jemima, que todavía está en el recibidor asimilando el fracaso de su vestido de alta costura. La señora Jemima abre la cremallera del neceser de maquillaje y empieza a aplicarse la base delante del espejo bañado de oro. El perro, batiendo sus orejas marrones y con la lengua fuera, abraza con las patas una de las piernas de Tala y empieza a refregarse.

—¡Qué asco! —suelta Tala, y añade—: Malcolm, cariño, no tardaré en sacarte.

Hablar mal a Malcolm es hablar mal a la señora Jemima, y Tala no debería echar sal en una herida que ya sangra. La señora Jemima se vuelve hacia Tala y sonríe, una gruesa raya negra le perfila los labios. «Dios mío.» Tala espera no haberlo dicho en voz alta. Sacude la pierna para zafarse del perro, y trata, sin conseguirlo, de acallar sus aullidos con una risa aguda. Malcolm corre hacia la señora Jemima, que se agacha y hace pucheros. El chucho salta y le pone su negra nariz en los labios perfilados.

—Oooh, mi nene querido. Mamá te echará de menos. ¡Hasta la semana que viene, Tala! —se despide—. Ah, por cierto, hay una caja llena de cosas que ya no me pongo. ¡Llévate lo que quieras!

La pesada puerta de madera de arce se cierra detrás de la señora mientras Malcolm aúlla. El dinero para Tala está preparado encima de una mesa auxiliar. Hay una caja de cartón debajo de esta. Tala se pone en cuclillas para abrirla, solo para curiosear, y le crujen las rodillas. Ve un surtido colorido: una bolsa verde a topos, un par de sandalias blancas de tacón alto, una camiseta amarilla con un lazo y otras cosas. Lo deja todo dentro y cierra las solapas.

La casa parece sacada de una película en blanco y negro. Fotografías, paredes blancas, telas blancas y una ventana enorme. La señora Jemima tiene algún tipo de trabajo de altos vuelos para el que usa palabras como «balances» y «comisiones». Tala no acaba de entender por qué a alguien puede tanto gustarle tener expuestas fotos de sí misma, pero ahí está la señora Jemima, posando en una gran roca en un cañón, con las botas de montaña calzadas. En otra, desenfocada, sale haciendo mimitos a Malcolm. A Tala se le escapa por qué esa mujer se quedó con el perro. Se pasa todo el tiempo trabajando y el perrito («¿Qué es? ¿Un shih-tzu o algo así?») se queda encerrado durante horas. Hay que reconocer que a Tala nunca le han gustado mucho los animales. Tuvieron un perro en la granja cuando era pequeña, lo que explica por qué jamás le han entusiasmado.

Tala pasa junto a una foto en que la señora Jemima posa sentada con las piernas cruzadas en un taburete; está tan retocada que parece un cadáver. Esa adorable mujer de piel sedosa que aparece en la foto no guarda ninguna relación con la realidad, con el pelo ralo y el cutis arrugado de la señora Jemima actual. A pesar de eso, rezuma una seguridad en sí misma que Tala admira. «Soy una muchacha solitaria», le confesó a Tala el día que se conocieron mientras acunaba a Malcolm entre sus brazos y lo arrullaba. «Mi nene», le dijo mientras le besaba el hocico, y luego le susurró junto a su oreja levantada: «Mamá te quiere». Después llegó el día en que le contó a Tala que dejaba que Malcolm durmiera en su almohada: «Aaah...Y su pequeño pintalabios asoma cada mañana». Al oírlo, Tala pensó: «Dios mío, esta mujer necesita un hombre».

Tala entra en el estudio, donde hay dos ordenadores. No se arriesga a encenderlos, pero hojea los papeles que hay encima del escritorio. Después de todo, seguro que Vanda toma notas antes de escribir en su blog. Números y facturas; ejemplares antiguos del *TIME*. Una carpeta con el título «Privado». Tala la coge, pero no hay más que papeles con números. Ve otra carpeta, esa con una gran «J» en la portada, y la abre. «Ideas para ir de vacaciones.» ¿Y eso de ahí? *Criadas y señoras. Hilly. Vanda.*

¿Vanda? ¿Puede ser la señora Jemima? Cuando Tala averigüe quién es Vanda y haya reunido las pruebas necesarias tiene la intención de poner al descubierto a esa persona, quizá publicando su nombre en el blog o bien en una carta al director de algún periódico. Si todo va bien, eso le cerrará el pico por un tiempo. Unas zarpas le arañan las pantorrillas, y Tala ahoga un grito.

—¡Baja ahora mismo! —le grita a Malcolm, y el perro ladea la cabeza, con una hilera de pelo encima de sus ojos inservibles.

Vuelve a centrarse en los papeles, tratando de recordar cómo estaban colocados. Los recoloca. Se pregunta de nuevo si la señora Jemima será Vanda.

Va a la cocina y, con una cuchara, vacía una lata de carne en gelatina. No desprende muy buen olor, que digamos, pero el perro se la zampa. Llena un bol metálico con agua y lo deja en el suelo. Se recoge el pelo en una coleta y se pone a limpiar. Friega y rocía limpiador, pero el olor a chucho no se va. Deja una bolsa de plástico para la caca del perro en la encimera y ata la cadena al collar de Malcolm.

Necesita un vaso de agua, así que pisa el mango de la correa y alarga un brazo para cogerlo. Tropieza, y levanta el pie con el que sujetaba la correa y esta sale disparada hacia el perro, con la fuerza con que un aspirador recoge su cable. Malcolm da un brinco en el aire por el impacto.

Salen a la calle por la verja con flores de hierro forjado. Por encima de una valla, Tala ve una piscina, una estatua de Buda y un porche con sillas de plástico. Malcolm tira de la correa y se da un golpe en la cabeza contra el tronco de un árbol. Van por la acera, junto a los coches aparcados, hay adoquines sueltos, desparramados por el asfalto.

El aire es sofocante. Las mejillas de Tala se sonrojan cuando se imagina a Caroline leyendo su blog. Caroline comentó que había otras mujeres que también lo leían. Tala sonríe, y entonces recuerda lo que Dolly dijo acerca de lo fácil que lo tiene el Ministerio de Trabajo para descubrir la identidad de la Criada Bloguera. Se le revuelve el estómago.

Una mujer occidental con unas gafas de sol enormes apunta su teléfono móvil hacia Tala y hace clic. «Oh, oh, ya han mandado a alguien del ministerio a por mí.»

—Con eso bastará —dice la mujer. Tala se queda ahí plantada, juntando los brazos en espera de que le pongan las esposas de plástico—. Pero bueno, es que es espantoso —sigue la mujer—. Aquí tengo una prueba gráfica de ello.

La mujer, con sus sandalias tipo Jesús, se acerca a Tala y le echa el aliento acre contra la cara.

«Voy a borrar todas las publicaciones. Y aquí no ha pasado nada», se dice Tala. La correa elástica le tira del brazo. Mira hacia abajo y ve unos churros marrones debajo de Malcolm. La uña del dedo gordo del pie de la mujer se ve gruesa e infestada de hongos.

—No, es que ya está bien, estoy harta de esto. ¿Para quién trabajas? Quiero su nombre y su dirección.

—Voy a recogerlo.

Tala se mete la mano en el bolsillo, pero no encuentra la bolsa de plástico.

—¿De verdad? ¿Y con qué, si puede saberse?

Tala da un paso atrás, para evitar el aliento de la mujer.

—Lo he visto demasiadas veces, a chicas como tú dejando la caca del perro en la acera. Pues bueno, esa irá a la galería de las malas criadas.

—¿Qué...?

—*El Blog de Vanda*. Nunca hacéis caso, y eso es inaceptable, está muy mal.

La palabra «mal» queda suspendida en el aire.

—Yo soy buena —responde Tala. Es como si alguien hubiera encendido el gas de su rabia a tope. Apunta con el dedo índice a la cara de la desconocida.

—Bueno, eso está mal —insiste la mujer.

—No me llame «mala».

—Quiero tu dirección.

Tala mira directa a las gafas de sol. Se ve a sí misma temblando, aunque en actitud desafiante. Se da la vuelta y se va. El perro, inmóvil, la obliga a retroceder.

—De acuerdo, pero alguien te reconocerá cuando mande a Vanda esa foto. Tu gente.

Cuando Tala tira de la correa y empieza a subir la cuesta casi puede notar los ojos de la mujer clavándosele en la espalda a cada paso.


Más tarde, Tala ya ha terminado de arreglar la casa de la señora Jemima. Malcolm salta a su regazo, gimiendo. Pobre bola de pelo. Tala sale por la puerta principal y se las apaña para cerrarla sin aplastar a Malcolm contra el marco. ¿Cuántas horas se pasará ahí solo?

Tala va calle arriba y los murciélagos revolotean por encima de su cabeza. Se le ven los dedos enormes en las chanclas, pero le queda muy bien ese esmalte, Ilumina la Noche, se llama, aunque las apariencias engañan. La gente ha estado quejándose del mal olor de los pies de Tala desde que era pequeña. Tala lo ha intentado todo:

polvos de talco, hamamelis, incluso una vez llegó a sumergirlos en lejía. «Acéptate tal como eres.» La voz astrológica de Russell Grant se cuela en su cabeza. Y Russell tiene razón, porque sus pies no van a cambiar. Aunque dijo que estaba a punto de sufrir un cambio cuando la Luna se encontrara delante de Venus. Dios, Tala desearía que sucediera ya. Un cambio. Quizá su blog cambiará las cosas. Enseñar que no todas las criadas son como esa tal Vanda las describe.

Sube al autobús y se queda dormida, hasta que la cabeza se le va hacia delante y se despierta. El tráfico es denso en la avenida de cuatro carriles. Una mujer con zuecos blancos cruza la calzada. Tala se frota la piel de gallina del brazo; tiene frío porque el aire acondicionado está demasiado fuerte. Se apea en su parada y empieza a andar fatigosamente por entre los altos edificios amarillos del Departamento de Desarrollo de Viviendas.

El periquito revolotea por la jaula. Y ahí está Rita, con la recién nacida de su señora.

—¿Han mejorado las cosas?

Rita niega con su cabeza angulosa. A Tala se le inflan las fosas nasales. Mira dentro del cochecito.

—¿Cuánto tiene? —pregunta tapándose la boca con la mano para contener esos ruiditos odiosos que hace cuando está cerca de un bebé.

—Seis semanas. Es tan mona... —responde Rita.

—¿Y cómo se llama?

—Angel.

—Oh, pobrecita.

Rita ríe a través de sus dientes separados.

—Por lo menos no le ha puesto nombre de país —comenta Tala—. Ya sabes, India, por ejemplo... Oh, por favor. —Alarga una mano hacia la pequeña, que está muy despierta, y le da un pellizquito en la mejilla—. Hola, Filipinas. ¿Cómo estás?

La bebé bosteza, mostrando sus encías desdentadas.

—Chist... —sisea Rita sonriendo—. Estoy intentando dormirla.

Se aleja empujando el cochecito. Parece un esqueleto andante con dientes.

Tala coge el ascensor, y al abrir la puerta de casa se libera el pestazo a sopa de costillas de cerdo. El piso está en silencio, solo se oye el runruneo de la nevera. La señora Heng se quedará hasta tarde en casa de su hija, que vive a cuarenta minutos, en Pasir Ris; va una vez por semana. Tala se sube a una silla y busca a tientas el ordenador y el diario en la estantería superior del armario. Añade el nombre de Rita a la lista de quejas de su diario. Está Marifé Mendoza, a quien su jefa abofeteó hace cuatro meses, y Lydia Ramos, que dejó su primer empleo después de que el hombre de la casa le pellizcara el culo. Y todas las otras; hay páginas y páginas con nombres y protestas. Cierra el diario y enciende el ordenador.

Skype se activa automáticamente. Unos segundos después, resuenan campanillas en la habitación polvorienta: Ace está llamándola. Tala acepta, y aparece la cara llena de cicatrices pero sonriente de su hijo. Alguien se mueve por el fondo.

—¡Hola, mamá!

—¿Has conseguido el trabajo?

—Había más de veinte aspirantes. ¿Cuántas posibilidades tenía? —Ace se encoge de hombros, con los brazos fuera de plano.

Tala intenta no pensarlo, pero no puede evitarlo: la llama para pedirle dinero, ¿y cómo podría negárselo, si pronto nacerá su primer nieto?

—¿Has ido a la entrevista?

—Me estoy esforzando. —Ace aparta la mirada—. De verdad.

Se inclina hacia atrás, se pone las manos en la nuca, por debajo de la coleta. Lleva una camiseta en la que hay un rostro estampado con unas cejas enfadadas y un globo de diálogo que reza: «POW!» A Tala se le inflan las fosas nasales; su hijo podría estar entre los veinte primeros aspirantes si no hubiera dejado la escuela. Antes de que tenga oportunidad de hablar, Ace se levanta y se acerca a la persona que se ve al fondo. La arrastra hasta donde Tala pueda verla. Alice. Parpadea a toda velocidad, evita mirar hacia la pantalla. Su nariz apunta al suelo.

—Alice —dice Tala—. ¿Cómo estás?

—Estoy bien, *lola*, gracias.

«*¿Lola? ¿Qué...?*» Tala no se convertirá en abuela hasta que nazca el bebé. Ace mueve a su novia a un lado.

—Es una niña, mamá.

—¿Qué?

—Le han hecho una ecografía a Alice y...

La pantalla se llena de puntitos negros y blancos. Tala golpea con fuerza la parte superior del ordenador, pero no percibe ningún cambio; la videollamada se ha interrumpido. Debe de ser otro corte de luz, típico de Tagudin. No puede ser un fallo del ordenador de Ace porque se lo compró hace menos de seis meses con dinero que ella le mandó.

Intenta volver a llamarlo, pero se corta, así que entra en su blog. Dios. Su primer artículo sobre cámaras de espionaje ha recibido trescientos siete «me gusta». Hay cinco comentarios esperando su aprobación para publicarse. Se sofoca y se le dibuja una sonrisa tonta en el rostro. Entonces piensa en Rita, deja de sonreír y empieza a escribir.

# LA CRIADA BLOGUERA:
## Qué implica ser una asistenta del hogar

¡Permitidles comer pasteles!

Las mujeres de Singapur con su ropa de talla 0 y sus pies de Barbie provocan que las mujeres occidentales padezcan *expatrioanorexia*.

Como bien saben todas las filipinas que han ido alguna vez de compras con su señora occidental, siempre que ella formula la pregunta: «¿Tenéis esto en mi talla?», recibe la misma respuesta: «No, no lo hacemos en la talla XXXL».

Y esto es lo que pasa después:

—Silencio.

—El crujir de la báscula detrás de la puerta cerrada del cuarto de baño.

—Tu señora quejándose de que le sirves las raciones demasiado grandes (a mí se me quejan siempre de eso. No voy a dar ninguna receta especial en este blog).

—Y, si haces pasteles, serás su enemigo número uno.

Date cuenta de que no existe nada llamado *filipinorexia*. Puede que tengamos culos grandes o barrigas de distintos tamaños, pero la mayoría de nosotras venimos en tamaño extrapequeño.

Y no hay que olvidar el ejercicio físico que hacemos, toda esa limpieza, pasar el aspirador, lavar los coches… Pues sí, necesitamos un montón de calorías para seguir funcionando. Y si no las comemos nos adelgazamos y nos quedamos como el papel en el que está escrito nuestro contrato.

La semana pasada Vanda publicó un artículo sobre la cantidad de comida que debería ofrecerse a una criada. Pues bueno, señoras, no, un bol de arroz para cenar no es suficiente.

Si no les dais más que eso, vuestra criada acabará necesitando asistencia médica y no os hará mucha ilusión tener que pagar la factura. Su velocidad caerá en picado. ¿Dejaros la casa reluciente de arriba abajo en cuatro horas? Olvidadlo. Además, a vuestra criada le resultará imposible mantener en el rostro su sonrisa de un blanco inmaculado.

Las criadas necesitan proteínas. Frutos secos, queso, carne —de cualquier tipo— para que la sonrisa sea auténtica. Recordad que la indiferencia puede contagiarse (por no mencionar la perimenopausia, señoras).

Y dado que es muy probable que no os comáis las delicias de la Bread Society por culpa de una mala experiencia en las tiendas de la calle Orchard, no dejéis que se echen a perder. Señoras, permitid que vuestras criadas coman pasteles.

Tala clica en «Publicar».

Dolly oye un zumbido como si se hubiera sumergido en aguas profundas. Cierra *La criada bloguera* y traga saliva. Tiene la boca seca. Esa es Tala, una Tala muy mal disimulada. Dolly tendría que haberle puesto remedio mucho antes. Se dirige hacia la planta baja con el pulso latiéndole en el cuello.

La señora Amber está en la cocina llenando un vaso de agua. La piel le brilla debajo de la nariz por los mocos y tiene dos nubes rojizas estampadas en las mejillas. Va repitiendo un mantra en voz baja.

—No soy mi madre. No soy mi madre.

Lleva un camisón de seda verde oscuro y un antifaz en el pelo como si fuese una diadema. Saca una pastilla de un blíster, se la mete en la boca y traga.

—Señora, ¿está bien?

La señora Amber da un brinco.

—Ay, menudo susto. —Cierra la mano alrededor de la caja de pastillas, niega con la cabeza y se va escalera arriba.

Dolly va a buscar el bolso de mano rosa a su habitación y sale por la puerta principal, pasa de largo de las piscinas y se adentra en la calle oscura y calurosa. Los murciélagos revolotean alrededor de una farola mientras sube la colina. Un autobús la rebasa, y Dolly echa a correr, con las chancletas aleteando contra el cemento. Llega a la parada justo a tiempo.

Se sube en el autobús y toma asiento. Por la ventanilla no se ve nada, solo su reflejo, la mirada triste, los pendientes que relucen en su oreja. Una mujer con pestañas postizas sostiene un estuche de maquillaje plateado y se aplica pintalabios de un color rojo brillante. Dolly saca su teléfono móvil del bolso para entretenerse. «¿Ya te has ocupado de aquello?» Vuelve a ser él. Esa última semana no ha ido a verla tanto como solía. Dolly borra el mensaje. El trayecto en autobús está resultándole eterno. Se muerde las uñas, y apoya una mano y la nariz en el cristal.

Al final hace sonar la campana y se apea, pasa corriendo por los jardines de HDB, y llama a la ventana del piso de la señora Heng. Está todo a oscuras. ¿Acaso habrá salido Tala? Dolly golpea con los nudillos el cristal con más fuerza, y acto seguido avanza por el muro amarillo y se detiene en el respiradero, detrás del cual está el cuarto de Tala.

—¡Tala! ¡Tala! —llama Dolly, aunque no llega a gritar.

Se oyen unos pasos amortiguados que llegan hasta la puerta de entrada. Se abre. Dolly recula. Es la señora Heng, que está ahí de pie con un pijama rosa muy holgado, que la hace parecer más esquelética, y una redecilla amarilla en el pelo.

—Eso es *ta ma de* ridículo. ¡Son las once de la noche, chica!

—Lo siento mucho, mucho, señora Heng. —Dolly pasa como puede—. Es que, bueno, necesito hablar con mi hermana.

Dolly no se molesta en llamar a la puerta del cuarto de la colada. Entra directamente en la habitación caliente y oscura de su hermana, busca a tientas el interruptor de la luz y cierra la puerta tras de sí. Tala está dormida en el colchón vestida con una camiseta gris y de sus orejas asoman trozos de papel higiénico de color rosa. Dolly la zarandea por el hombro y Tala se incorpora enseguida, parpadeando por culpa del impacto de la luz.

—¡Por Dios, Bong! —se queja Tala.

Dolly le quita el papel de una de las orejas.

—Eres la Criada Bloguera —susurra Dolly.

—¿Qué?

—Eres la autora de ese maldito blog.

—¡Baja la voz! —gruñe Tala.

—¡Chist!

Tala lucha con su otra oreja, y el trozo de papel higiénico acaba en su mano.

—No sé de qué me hablas.

—¿Eres consciente del riesgo que estás corriendo?

—Oh, Dios santo, ¿has despertado a la señora Heng?

Tala sale de la cama casi dando una voltereta. Abre la puerta del dormitorio y permanece fuera un rato. Luego vuelve a cerrarla.

—No debes decírselo a nadie, Dolly.

Las dos mujeres están de pie, una delante de la otra. Dolly agarra a su hermana por las manos.

—No voy a hablar a nadie de eso. De todos modos, Tala, no puede descubrirlo nadie más. Los del Ministerio de Trabajo no está buscándote aún, eso seguro, porque con el poder que tienen ya te habrían encontrado. Pero debes ponerle fin.

—No pienso dejarlo —sentencia Tala, y se cruza de brazos.

—Siempre tienes que decir la última palabra. ¿Por qué no puedes quedarte callada por una vez?

—Alguien tiene que plantar cara a esa tal Vanda.

—Pero, Tala, a lo mejor te expulsan.

—Chica, al ritmo que está creciéndote esa barriga no seré la única a la que echen.

Dolly abre la boca para hablar, pero la cierra de nuevo y aparta la mirada.

—¡Serás *taga*! Por Dios, ¿de quién es? —Tala se santigua no una sino dos veces.

—He estado viéndome con alguien, pero no significa nada para mí —responde Dolly encogiéndose de hombros.

—¿Te acuestas con alguien que no te importa?

—Es... —Dolly se pone pálida.

—¿Qué? Es el señor Tor, ¿verdad?

Dolly coge aire.

—¡Por supuesto que no es el señor Tor! Me veo con un expatriado del complejo. Gavin.

—¿Gavin? ¿Gavin el australiano? ¿El marido de la señora Maeve? —Tala hace una mueca—. Ay Dios, ¿vas a decirle que estás embarazada?

—Ya se lo he dicho. De todas formas, voy a abortar.

—¿De qué hablas?

—Fui a comprar unas pastillas.

—Tendrías que haber tomado precauciones.

—Demasiado tarde. Y tú ¿qué vas a hacer con ese blog?

Tala resopla.

—Te meterán en el primer avión que salga en cuanto te descubran. Tienes que parar, Tala; tienes que hacerlo. —Dolly examina el cuarto—. ¿Dónde guardas el ordenador?

Tala se peina con los dedos, mira en dirección al armario y se encoge de hombros. Dolly se sube a una silla y alarga los brazos. Entre un montón de libros finalmente encuentra el viejo portátil negro.

Las dos mujeres se sientan en la cama y Dolly lo enciende. Clica en el icono de internet y, en la página de inicio, le aparece *Salamin*, el periódico filipino. «¿Quién es la autora de *La criada bloguera*? Ofrecemos una recompensa a quien descubra la identidad de la rebelde bloguera.»

—¡Mierda! —suelta Dolly.

—¿Qué pasa? —pregunta Tala entornando los ojos.

—Sales en la portada.

Dolly tiene arcadas y se cubre la boca con la mano. Tala busca sus gafas y se las pone.

—¡Oh, cielo santo! —exclama.

—Tienes que eliminar ese dichoso blog.

Tala entra en las estadísticas de la página de *La criada bloguera*, ambas miran a la pantalla y luego la una a la otra.

—Dios mío, creo que ya es demasiado tarde —dice Tala.

El número de visitantes del blog está aumentando delante de sus ojos con rapidez.

# 9

Jules sube las últimas fotografías a su cuenta de Instagram. Aquel chaval haciendo volar una cometa en la Costa Oeste, con un tatuaje de una serpiente en blanco y negro que le rodea el brazo; el primer plano de una filipina en el mercado a la que le faltan dos dientes. La mujer se rio cuando Jules le enseñó la foto en la pequeña pantalla de la cámara.

«Y yo aquí con mis palas relucientes.» Jules se puso aparatos hace dos años. Y no se puso uno de esos alineadores invisibles, sino uno de esos que parecen una vía de tren, y después se hizo un tratamiento blanqueador. Cuando le quitaron los brackets, David se tapaba los ojos cada vez que Jules sonreía. «Vaya sonrisa Profident», decía.

—Me voy. —David ha entrado en la habitación, se oye el trino de los pájaros al otro lado de la ventana.

Jules no levanta la vista, está inclinada hacia delante, con la espalda encorvada.

—¿Jules? —David se agacha y le coge la cara con ambas manos—. ¿Cómo estás?

—Bien... Ay, no lo sé —dice después de un largo y lento suspiro.

—Puedo quedarme.

—Eso no cambiará nada.

Alguien llama a la puerta principal. David baja a abrir. Jules lo sigue. Amber está esperando, con un vestido naranja, tiene un pegote de maquillaje debajo del ojo izquierdo.

—Hola, David.

—Ah, hola. —David se vuelve hacia Jules, la abraza y le susurra al oído—: Volveré pronto.

—No seas tonto. No querrás que te echen tan pronto.

A David se le arruga la frente, la nuez le sube y le baja al tragar saliva.

—Sí, claro.

David suelta una risa forzada. Sale y llama al ascensor.

—Pasa —invita Jules a Amber.

Amber entra. David y Jules se miran a los ojos. Él regresa, le aparta el pelo de la cara. Se abren las puertas del ascensor, y David se va. Jules entra en casa.

—Un café me sentaría bien —dice Amber.

—¿Instantáneo?

—Tomaré una infusión.

Jules enciende la tetera eléctrica.

—No tenemos por qué hacerlo —dice Amber.

Jules tose tapándose la boca con una mano.

—Quiero decir que si no te apetece quedar conmigo, no pasa nada. Tengo muchas amigas. —Amber se enrolla la coleta en el dedo y luego la deja caer por el hombro.

—Me parece que no te entiendo —responde Jules.

—Has estado evitándome.

—No es verdad.

—Es obvio. El otro día te saludé con la mano y sé que me viste, pero diste la vuelta a la piscina para evitar hablar conmigo.

—¿En serio? —pregunta Jules.

Intenta recordar. Una cigüeña pintada en la ventana de una de las casas de la planta baja. La mujer que vive en ella acaba de tener un niño. Jules siempre escoge el camino más largo cuando sale de la comunidad para no tener que pasar por allí.

—Hay otras formas de proceder cuando no te apetece hablar. Puedes decir simplemente «Hola» y pasar de largo. No hace falta ser tan grosera.

La tercera FIV de Jules acaba de salir mal, y esa mujer se aferra a ella como si fuera su bote salvavidas. Entonces Jules se acuerda de la sertralina. Carraspea.

—Bueno, lamento haberte parecido grosera.

—No pasa nada. No soy rencorosa —dice Amber con la palma de la mano levantada.

—Lo que ocurre es que...

Amber niega con la cabeza, tiene la cara tensa.

—No, no quiero oír nada más sobre el tema. ¿Cómo estás?

Jules fuerza una sonrisa, pero enseguida se le desvanece.

—¿Qué ha pasado? —pregunta Amber.

—Yo... Es que... bueno, pensaba que estaba embarazada.

Amber se queda boquiabierta, los ojos como platos. Avanza dos pasos hacia Jules.

—¿Y...?

—Pues que no.

—Oh, ay Dios, Jules, lo siento.

Jules asiente y espera.

—¿Hace mucho que lo intentas?

—Años.

—Vaya. —Amber la mira, abre la boca como para decir algo más, pero decide no hacerlo.

Jules podría dejar que el silencio se alargara, pero Amber tiene una mirada desesperada que suplica que no lo haga.

—La fecundación *in vitro* no ha funcionado.

—Podéis volver a intentarlo —responde Amber con la voz entrecortada.

Jules niega con la cabeza.

—Ya lo habíamos probado dos veces antes. No funciona. No es para nosotros.

—En fin, te diré una cosa: los hijos no son tan divertidos como se supone que tienen que serlo. Y resultan muy caros. Me da pavor calcular todo el dinero que estaríamos gastando si tuviéramos que pagar las cuotas del colegio.

Jules mete una bolsita de manzanilla en una taza y le añade agua caliente. Se la ofrece a Amber.

—De todas formas, por suerte, parece que a Sam le gusta ir al colegio, pero a Colby... Quizá se parece a mí, la escuela no estaba hecha para mí, la verdad. —Tiene la mirada perdida—. Oh, pero siento mucho que la fecundación *in vitro* no haya funcionado. Quizá si te relajaras, intentaras no pensar en ello durante una temporada... Me han contado un montón de historias así —dice volviéndola a mirar.

Jules se arrodilla encima de la alfombra de lana roja para coger de debajo del sofá el libro de fotografías de Amber.

—Bueno, no quiero hablar más de eso ya. Aquí tienes tu libro. —Le quita el polvo con la mano.

—Me encanta la forma que Avedon tiene de mostrar la crudeza de la gente —comenta Amber.

—Soy menos entusiasta de los penes colgando —responde Jules.

La risa de Amber diluye el denso ambiente. Se sienta

en el sofá y da sorbos a su infusión. A Jules le ruge el estómago.

—Vaya, perdona. —Se pone la mano encima.

—Tienes hambre —dice Amber sonriendo.

—Un poco, quizá.

—Por mí no te cortes.

Jules cruza el salón abierto hasta la cocina, donde abre un armario y coge una bolsa de papel de la parte superior de una pila de platos. Dentro hay una rebanada de pan reseco. Abre la nevera. Hay tres granos de uva mustios en un estante. Un tarro sin tapa de salsa pesto dentro de una bandeja grasienta de cristal. El día anterior no se molestó en comer nada, y David debió de terminarse lo que quedaba de ensalada. Tiene que ir a hacer la compra. Se sienta en el sofá, pero su estómago no se calla.

—¿Por qué no salimos a comer algo? —propone Amber.

—¿Y qué pasa con tu infusión?

—Ya encontraremos algo en el PS Café —responde Amber dejando la taza en el suelo.

«¿Qué puede tener de malo ir a comer algo con Amber?», piensa Jules mientras coge su bolso.

Dentro del todoterreno de Amber huele a moho, como si hubiera una naranja por ahí, escondida y olvidada, que estuviera pudriéndose. Hay una bolsa de patatas fritas vacía y arrugada en el suelo. Una piel de plátano está metida en el espacio que queda detrás del freno de mano. En los asientos traseros, una de las sillitas de retención infantil está cubierta de migas. Amber se monta, levanta una botella de cristal y rocía el coche con un ambientador con aroma a limón.

—Perdona el desorden —se disculpa cerrando la puerta—. Y el mal olor. Cuando tienes chicos debes vértelas con zapatillas apestosas.

Se descalza y tira las sandalias en el suelo de la parte trasera. Gira la llave y el motor arranca. El techo del aparcamiento parece aplastarlas. Van colina arriba por la carretera y entran en la autovía.

Jules ve un niño que pasa del asiento trasero de un Mercedes plateado al delantero, junto a su madre, que conduce sin mirar hacia la calzada. Un taxi azul pasa a toda prisa por las líneas blancas y negras de un paso de peatones justo cuando una mujer enorme empieza a cruzarlo. La mujer amenaza al conductor con el puño. Las uñas pintadas de los pies de Amber se abren sobre el acelerador. No hay cambio de marchas. Acciona el intermitente y el coche del carril contiguo acelera para no dejarle espacio.

Amber gira hacia Dempsey Hill. Suspira; el aparcamiento está lleno. Lo prueba en otro de más abajo, y maniobra para aparcar en batería en un hueco muy estrecho. Cuando Jules se apea del todoterreno tiene que contener la respiración para pasar por entre los dos vehículos.

Suben por un caminito en dirección a un edificio cuadrado de cemento, con unos ventanales que van desde el techo hasta el suelo, rodeado de árboles. Jules y Amber se sientan a una mesa cuadrada negra de la terraza. Una camarera les sirve una jarra de agua con dos vasos. Amber los llena. La mesa cojea, y los vasos de agua caen hacia Jules, quien los pilla en el aire. Le duele el estómago.

—Deberíamos decirles que pongan algo debajo. Es culpa de esta pata —dice Amber.

Jules no sabe qué contestar, así que mira a lo lejos, a las colinas de árboles inclinados, al cielo azul. Dentro, el restaurante tiene los mostradores de cobre y los suelos cubiertos con grandes planchas de madera.

—Las amigas que haces aquí son temporales —comenta Amber con una sonrisa torcida.

—Sí —responde Jules, pero está pensando en los embriones saliendo de ella con toda esa sangre.

—Hay que tener por lo menos diez amigas, así todavía te quedan si una se va.

—Parece control de stock.

El párpado de Amber palpita. Tiene las mejillas chupadas, y antes no las tenía así. ¿Se habrá adelgazado? Amber pide una botella de vino blanco. Cuando se la sirven, agita la copa y olisquea el contenido. En un solo trago desaparece la mitad. La mesa se tambalea de nuevo; Jules apoya la rodilla en la pata para mantenerla estable. Echa un vistazo a la carta y escoge la ensalada de quinoa.

—Y, mmm, ¿has visto últimamente a esa amiga tuya, a...? —pregunta Jules. Tiene el nombre en la punta de la lengua—. ¿Maeve?

—No la veo mucho. —Amber fuerza una sonrisa.

—Creía que erais uña y...

—¿Perdona?

—Buenas amigas, ya me entiendes.

—Y tus amigas ¿quiénes son?

—Pues tengo a David... —dice haciendo muecas, y Amber suelta una risa estridente. Jules fuerza una sonrisa.

—Y me tienes a mí —añade Amber.

Jules rodea la copa de vino con una mano, pero al final opta por coger el vaso de agua; bebe.

—¿Y bien?, ¿te resulta interesante vivir aquí?

Amber se queda pensativa.

—Es duro estar lejos de la familia, pero es más fácil si tienes críos. Ya me entiendes, si te ayudan.

Llega la comida en platos cuadrados y Jules empuja la mesa con el codo para que deje de cojear. Mezcla la ensalada y observa a Amber llevarse un trozo de atún a la boca.

Amber se rellena la copa. Jules bebe un trago.

«Solo dos óvulos —piensa Jules—. Solo dos. No me extraña que no funcionara.»

El tenedor de Amber rechina contra el plato. Por primera vez, Jules se da cuenta de que a Amber le falta la punta del dedo meñique.

—Ah, sí, mi amputación —dice Amber.

Cierra el puño. Recupera la comida de un rincón de su boca y la mastica asintiendo exageradamente.

—¿Qué te pasó?

—El rey William, eso me pasó —empieza a explicar Amber, y Jules entorna los ojos—. Mi hermano mayor. Nos peleábamos como perro y gato. Él me pilló la mano con una puerta en medio de una discusión. Valerie puso el trozo de dedo en una bolsa de plástico, la llenó de hielo y llamó a una ambulancia.

—¿Valerie?

—La mexicana que vivía con nosotros. Fuera como fuese, mi pobre meñique no sobrevivió, y William ni siquiera se disculpó.

—Dios.

—Bueno, pasó hace ya mucho tiempo.

Las mujeres siguen comiendo. Jules se pone una mano en el vientre. Incluso huyó de Londres, convencida de que podía escapar del anhelo de tener un hijo propio. Está más desesperada que nunca.

—¿Qué te trajo aquí?

—El trabajo de Tor. Colby era solo un bebé, no ha conocido nada más. Que el Señor nos asista si tenemos que volver a Chicago.

—Debes de aburrirte.

—Participo en causas benéficas. Tor no quiere que trabaje. —Se le dibuja una gran sonrisa. El pegote de maquillaje sigue ahí, debajo del ojo.

—Así que... —se atreve Jules—. ¿Qué os llevó a estar juntos? Trabajabais en la misma empresa, ¿verdad?

Amber vuelve a soltar esa risa estridente. Una mujer con un vestido de satén verde que se sienta a una mesa bastante alejada se vuelve para mirarlas.

—Fue una noche después del trabajo. En un concierto de Elton John. No podía parar de pensar en lo incómodo que Tor parecía moviendo los pies y haciéndose crujir los dedos.

¿Elton John? Jules se imagina a David poniendo los ojos en blanco al oír su nombre.

—En el trabajo Tor siempre tenía la cabeza en los papeles. Me daba la impresión de que yo le aterrorizaba. —Amber suelta una risa contenida. A Jules le cuesta tragar—. Yo había bebido bastante aquella noche y me dejé llevar —prosigue Amber—. Lo sentía detrás de mí, me di la vuelta, me abracé a él y... —Coloca el cuchillo y el tenedor dentro del plato.

—¿Y supiste que era el escogido?

—Bueno, ¡no había nadie más! —dice Amber después de un largo trago de vino.

—Ah —contesta Jules—. Parece un buen tío, Tor. Es majo —comenta.

Amber hace una mueca y las arrugas aparecen alrededor de sus ojos. Se le dibuja un triángulo de desacuerdo en el labio superior y aparta la mirada.


Dolly se pone de pie encima de la cama, apoya el cuerpo contra la estantería. Coge las pastillas, envueltas en papel de aluminio, y se sienta.

Las fotos colgadas en el corcho de la pared de la cabecera de la cama le sonríen. Mallie con un vestido rosa, mirando hacia el cielo, riéndose. Cuando la comadrona le puso a Mallie en los brazos por primera vez, el amor fue instantáneo; los años que han pasado separadas no han hecho más que acrecentarlo.

Dolly ha estado alimentando la fantasía de que no hacía falta que se tomara las pastillas, que ocurriría algún milagro como que se encontraría un fajo de billetes por la calle o que alguien se fijaría en ella y le diría: «Serás la próxima top model». Ha estado esperándolo, deseándolo, pero no ha pasado nada de eso. Lo ha dejado para el último momento, y el último momento ha llegado.

Todavía faltan algunas semanas para que tenga que pasar la revisión médica. O eso o la deportan. O eso o dar a uno de sus hijos, Mallie y el futuro bebé, una vida peor, una vida que no quiere que tengan ninguno de los dos.

Tiene hambre, como la que pasaban a veces antes de que Tala se fuera a trabajar al extranjero hace ya muchos años. El hambre que Mallie pasaría si Dolly perdiera su trabajo. Y no hay forma de saber lo que le ocurrirá a Tala ahora que escribe ese estúpido blog.

No, eso es lo correcto, la única opción. Dolly empuja como si fuera a parir; como si tuviera que empezar a sangrar en cualquier momento. Saca las pastillas de dentro del papel de aluminio, dos círculos blancos en la palma de la mano.

—Lo siento.

Se pone las dos pastillas debajo de la lengua. Empiezan a deshacerse.


Se oye tronar. Jules corre hacia el todoterreno de Amber. Las luces del coche se encienden, y Jules sube, aunque ya está empapada. Amber cierra de un golpe la puerta del conductor con la cara sonrojada, y pone el vehículo en marcha.

La lluvia cae primero tímidamente contra el cristal delantero y luego cada vez con más insistencia hasta que los limpiaparabrisas ya no pueden hacer nada contra el aguacero. Amber no se da cuenta de que en la calzada está acumulándose tanta agua que parece un río; o eso o es que le da lo mismo. Empapa a dos transeúntes al pasar a toda velocidad: una mujer luchando contra un paraguas que se ha puesto del revés y otra persona con una bolsa de plástico en la cabeza.

La lluvia golpetea contra el chasis. Las ruedas zumban y giran por la calzada inundada. Pero Amber no aminora la velocidad. Jules se visualiza derrapando, el coche chocando contra el bordillo y arrastrándose a lo largo de la cuneta llena de agua. Se agarra con fuerza, todavía más.


Tala coge al salir los billetes que la señora Maeve le ha dejado preparados a un lado de la encimera de la cocina, y la puerta principal se cierre detrás de ella. La lluvia cae a raudales por los respiraderos del vestíbulo y se le mojan los pies.

Va en el ascensor hasta la planta baja, y en cuanto sale del edificio se queda empapada. Las chanclas resbalan por el camino. Las calles son como ríos borboteantes que desembocan en las piscinas. Por ahí no puede ir. Tiene que llegar hasta la parte delantera del complejo, girar a la derecha y bajar la escalera hasta el aparcamiento, en el sótano. Debe seguir ese camino para no mojarse todavía más. Se separa la camiseta de la piel; hace el mismo ruido que un beso sonoro.

La lluvia se cuela por las rendijas de ventilación del techo del aparcamiento, y Tala tiene la sensación de que se le derrumbará encima cuando un taxi dobla la esquina. Pasa por el carril de entrada, delimitada con columnas, detrás de las cuales hay una mesa de ping-pong con juguetes amontonados: una bicicleta, una muñeca y una cuna de viaje. El taxi pasa y gira detrás de una pared, y Tala vuelve a apartarse debajo de una rendija de ventilación que chorrea. Se seca la frente húmeda. Se fija en los números de las puertas: 37, 38. Se ha perdido. Sabe Dios cómo encontrará la salida.

Dolly bebe directamente de una botella de agua, pero todavía nota el sabor amargo de las pastillas. Oye una silla arrastrándose en el salón. Se levanta y se dirige hacia allí.

Colby tiene las mejillas enrojecidas; lleva el traje de baño puesto, un bañador con caballos estampados y un botón en la parte delantera.

—¿Qué estás haciendo? —le pregunta Dolly.

—Busco la toalla. La dejé aquí —responde el niño.

El uniforme de la escuela está tirado por el suelo. Colby sigue arrastrando la silla, que chirría.

—Estate quieto, cielo.

—No soy tu cielo. Quiero mi toalla.

—Pero tu madre no te deja bajar a la piscina cuando hay tormenta.

—Tú no eres mi madre.

—Ya, pero ella lo ha dicho.

Sam está observándolo todo desde un rincón de la estancia, sentado con las piernas cruzadas en el suelo de mármol blanco.

—Voy a ir —responde Colby.

—No irás, y menos solo. —Dolly se ha colocado delante de la puerta de roble.

—Sí iré.

—Pero si está lloviendo…

—Os vi a mi padre y a ti, así que no me digas lo que tengo que hacer.

Colby corre hacia Dolly, con tanto ímpetu que Dolly se golpea la cabeza contra la puerta y se cae. Nota un olor cálido en la nariz. Sam rompe a llorar.

—¡Basta! —grita Dolly.

Colby le tira del pelo. Cuando la suelta, la mira a los ojos y sacude la cabeza.

—¿Quieres a mi padre?

—No —responde Dolly.

Se levanta para ir a buscar a Sam, pero este ya ha desaparecido. Toda la casa se sume en el silencio hasta que Colby grita el nombre de su hermano.


Jules se agarra más fuerte a la puerta del todoterreno mientras Amber maniobra para cruzar la calzada y trata de girar a la derecha para entrar en el aparcamiento de Greenpalms. El coche pasa demasiado cerca de la baliza.

—¡Ay, de verdad, eh! —exclama Amber mientras recula y vuelve a intentarlo. Es la primera vez que una de las dos abre la boca en todo el trayecto.

Las mejillas de Amber están cubiertas por capilares rojos; tiene la nariz colorada. Giran por entre las paredes de cemento liso del aparcamiento, justo por debajo de las piscinas, los caminitos y los bloques de pisos. La lluvia llega hasta ahí abajo, sale a borbotones por las rendijas del techo y forma charcos en el suelo.

—Puedo dejarte en tu casa y así te ahorras andar por aquí —propone Amber.

—No, no, está bien —responde Jules, a sabiendas de que se perderá por ese sótano laberíntico, con todos esos buzones y ascensores, pero quiere salir del todoterreno de una vez.

El trayecto la ha puesto nerviosa, tiene las cervicales agarrotadas y los hombros tensos. Necesita estar un rato sola.

Amber apaga los limpiaparabrisas justo cuando una cascada de agua cae encima del coche. Pone la marcha atrás sin mirar, como si hubiera hecho esa maniobra mil veces.

—Tenemos que repetirlo —dice Amber con las cejas levantadas como si se lo pidiera.

Jules cierra la cremallera de su bolso.

Se oye un golpe seco. El todoterreno ha chocado contra algo.


El coche blanco tira hacia delante otra vez. Detrás de él, en el suelo, hay un bulto de color azul. Tala avanza por el asfalto y lo ve claramente: la camiseta, arrugada y levantada sobre una barriguita. Ay Dios, es un niño. Tala grita y empieza a golpear el parabrisas con toda su fuerza, como si quisiera romperlo en mil pedazos.

El tiempo pasa a cámara lenta. Los ojos grises de la conductora se encuentran con los de Tala, tiene las mejillas chupadas. Tala se imagina que cuando dé dos pasos hacia atrás para valorar los daños, susurrará: «Ay, es un juguete roto de color azul», y pedirá perdón con la esperanza de no volver a toparse con esa mujer porque se avergonzará de haber cometido tal error. Sí, debe de ser un error; por eso la otra mujer, la del asiento del copiloto, parece tan asombrada y la conductora mira a Tala con el ceño fruncido, sin disimular la rabia. Pero Tala vuelve en sí: hay un niño en el suelo.

La mano de la conductora gira debajo del volante. Debe de haber apagado el motor, pero Tala no ha percibido el cambio de sonido. Tala se mueve por el lateral, se arrodilla y toca la piel desnuda del niño inmóvil. La tiene caliente. Su rostro ensangrentado está vuelto hacia la pared. Tala se agarra una mano temblorosa con la otra.

Una mujer con el pelo castaño y largo se deja caer de rodillas junto a Tala y acerca su cabeza a la del niño. Es como si alguien hubiera desactivado el botón de *mute* de Tala, y vuelve a oír.

—No, no, no —suplica la mujer—. No te mueras.

La puerta del todoterreno está abierta, y de golpe Tala se da cuenta de que esa mujer que grita era la conductora. Sus chillidos agudos parecen los de un animal atrapado en una trampa. Ahora ve a la acompañante, que ha puesto las manos en los hombros de la mujer, pero esta la aparta. «La acompañante es Jules.»

Jules susurra palabras amables a la mujer que está en el suelo, y dice:

—En Londres yo trabajaba en un hospital, ¿te acuerdas? Deja que examine a Sam.

«¿Sam? ¿El Sam de Dolly?» Jules agarra por el brazo a Amber y tira de él para ayudarla a levantarse; se pone de rodillas junto a Sam. En ese momento Tala reconoce a la conductora: es la señora Amber; una versión gris y ajada de la señora Amber.

El niño está muy quieto. Tala no puede seguir mirándolo, no vaya a ser que le vengan pensamientos negativos y eche a perder su última oportunidad. Aparta los ojos del crío, y se fija en la puerta por la que debe de haber salido, pintada de gris y llena de arañazos. La puerta trasera que da al sótano de la casa de la señora Amber. El pequeño debe de haber visto que su madre estaba de vuelta, pero ella no lo ha visto a él. Dolly está petrificada en los escalones de enfrente de la puerta, con una expresión de terror en el rostro. Los segundos pasan con lentitud, y Dolly mira el todoterreno mientras le cae una lágrima que dibuja una línea descendente en su mejilla.

—Tala, llama a una ambulancia, por favor —le pide Jules desde debajo del coche.

Las cosas de dentro del bolso de Tala caen al suelo de cemento. Trastea con su teléfono rojo metálico, pero no hay cobertura ahí abajo. Pasa corriendo por el lado de Dolly para cruzar la puerta, que se abre demasiado despacio, y sube por la escalera, que se le eterniza.

# 10

La sangre sale a borbotones de la frente de Sam. Jules le toca el cuello. Pensaba que habían rozado una columna o como mucho golpeado un animal. Desde dentro del todoterreno de Amber solo habían notado un golpecito, aunque Jules lo había oído de todas formas.

Huele a carne cruda. Oye la voz de Amber y, como si hubiera estado sumergida en el agua y saliera a coger aire, el ruido la sorprende.

—Haz que se ponga bien —le suplica Amber—. Haré lo que sea.

Jules acerca la oreja a los labios cianóticos del niño, que tiene los ojos cerrados.

—Sam, ¿me oyes? —pregunta. No se oye nada excepto los sollozos roncos de Amber—. Sam, ¿notas mi mano? —insiste Jules acariciándole el rostro.

No obtiene respuesta, así que le pellizca la mejilla y el niño se estremece y deja escapar un gemido ahogado.

Jules mira a Amber, que está a su lado, y se incorpora. Se quita la camiseta por la cabeza y vuelve a agacharse para presionar la camiseta blanca contra la sangre que brota de la frente del niño.

«Establece las líneas de actuación», piensa, y dice a Amber que la releve. Pero Amber tiembla tanto que cuando trata de aplicar presión, la cabeza de Sam también tiembla.

—No pasa nada —dice Jules apartando los dedos manchados de sangre de Amber.

Vuelve a apretar la camiseta contra la frente del pequeño. Con la otra mano le levanta un párpado y luego otro para examinarle las pupilas.

—Amber, ¿tienes una linterna? —pregunta, porque quiere comprobar si los ojos de Sam reaccionan a la luz.

—No lo sé. Puede —musita Amber.

—Busca una —responde Jules, pero Amber no se mueve—. ¡Ya!

Amber se levanta a trompicones, su vestido naranja luce más oscuro en algunas zonas, y la puerta del sótano se cierra tras ella. Jules palpa el cráneo de Sam, cubierto por su pelo áspero y blanco. Nota una zona blanda y gelatinosa justo detrás de la oreja derecha. Toma el pulso inestable del niño. Los segundos pasan lentamente. ¿Tala ha llamado a los servicios de emergencias? ¿Les ha dado la dirección correcta? Jules quiere confiar en Tala, pero la ambulancia no llega. Se incorpora, recorre el aparcamiento con la mirada, pero nada.

«La ambulancia estará aquí de un momento a otro», se dice. Es como aquel sueño recurrente en que marca una y otra vez el número de los servicios de emergencias pero no consigue efectuar la llamada. Se arrodilla de nuevo y examina la frente de Sam, que todavía sangra. Tiene frío, aunque el aire vuelve a ser cálido. La oreja derecha del niño está terriblemente roja, en contraste con su piel blanca como la nieve.

—Todo irá bien, Sam —dice.

Los minutos pasan. Jules está paralizada por la espera. El corazón le late con fuerza. Una sirena resuena antes de doblar la esquina, justo en el momento en que Amber regresa, linterna en mano. Jules se la coge y apunta con ella a los ojos de Sam. Amber se arrodilla a su lado y lloriquea. La ambulancia se detiene. Uno de los paramédicos se apea, es una mujer que lleva un uniforme de la Marina. Agarra la camiseta de la mano de Jules.

—¿Qué ha pasado? —pregunta.

—Le ha golpeado ese coche —explica Jules—. Respira, pupilas simétricas, herida en la frente, protuberancia detrás de la oreja derecha.

La mujer habla mandarín con su compañero, un hombre con el pelo tan tieso que parece de fibra óptica. Deja en el suelo una bolsa de lona.

—¿Cómo se llama? —pregunta la mujer.

—Se llama Sam. —Es Amber quien responde con un hilo de voz.

El hombre saca una almohada de la bolsa y le venda la cabeza al niño. Los paramédicos, ambos con los guantes puestos, intercambian más frases. El hombre apoya un dedo en el cuello de Sam y prepara un collarín rígido. Saca una camilla de la parte trasera de la ambulancia. Los paramédicos y Jules ponen a Sam de costado. La mujer le palpa las vértebras.

Lo tumban en la camilla y lo meten en la ambulancia. Amber está de pie ahora, con los brazos a los lados y temblando. Jules, montada en el escalón de las puertas de la ambulancia, tiene las manos cerca de la camilla por si el niño se cayera. Se aparta y empuja adentro de la ambulancia a Amber, encorvada, para cerrar acto seguido las puertas detrás de ella. La ambulancia arranca, pero se detiene un poco más adelante. Gira para sortear una columna y luego avanza a toda velocidad. Jules oye la sirena por una calle no muy lejana.

Le tiemblan los dedos. Se acuerda de aquella vez que David le agarró la mano para que dejara de temblar mientras encendía la vela en la iglesia el día de su boda, era una iglesia católica aunque ninguno de los dos había pisado una desde la adolescencia. Y todo aquello que el cura dijo sobre ir y multiplicarse. Por Dios.

Las tuberías resiguen el techo bajo del aparcamiento. Su camiseta ensangrentada está arrugada en el suelo. Hay un charco de sangre detrás del todoterreno. Dolly está de pie en el cemento, con la mirada fija en el vehículo. Tala está detrás de ella, en la escalera que lleva a la puerta del sótano de la casa.

Jules nota el peso de la comida en el estómago como una culpa. Todo debería quedarse tal como está; la puerta del coche abierta, la sangre. Se dirige hacia Dolly, le da la vuelta, y, rígida entre sus brazos, la obliga a subir los peldaños después de que Tala se haga a un lado. Jules intenta pensar en algo que decir, pero solo se le ocurren preguntas.

Dolly se niega a cruzar la puerta. El brazo de Jules se tensa, pero al instante cede cuando Dolly baja dos peldaños y se queda allí plantada, con la cabeza apoyada en la pared. Tala se sienta a su lado, hombro con hombro.

—¿Está muerto? —pregunta Dolly mientras coge aire.


Jules golpea el suelo con el pie. Lleva una camiseta que Tala le ha encontrado, dos tallas demasiado pequeña, con rayas multicolores en el pecho. Colby llora con la boca abierta; las lágrimas y los mocos hacen que el rostro le brille. Está sentado en el sofá, pero se levanta y empieza a andar.

—Ha sido un accidente. —Dolly lo coge por los hombros, pero Colby le vuelve la cara.

Tala tiene una mano en la cintura y con la otra juguetea con la gargantilla en forma de cruz.

Colby se saca a Dolly de encima y empieza a darse golpes en la cabeza contra la pared. Se queda sin energía y se deja caer al suelo, llorando en silencio.

—Venga, ven —le dice Dolly.

Mira a Jules. Tiene los ojos enrojecidos. Jules se dirige hacia el niño y se agacha.

—¿Puedes imitarme, Colby? Respira, ¿vale? Coges aire despacio. —Inspira—. Y, también despacio, lo sueltas.

El chico repite los movimientos.

—¿Mejor? —pregunta Jules.

Colby traga saliva y asiente vagamente. Tiene una costra en la rodilla que está un poco infectada. Al levantarse, por la parte trasera del bañador le asoma la raja del trasero. Está blanco como la leche. Dolly se lo lleva arriba cogiéndolo de la mano.

Jules se sienta en el sofá. «Vaya día de mierda.» El sofá se hunde; se vuelve para ver que Tala acaba de sentarse a su lado.

—Usted es enfermera, señora. Quiero decir, ¿cómo lo ve? —Tala habla con la voz muy baja, como si fuera otra persona.

—No soy enfermera de urgencias, Tala; soy comadrona. Solo ayudo a parir.

—¿Cómo que solo? *Dius* mío, es comadrona.

Sentada tan cerca de Tala, Jules le ve las patas de gallo, los distintos tonos de piel, las manchas del sol.

—Espero que se ponga bien —dice Jules.

—Dolly ha cuidado de ese crío desde que nació.

Tala se toquetea la cruz con el ceño fruncido. Se oyen

pasos bajando por la escalera. Dolly está enfrente de las dos mujeres, con el pelo recogido a un lado. Tala se apoya en sus muslos para levantarse.

—Siéntate, Dolly —le ofrece.

Coge a su hermana por el brazo y esta hace el amago de escapar. Acaba cayendo de espaldas en el sofá.

—¿Cómo lo llevas, Dolly? —pregunta Jules.

—La señora Jules es comadrona —dice Tala.

—Llamadme Jules.

Tala la mira fijamente. Mencionar su oficio tiene ese efecto a veces, pero no hay para tanto.

—Le ha salvado la vida, señora. Le ha salvado la vida, Dolly. Bueno, espero que no siempre sea así un día de trabajo —dice Tala.

Se miran las unas a las otras. Jules se levanta, se llena un vaso de agua caliente del grifo y se vuelve hacia ellas:

—¿Queréis algo?

Tala niega con la cabeza. Dolly sigue mirando a Jules sin decir nada. Tala se sienta al lado de su hermana y le pasa un brazo por los hombros.

—¿Qué ha ocurrido, Dolly? —le pregunta.

—Colby se ha enfadado mucho —responde Dolly—. Estaba pegándome. Y Sam se ha puesto a llorar. Se ha ido corriendo. He intentado hablar sobre Colby con la señora Amber, pero no me hace caso.

Suena el teléfono. Jules cruza la habitación para cogerlo, pero se queda paralizada. Tiene miedo de contestar. Deja sonar seis tonos más antes de hacerlo. Colby está en el descansillo, a punto de romper a llorar otra vez.

—Hola —susurra Jules al auricular.

—Tiene dos fracturas lineales en el cráneo —dice la voz profunda de Tor.

—Se pondrá bien, ¿verdad? —se aventura a decir Jules

mirando hacia Colby, que se ha detenido a mitad de la escalera.

—Dios, eso espero. Según los médicos, las fracturas no ejercen presión en el cerebro, así que Sam no va a necesitar cirugía. Opinan que se curará.

Jules asiente en dirección a Colby.

—Se pondrá bien —repite Jules apartando la boca del auricular.

—¿Es mi madre? —pregunta Colby.

—¿Puede ponerse Amber? —dice Jules al aparato.

Colby baja corriendo el resto de los escalones. Dolly se remueve sin hacer ruido en el sofá, con Tala junto a ella. Colby llora con el auricular pegado a la oreja. Se tapa la nariz, y niega con la cabeza.

—Está allí por mi culpa —dice.

Jules lo abraza. Cada vez llora con más sentimiento. Jules le quita el aparato. Amber está sollozando.

—¿Te quedarás con Colby esta noche? —le pide con mocos en la garganta.

—Por supuesto, pero Dolly está aquí también.

—Si los hubiera vigilado bien nada de esto habría ocurrido. —Su voz va cambiando de tono.

—Ha sido un accidente, Amber. —Jules mira a Colby, de pie enfrente de ella, y Dolly doblada sobre sí misma—. No ha sido culpa de nadie. Sam salió corriendo.

—No lo he visto —resuella Amber—. Mi pequeño.

—No te hagas eso —responde Jules—. Se pondrá bien.

—Dios, espero que sí.

—Hablamos mañana —dice Jules—. Pero puedes llamarme al móvil si necesitas algo esta noche, ¿vale?

—Gracias.

Jules coloca el teléfono en su sitio. Tala se acerca a Colby.

—Venga, chico —le dice—. Vamos arriba a ver si encontramos un cuento para leerte. Así te distraes antes de dormir.

Colby sube la escalera con Tala sin rechistar.


Dolly no puede conciliar el sueño. Ha empezado a adormilarse, pero se le aparecían el charco de sangre en el suelo y el coche. Sam podría haber muerto. ¿Y si Colby cuenta lo que vio en su cuarto? ¿Y si la señora Amber la echa? ¿Qué pasará con todos los planes que tiene para Mallie?

Se levanta y se dirige hacia la lavadora. Está llena de ropa sucia y saca algunas prendas: ropa interior, camisetas y calcetines. Encuentra un calcetín de Sam, se sienta y lo huele. Suspira y se mete el calcetín en la camiseta para que sirva de consuelo a su corazón. Lo presiona contra su pecho. Se siente como cuando era pequeña. Unas cuantas hojas de arroz flotaban en el agua. Tala y ella reunieron lo poco que tenían, lo envolvieron en una tela y se fueron colina arriba, por caminitos agrestes. Caminaron hasta que les dolían los pies, el polvo les tapaba la nariz. Había algo en Tala que parecía pesarle. Envolvía con la suya la mano de Dolly, los dedos cortos y la palma áspera. Andaba encorvada. Entraron en la tienda y el propietario dejó de sonreír cuando vio lo que llevaban dentro del fardo. Negó con la cabeza. «Bajé el precio», dijo. «¡Tiene que estar bromeando, hombre!», respondió Tala con una mano en la cintura. Pero se le pasó la ira estando ahí plantada. Sus ojos brillantes se apagaron y su voz aguda se desvaneció.

Cuando pocas semanas después Tala partió hacia Hong Kong, mamá le dijo a Dolly que se quedara en la casa, pero ella salió a ver cómo Tala abrazaba a los chicos.

Y deseó que Tala fuera su madre, tan fuerte, joven y divertida.

Tala escribió. Páginas y páginas con letras redondeadas, sobre las luces, los olores, los sonidos. Siempre ha sido buena con las palabras, desde la escuela, donde aprendió inglés. Por aquel entonces, los padres de Tala pudieron permitirse llevarla, pero cuando cumplió doce años se quedaron sin dinero y Tala tuvo que dejarlo. Siguió escribiendo de todos modos, llenando cuadernos de historias y sueños. Dolly ni siquiera fue a la escuela, y cuando los hijos de Tala tuvieron edad de ir, Tala tuvo que escoger a cuál enviaba a estudiar. Como Ace había mostrado tener gracia con las palabras como ella, lo escogió a él. Una vez, Dolly cogió un libro de la mochila de Ace y se lo escondió en el fondo de un árbol katmon. El niño le dio una patada en el culo y llenó el aire con todas esas palabras que estaba aprendiendo.

Cuando Tala volvía a casa, a Dolly se le iban los ojos enseguida hacia su maleta y cogía camisetas y caramelos. Y pensaba en los lugares donde Tala había estado, Hong Kong y Singapur, y todas las cosas que podía hacer, la libertad. Dolly quería abrir sus brazos como si fueran alas. Quería hacer algo más que limitarse a quedarse sentada en casa a la espera de que Tala regresara. ¿Fue entonces cuando decidió que también sería asistenta? Sabía que solo lo lograría con la ayuda de Tala, si no, ¿de dónde sacaría el dinero para los billetes de avión? Estaba segura de que Tala la ayudaría. Pero entonces Dolly se distrajo, y en lugar de centrarse en marcharse y conseguir un trabajo, se fijó en Nimuel.

Fue andando hasta el Green Market, y emprendió el camino hasta el bosque. Oyó el jaleo. Se quedó quieta en silencio y se agachó. Había hombres jugando en el agua, salpicándose los unos a los otros. Uno salió, trepó por una roca y se tiró desde allí. Dolly estaba tan concentrada mirándolo que no se percató del crujir de pasos, hasta que allí estaba, entre los árboles, Nimuel, con su pequeño cuerpo musculoso, desnudo y sonriendo. Se fue hacia el agua mirándola por encima del hombro, los hoyuelos en las nalgas, el contorno de sus pantorrillas fibrosas. Le devolvió la sonrisa. Quedaban debajo de los árboles, en una cabaña *nipa hut* vacía, o en casa de Nimuel cuando su padre no estaba.

Se quedó embarazada al cabo de poco. Cuando se enteró, su madre le dio tal bofetón que le volvió la cara. «¡Niña estúpida!», le gritó con sus mejillas rechonchas sonrojadas, su media melena temblando. Seis semanas después, Dolly no retenía ni el agua. Quería estar tumbada en la oscuridad y en silencio; quería que pasara el tiempo porque solo había vómito y mareo. Estaba delgada y vacía del todo, y mamá le dijo: «Ese bebé se te morirá si no comes algo». Y Tala llamó, y Dolly se quedó allí de pie junto a su madre, en la tienda del pueblo mientras Tala gritaba: «¿Que el bebé se va a morir? Antes se morirá Dolly si no la llevas al hospital». Pagó Tala. Dolly se aferraba al hombre que la llevó en moto al hospital.

Estuvo conectada a un gotero dos semanas, pero el sabor metálico persistió en su boca hasta que Mallie nació. Tala volvió a casa durante una semana cuando Dolly estaba de seis meses. «No darás a luz en casa ni en broma —le dijo—. Irás al hospital.» «Pero la bebé está bien colocada; no hay complicaciones», protestó Dolly. Y Tala respondió: «Pero ¿estás loca o qué? Ya he pagado la factura. Y no me paso el día limpiando para tirar el dinero». Tala observó detenidamente a Nimuel, sentado en la silla, sonriendo. Le regaló loción de afeitado y le dio una palmadita, pero no sirvió de nada. Cuatro semanas antes de que Mallie naciera, Nimuel se fue. Mallie llegó al mundo en una sala llena de mujeres que empujaban. Fue mucho más doloroso de lo que Dolly se había imaginado, y eso que se había imaginado el peor de los dolores.

Empezó bien, pero llegó el momento de devolverlo todo, así que Dolly partió y se reunió con su hermana. Había llegado su turno. Todavía lo es; Tala no debería estar ahí. Y tiene que marcharse antes de que alguien descubra que es la Criada Bloguera. Dolly está contenta de haberse tomado esas pastillas. Deberían estar surgiendo efecto. Pero espera que ese niño sea el único que pierda la vida ese día.

—Ella no lo vio —explica Jules—. Y yo tampoco.

David se saca el cojín de detrás de la espalda y se lo pone a un lado; está sentado en el sofá de Amber.

—Ya me quedo yo. Sube a casa, duerme un poco —dice David—. Lo último que te conviene es pasar la noche en un sofá.

—Estoy bien, David.

David huele a champú; todavía tiene el pelo húmedo, de punta.

—No sabía qué había pasado. La policía había precintado todo el aparcamiento y tú sin volver. Dios, he tenido un mal presentimiento.

Jules oye algo que cruje en el piso de arriba.

—Es un desastre total —dice Jules—. Tendrías que volver a casa; no tiene ningún sentido que tú también te quedes sin dormir.

—No pienso dejarte aquí.

—Pero el niño...

—¿Cuál? ¿Sam?

—Colby. No quiero que tenga otra pataleta.

—¿Te bajo algo más?

—No, estoy bien.

Se mira la franja de vientre que sobresale por debajo de la camiseta, demasiado pequeña. Se la quita y coge la bolsa que David le ha llevado. Se pone una camiseta sin mangas. Algo ha caído en el piso de arriba.

—Bueno, dejaré el teléfono encendido —dice David—. Llámame y bajaré.

Se quedan los dos de pie; David la abraza y le plantifica un beso en la mejilla, pero Jules tira de su brazo y lo besa en la boca. Él se aparta sin mirarla a los ojos. Siente que algo dentro de ella se entristece cuando David se va sin decirle adiós. Permanece quieta, mirando hacia la puerta. Han estado mejor de lo que están ahora; son mejor que eso, pero a David le pasa algo. La luz se filtra por las persianas. Pero ¿qué está haciendo Jules ahí? Dolly es perfectamente capaz de cuidar de Colby. Parece que Jules esté haciendo guardia, y nada de eso es culpa de Dolly. ¿De quién es culpa?

Amber se había bebido media botella de vino durante la comida; seguro que superaba la tasa de alcohol permitida. Había conducido erráticamente durante todo el trayecto de vuelta a casa, en silencio, aguantando el pie en el acelerador, sin preocuparse por si derrapaba en la calzada inundada. ¿Acaso Jules estaba hablándole mientras maniobraba para aparcar? ¿Hizo algo que la distrajo? ¿La había ofendido? Amber tiene muchas cosas en la cabeza, con Colby y la sertralina. Le dijo a Jules que eran amigas, pero no le había confiado nada de eso.

Las mujeres del hospital, las amigas de Jules, solían comentar que sabía escuchar. «Tienes mucha empatía; no podrías hacer este trabajo si no la tuvieras.» Eso es lo que David decía. Pero ella ya no trabaja de comadrona, quizá ya no sabe escuchar. ¿Amber había intentado hablar con ella sobre Colby? Jules estaba tan obsesionada con quedarse embarazada que a veces se imaginaba la cara que su bebé tendría mientras la gente le hablaba. Todo lo demás le parecía intranscendente.

Si hubiera prestado más atención quizá habría podido hacer algo para evitar lo ocurrido. Sugerir a Amber que ya había bebido bastante. Decirle que no condujera. Decirle que condujera más despacio.

Dios. Le duele la barriga. Tiene ibuprofeno en el bolso, que sigue en el coche aparcado en el espacio ensangrentado. También tiene sangre seca en las zapatillas. No va a tener hijos nunca. Es así, se ha acabado. Habría sido una buena madre, está segura. Tiene mucha práctica, con todas las madres y sus bebés con los que ha tratado. Y David nunca será padre. Se le dan muy bien los niños, también. Cuando su sobrina y sus sobrinos vivían cerca, montaban carreras de obstáculos en el jardín, visitaban museos, hacían proyectos de ciencia y pintaban, dejando salpicaduras por el suelo de madera. David cumple todos los requisitos para presentar un programa infantil, o para ser padre. «Ya basta», se dice Jules.

Hay un niño en el hospital al borde de la muerte y ella está autocompadeciéndose. Hay cosas peores, mucho peores.

No es como la primera vez que se hizo una FIV, entonces sentía que tenía derecho a tener un bebé. Todo el mundo tenía uno, ¿por qué ella no? Todos esos comentarios: «Tú serás la siguiente», «Debes de sentirte presionada». Sentía que la apuñalaban cuando le decían ese tipo de cosas, sobre todo si se las decían amigas embarazadas.

Tenía cuatro folículos, no los diez que albergaba la esperanza tener; aun así, quedaba alguna posibilidad. Había gente en esos chats sobre fertilidad que había conseguido tener un bebé con un reducido número de folículos. Ella solo tenía treinta y dos años; todavía le quedaba tiempo. Fecundaron dos óvulos. El médico, que tenía una cicatriz en la parte superior del rostro, se los introdujo. Dos semanas después no necesitó hacerse ninguna prueba de embarazo para saber que no había funcionado; la evidencia estaba justo en sus bragas.

Por supuesto, David y ella discutieron. Ahora no recuerda lo que David dijo, pero seguro que fue justo lo que no debía decir. Y ella agarró una de sus zapatillas Adidas y se la lanzó a la cabeza. El médico le explicó que su reserva ovárica era baja y la rabia le subió desde el pecho hasta la cabeza. Se fue a casa y estampó tres vasos contra las baldosas de la cocina. Los buenos, los de la marca The Conran Shop, los que David había escogido. Él compraba la revista *Livingetc*, y llenó la casa de alfombras de fibra de coco y sofás Balzac; ella era más de Ikea. Cosas prácticas, ese era su lema. Prefería gastar dinero en vacaciones soleadas y saliendo por ahí. Hacer añicos aquellos vasos de color azul pálido le resultó muy satisfactorio.

Lo probaron una segunda vez, con un solo óvulo. La prueba salió negativa. Esa había sido la última. Era comadrona desde que tenía veintidós años. Le encantaba cómo olía su planta del hospital, a aquel jabón verde; la alegría en los ojos de todas aquellas mujeres, tan abiertos, tan brillantes. Todo pureza, todo por empezar. También había bebés que nacían muertos, algún bebé con síndrome de Down inesperado; sin embargo, haber visto todo ese dolor no conseguía apagar el suyo, y eso que el suyo no era nada en comparación con aquellas cosas tan terribles.

Y entonces apareció una mujer echada en la camilla, sangrando, abortando, llorando, con los ojos hinchados. Y Jules sintió envidia porque aquella mujer, allí tumbada, por lo menos había conseguido quedarse embarazada. Desde una ventana del hospital Saint Thomas, Jules miraba más allá del río, hacia los edificios del Parlamento y se quitó los guantes. Aquel pensamiento fue horrible y cruel. No quería seguir haciendo aquel trabajo, no podía, no si era capaz de pensar aquellas cosas. Ya no era alegre, había dejado de ser aquella enérgica Jules Kinsella con su sonrisa empática.

No se encuentra bien, tendrá que buscar algo para el dolor. Entra en la cocina, abre los armarios y rebusca. Nada. Prueba en los cajones: cuchillos, tenedores y cucharas alineados, salvamanteles de acero y manteles. Ningún cajón con la típica porquería de cajón, nada fuera de lugar, ni rastro de desorden. Va al piso de arriba y se dirige al cuarto de Amber. Las cosas están menos ordenadas ahí. Ropa fuera del armario, frascos en la parte superior del vestidor. La cama está hecha; hay almohadones morados y azules colocados en diagonal encima de las almohadas. Todo tiene un punto desarreglado, como en una revista de interiores repleta de muebles franceses antiguos.

—Aspirina, paracetamol —dice en voz alta, tratando de mitigar lo extraño que resulta que esté rebuscando por la habitación de Amber, pero está justificado.

Teniendo en cuenta que en esa casa vive un niño de cinco años, a lo mejor Jules debería buscar las pastillas en un lugar fuera de su alcance. Entra en el aseo de la habitación, alicatado con baldosas de pizarra, como el de su casa, y abre el armario de espejo. Está repleto de cremas faciales y maquillaje, tubos de antiséptico y de dentífrico. Hay dos cepillos de dientes eléctricos. Pasa la mano por encima del armario, que está lleno de polvo, y palpa una caja. Sertralina. La abre; los blísteres están vacíos. La fecha de la receta es de hace solo quince días. ¿Amber se ha tomado más de la cuenta?

Se oye algo en la habitación de al lado y Jules se queda quieta. Tampoco es que esté fisgando, en realidad; solo está buscando analgésicos. Vuelve a poner en su lugar la caja vacía y se dirige hacia el ruido.

La puerta del cuarto de Colby y Sam está entornada. Una de las luces tenues de la mesilla de noche está encendida, y proyecta sombras en forma de globos en el techo. Colby no está. En la litera de abajo la colcha está arrugada y hay unos cuantos rotuladores tirados. Echa un vistazo a las cartulinas A5 de la mesilla. Una está cubierta con líneas negras. Le da la vuelta para verla mejor, pero no hay duda, es Amber: una barbilla puntiaguda, una melena oscura, una cara sin ojos. En la mesilla también hay una figura de barro pintada. Tiene una mata de pelo que le cuelga y una soga alrededor del cuello. Hay una etiqueta de plástico en la base: The Forgotten Prisoner.

Jules mira debajo de la cama, detrás de la puerta y finalmente abre la puerta del armario. Ahí está Colby, con el pijama azul, los pies contra la madera, los ojos inyectados en sangre, la ropa colgando en perchas encima de su cabeza.

—Se pondrá bien, ya lo verás —le dice Jules, pero Colby no la mira.

—No quería que ocurriera —responde.

—Hazme sitio.

Jules se mete en el armario y se sienta con la espalda apoyada en la madera y los pies en dirección al dormitorio; algunas piezas de ropa se agrupan encima de su cabeza.

Se oye el tictac de un reloj en algún lugar. Colby empieza a mover la pierna, cambia de postura, y se da un golpe en el codo antes de rascarse la cabeza.

—Ha sido un día muy movido —empieza Jules.

Colby sigue inquieto y sin decir nada.

—Los dibujos de ahí fuera están muy bien. ¿Los has hecho tú?

—Sí.

—Algunos dan un poco de miedo.

—Yo también.

—¿Sí? A mí no me das miedo.

—Me doy miedo a mí mismo.

—¿Ah sí?

—El corazón se me acelera. Tiemblo —dice Colby, y Jules asiente—. No se lo cuentes a nadie —le pide.

—Bueno, donde yo trabajo mucha gente va a vernos para explicarnos que se siente así a veces.

—Me pasa siempre.

—Pero Dolly lo sabe, ¿verdad?

—Ella intenta ayudarme.

—¿Y tu madre?

—No se lo cuentes —insiste encogiéndose de hombros.

Jules acaricia un pie a Colby, que no para de moverlo.

—Dolly tendría que ser mi madre. A mi padre le gusta mucho. Una noche abrí la puerta de su cuarto y mi padre estaba encima de ella. No llevaba ropa.

«Joder...» Jules trata de cambiar su expresión a algo que se acerque a la comprensión.

—¿Se lo has contado a tu madre?

—Se lo dije a Dolly... —Colby niega con la cabeza—. Y me pidió que no se lo contara a mi madre.

—Hostia. —Jules carraspea—. Quiero decir, ostras, debió de parecerte raro.

Dolly y Tor; le cuesta imaginárselos juntos. El tío debió

de ser guapo de joven, pero ahora no, con sus cuatro pelos ralos, su olor a loción de afeitado Aramis, sus pies torpes y esas piernas que se le tuercen hacia fuera cuando corre. Y debajo de esas camisas de lino hay dos pechos, de hombre, pero pechos. Aunque... si Tor tiene un lío, ¿por qué siente simpatía por él? Amber es tan controladora y fría. Bueno, basta; su hijo está en el hospital, por el amor de Dios. Y de todas formas, es imposible que el apacible y grandullón Tor esté acostándose con Dolly.

—Estoy segura de que ese hombre que viste en la habitación de Dolly no era tu padre, Colby.

—Sí lo era.

—¿Le viste la cara?

—Estaba muy oscuro, pero le vi la espalda.

—Entonces no puedes estar seguro de que fuera tu padre.

Colby se encoge de hombros.

—Seguramente era otra persona —insiste Jules—. Quizá Dolly invitó a un amigo. Con el corazón en la mano, es imposible que fuera tu padre.

El pecho del muchacho sube y baja demasiado rápido.

—Creo que deberías meterte en la cama, Colby. Intenta respirar como te he enseñado antes.

Colby se levanta y se acuesta en la litera de arriba.

—Puedo quedarme, si quieres —se ofrece Jules. Colby dice que no con la cabeza—. Bueno, estaré abajo por si me necesitas.

Jules se sienta en el salón cuando llega a la planta de abajo y se pasa la mano por los talones. Está intranquila, el accidente, el fracaso de la FIV, y ahora esa confesión de Colby. Por supuesto, el niño se equivoca. Pero todo lo que ha dicho sobre eso de que se asusta a sí mismo... Se lo contará a Amber y a Tor, y más vale que lo haga pronto.

Abre la nevera y saca una botella de vino. Se sirve un par de dedos en una copa y bebe. Qué desastre.

La cortina que separa la cocina del corto pasillo que lleva hasta la habitación de Dolly no está echada. La luz llega a la cocina desde el cuarto de Dolly. Las dos hermanas tampoco duermen. La casa está en silencio. Toma otro trago, recuera el instante del golpe. Vuelve a formularse la pregunta: ¿estaba hablándole a Amber justo antes de chocar? ¿Amber había vuelto la cabeza para oír lo que le estaba diciendo en vez de mirar hacia atrás? ¿Amber estaba borracha? «Dos fracturas lineales en el cráneo.» Jules bebe un poco más de vino. Oye unos golpecitos en la puerta. Y otra vez, un poco más fuertes. Deja la copa en el fregadero y va hacia la puerta principal. Por la mirilla, se da cuenta de que es un hombre, lo ve deformado por la lente. Abre la puerta.

—Lo siento, yo... —empieza a excusarse él con las cejas levantadas.

«Es él, es este tío», piensa Jules al recordarlo encogerse de hombros cuando lo pilló saliendo de la habitación de Dolly la noche de la fiesta, con la cortina ondeando detrás. El marido de Maeve, Gavin, con su pelo rubio y ralo, la nariz rota, torcida, encima de una sonrisa incómoda. No es ni atractivo ni feo, su cuerpo es una suma de partes asimétricas.

Jules le sostiene la mirada, arrogante.

—Todavía están en el hospital —le explica, aunque sabe que no es a Amber ni a Tor a quien viene a ver, y menos tan tarde. Debe de ser el hombre que Colby descubrió aquella noche en el cuarto de Dolly—. Y ella tampoco está —añade Jules.

Gavin abre la boca y se le escapa la risa:

—No sé de qué...

Jules no lo deja terminar. Cierra la puerta, corre el cerrojo y apoya la espalda contra la madera. ¿A qué está jugando Dolly? Y él, escabulléndose en la oscuridad, traicionando a su esposa, aprovechándose. Nota su pulso acelerado en los oídos, y cuando vuelve a observar por la mirilla no hay nada excepto muros, caminitos y oscuridad.

*La vida con una asistenta del hogar extranjera*

ᔄ

## Normas esenciales para las empleadas domésticas extranjeras

**Norma 4. Cuidar a los niños:** Vuestra criada no tiene que regañar ni pegar a vuestros hijos. Su trabajo es cocinar y vigilarlos, no señalarles lo que está bien o mal.

# 11

Tala abre los ojos, las vértebras se le clavan contra el suelo de cemento. La luz de la ventana de la cocina se cuela por la puerta metálica. Una Mallie bebé la mira desde la pared de Dolly, con sus mejillas regordetas y unos dientecitos que asoman por las encías.

Tala se rodea con los brazos y se abraza fuerte; le zumban los oídos. Se apoya en el suelo para levantarse y se seca la frente, húmeda de sudor. Dolly está ahí tumbada, mirando al techo, con los brazos cruzados encima del pecho como si fuera ella la que está en el hospital.

—Dolly —susurra Tala, pero su hermana no se mueve.
Se sienta en los pies de la cama.

—Ay, Dolly. —Tala le coge la mano.

—Tendría que haberme acostado yo en el suelo —dice Dolly.

—No, he dormido bien. —Tala yergue la espalda, que cruje.

—Será mejor que vaya a ver a Colby.

—¡Ese chico! Es el culpable de todo esto.

—Está enfermo, Tala. Hay algo que no le funciona bien.

—Eso son excusas. No todo el mal comportamiento ha de tener un nombre. ¡Se porta mal y punto!

—Si la señora Amber hubiera cerrado con llave la puerta del sótano al salir… Mierda, Tala, Sam podría morir.

—No va a morirse. Vete quitando esa idea de la cabeza. —Tala cierra el puño y golpea el pensamiento invisible en el aire—. Jules dijo que se pondría bien.

—Se lo llevaron en una maldita ambulancia.

—Y lo salvaron.

Tala no puede evitar santiguarse. Ambas necesitan toda la ayuda posible. Se rasca las comisuras de los labios, y se alisa el pelo. Da una palmadita en la mano a Dolly y se va a la cocina a poner las muñecas debajo del grifo de agua fría. Agua fría que no es fría para nada, es más bien un chorro tibio. «Bastará con un quitamanchas —piensa Tala—. Pero bueno, escúchate, Tala… Ese chico está debatiéndose entre la vida y la muerte y tú pensando en las manchas de la ropa.» Hace mucho tiempo que su vida gira en torno a limpiar, así que pensar en ello le resulta tan natural como parpadear.

Se oye un roce de ropa detrás de Tala y da un brinco. Es Jules, echada en uno de los sofás, hecha un pingo. Tala resopla.

—He dormido aquí esta noche. Amber me lo pidió. Lo siento.

—¿Es porque ya no confía en Dolly?

—No pensaba con claridad —responde Jules—. Quiero decir, mierda, si no hubieras golpeado la ventana de aquella forma… Es que… Tú evitaste que Amber le pasara por encima. Le salvaste la vida.

Una protectora. Una salvadora. Fue Dolly la que la llamó así por primera vez. «Una maldita Madre Teresa», dijo Rita. Y Dolly le respondió: «Es una salvadora, eso es todo». Van a necesitar algo más aparte de las virtudes salvadoras de Tala para solucionar ese desastre.

—Debo ir a trabajar —dice Jules—. ¿Crees que Dolly estará bien?

—Qué remedio.

—Ya tienes mi número de móvil. Si necesitas cualquier cosa me llamas. Pasaré luego.

Jules coge el bolso y se va.

«Es comadrona y se ve obligada a usar esas inyecciones de fertilidad», piensa Tala. Encontró una en el suelo del piso de Jules y después buscó la marca en internet.

Tala se sienta en una silla blanca del comedor. Coge una cuchara de la mesa y mira su reflejo invertido. Si la señora Amber echa a Dolly, y Vanda airea lo que ha ocurrido, a Dolly y a Tala se les va a poner todo cuesta arriba. Tala estará más lejos que nunca de reunirse con sus hijos y de conocer en persona a su nieta.

Cuando Tala dejó a Ace y a Marlon por primera vez, estuvo tres años sin verlos. En aquella época no existía Skype y no podía llamarlos a menudo. Cuando volvió a Tagudin en aquel primer viaje a casa, sentada en el autobús se preguntaba si ella sería diferente, si lo serían sus hijos, si se entenderían como antes. El santan, que era solo un arbusto cuando se fue, se había convertido en un árbol, y la casa, con la pintura que su marido, Bong, nunca terminó de quitar cayéndose a trozos, se veía más descuidada. En la puerta contigua la casa de su madre y de Dolly se veía aún peor. Había tablones sueltos en el tejado de Tala, el grifo de fuera goteaba. Un perro que no conocía estaba echado en el suelo, abriendo y cerrando los ojos.

La puerta se abrió hacia dentro, y Marlon avanzó por la luz. Dios mío, podría haberse lavado, tenía un pegote de barro en la mejilla, y el pelo, grasiento, le crecía hacia arriba y no hacia abajo. Tala empezó a andar hacia él, pensando que había hecho bien en comprar cinco cepillos para frotar en Daiso, pero entonces se detuvo. Había estado fuera los últimos tres años; no podía llegar y empezar a imponer sus normas.

Marlon estaba de pie, alejado unos metros, con una camiseta que le iba grande; sus mejillas rechonchas habían desaparecido para siempre. Tala quería que el tiempo volviera atrás, que le devolviera a su pequeño Marlon, pero lo único que podía hacer era mirar a aquel chico que le recordaba a alguien que antes conocía muy bien.

—Hijo mío —dijo, y le tendió las manos.

El niño vocalizó un silencioso «mamá» y avanzó hacia ella sonriendo.

—Llegas tarde —exclamó.

Tala lo abrazó y Marlon la rodeó también con sus brazos. Luego él se apartó y la miró como si intentara recordar quién era. Tala se había perdido tantas cosas... Su décimo cumpleaños, cuando algunos amigos colgaron una pancarta de lado a lado de la calle y tiraron fuegos artificiales. La carrera municipal en la que quedó segundo. Dios mío, esas piernas tan veloces no las había sacado de ella, no, claro que no, porque todo lo que Dios podría haber usado para hacer que los músculos de Tala corrieran más rápido lo usó para contornear sus caderas. Se había perdido todos aquellos acontecimientos, pero el amor que sentía por Marlon todavía se mantenía fuerte. Ahora bien, aquel olor no le gustaba nada.

—¿Cuándo fue la última vez que te lavaste?

—Esto...

Aquel «Esto» fue todo lo que necesitó para cogerlo del brazo y tirar de él hasta el interior de la casa. Sacó de la bolsa uno de los cepillos de Daiso y le dio una pastilla de jabón. Lo que le había costado meter la bañera en casa y su hijo ni se molestaba en lavarse.

La puerta de entrada se abrió y entró Bong con el bolsón que Tala había dejado fuera, en el barro. Se miraron el uno al otro. La piel de Bong se pegaba a los huesos de su rostro esquelético. Sus ojos parecían demasiado grandes para su cara. Fue el primero en apartar la mirada. Tala había tenido dos hijos con él. Se le acercó, con los hombros echados hacia atrás, el pecho hinchado, y lo besó en los labios. Parecía que a Bong se le iban a saltar los ojos. Tala deseó volver a pesar lo que pesaba antes, para que alguien pudiera cogerla en brazos, pero los brazos de Bong no eran lo bastante fuertes para ella. Bong no le devolvió el beso.

—¿Cómo estás? —le preguntó él, e intentó silbar, pero no le salió ni un silbido ni nada.

—Tengo más músculos que tú, hombre. ¿De qué te alimentas, de aire?

Bong se sentó, inclinado hacia delante con los codos apoyados en las rodillas. Marlon empezó a pelar algo en el fregadero.

—No has respondido a mis cartas —comentó Tala.

—No tenía nada que decir. La vida aquí siempre es igual.

—¿Y Ace?

Dios mío, tres años fuera y el hijo mayor de Tala fue incapaz de presentarse en la fiesta de bienvenida, aunque llamar «fiesta» a aquello era exagerar. Bong se encogió de hombros otra vez. Dio una vuelta a la estancia mascando chicle. Dio una patada a una piedra del suelo y envió los trozos afuera.

—Volveré luego —dijo Bong, y dio una palmada a Tala en el hombro.

Tala abrió la boca para preguntarle adónde iba, pero si tenía a otra, pues bueno, ella no pensaba perder su dignidad.

Bong se fue.

Tala no podía quedarse allí plantada sin hacer nada. Cogió un trapo y empezó a fregar el armario. De repente, Ace estaba detrás de ella, rodeándola en un gran abrazo. Marlon se echó a reír, y Ace soltó a su madre y se puso delante de ella. Su cara llena de granos se había vuelto angulosa, severa. Incluso su pelo ondulado se había alisado. «¿Quién eres?», quería preguntarle Tala. Le entraron ganas de despellejar a la persona que tenía delante, ir quitándole las capas como si fuera una muñeca rusa de esas que vendían en el mercado callejero de Wan Chai que contenían versiones cada vez más pequeñas de ellas mismas. La primera muñeca era la que tenía más detalles, pestañas doradas, labios de color carmín, pero el rostro de la última, de la medida de la uña de un dedo pulgar, solo constaba de una raya. Es lo que Tala quería ver, aquel niño de diez años que estaba dentro de aquel adolescente, el niño que dejó.

—Ay, hijo mío —dijo—. Te he echado tanto de menos... Sentía un dolor justo aquí. —Se golpeó en el pecho—. ¿Me has echado de menos?

—Tenemos a papá, ¿verdad, Marlon? —Ace miró a su hermano, que aún estaba junto al fregadero, y sopló para apartarse el pelo de la cara.

—Sí, claro —respondió Marlon.

Fue entonces cuando Ace dejó de sonreír.

La puerta se abrió y apareció la madre de Tala, y luego Dolly. Dolly trató de cruzar el umbral, pero su madre la aplastó y la apartó. Mamá le cogió las manos a Tala y la arrastró hacia la luz.

—Ay, hija mía, qué mayor te has hecho.

Parecía que alguien hubiera puesto un bol en la cabeza de mamá para cortarle el pelo. Tala miró a Dolly, allí de pie con su vestido rosa. Estaba más guapa que nunca, como si alguien la hubiera esculpido en mármol. Sin embargo, se cuidó de no decirle nada; sabía que Dolly odiaba que alabaran su belleza.

—¿Te has leído los libros que te he mandado?

—Podremos practicar —respondió Dolly en inglés.

—Tienes buen acento. —Tala llevaba más libros en la maleta—. Marlon, tú también puedes intentarlo.

Marlon asintió, sin rastro de ira en su mirada. Algunos niños se enfadaban si no los escogían para ir a la escuela, pero Marlon no. Tala se arrodilló y empezó a deshacer la maleta. Estaba repleta de ropa y regalos. Había dulces, colonia y camisetas, un botín de artículos a dos dólares de Daiso. Incluso cuando ya estaba vacía, Ace siguió mirando dentro.

Cuando Dolly y mamá ya se habían ido, Bong volvió, con las manos en los bolsillos. Hubo un tiempo en que Tala se conocía centímetro a centímetro aquel cuerpo, el rizo de sus pestañas, la marca de nacimiento que tenía en un muslo. Cómo se reían en aquella época, sentados en la mesa del comedor con los pies apoyados en el banco, Bong acariciándole la espalda mientras contemplaban los coloridos dibujos abstractos de Marlon en los trozos de madera, un cielo azul con una playa de piedras, manchas de color crema y turquesa en las que se intuían dos rostros, el de Tala y el de Bong. Pero aquel día, el día de su regreso, Bong se limitó a estar ahí de pie, manteniendo la distancia y mirando al suelo.

—¿Sigues tocando el *kalaleng*?

—No.

—Sonaba muy bien.

—Todo el mundo cambia. He cambiado —responde. Respiraba rápido, como si estuviera a punto de decir algo importante.

Tala cogió aire y lo retuvo. Se acercó a Bong. Él echó la cabeza atrás como si tratara de alejarse de ella sin moverse. Entonces Tala le arrancó la mano del bolsillo de los tejanos y se dio cuenta de que ya no llevaba el anillo de bodas. «Dios mío, tiene a otra.» No lo había visto venir, jamás habría sospechado que podía estar con otra persona. Solo se había llevado buenos recuerdos, dejó atrás aquellas peleas que tenían justo antes de su partida. Lo miró, con los ojos llenos de lágrimas. Bong evitaba su mirada, así que Tala se cruzó de brazos y chascó la lengua.

De repente, Tala oye voces, voces reales, voces de niños. Se dirige hacia la ventana y mira a todos esos críos con sus uniformes escolares, vestidos verdes, camisas azules de cuadros. Se alejan charlando entre ellos. No está bien, el tiempo no se detiene para el resto de la gente mientras que esas mujeres avanzan lentamente por el día posterior a la desgracia. Le vibra el móvil en el bolso. Lo saca y lee el mensaje. «¡Esta noche tendrás que limpiar el piso!» Es de la señora Heng.

Tala desconecta el móvil y vuelve a meterlo en el bolso. Va a la habitación de Dolly y se sienta en la cama, a su lado; las dos allí sentadas, en esa cama que podría ser una balsa, las aguas agitadas y ninguna de las dos sabe nadar.

—Mira, ya sé que es muy duro —empieza a decir Tala—. Pero tienes que tratar de concentrarte en lo que sí puedes hacer, no en lo que ya no puedes cambiar. Cuida al niño que está en el piso de arriba. —Le acaricia los brazos y la besa en la mejilla—. Y, Dolly...

—Dime.

—Te tomaste las pastillas, ¿no?

Dolly asiente.

—Tengo que irme a trabajar —dice Tala.

Dolly se queda sentada en la cama cuando Tala se marcha por la puerta lateral.

Tala avanza por un pequeño callejón que lleva a la parte posterior de los edificios. Lo flanquean las rejas del patio de la escuela por un lado y los patios traseros de las casas adosadas, con los hilos para tender la ropa con trapos, camisetas y calzoncillos. En el patio de la escuela, cuatro niñas hacen turnos para ensartar aros en la cesta de *netball*. Los muros del callejón están cubiertos por lirios araña que se parecen a esos dibujos que Mallie hace con un sol del que salen un montón de rayos. Una criada está arrodillada en una escalera fregando el suelo, rodeada de espuma. Tala gira hacia la izquierda, por la zona de hacer gimnasia al aire libre, con dos elípticas de metal, y sale de la comunidad.

Cuando llega a la calle principal, divisa el autobús y arranca a correr, hasta que ve la cola de gente que espera en la parada y baja un poco el ritmo. Suda a mares cuando se suma a la cola, pero es por la humedad, como siempre.

Agotada, se sienta al lado de una anciana que la mira fijamente. Un niño grita. Está en el regazo de su niñera, en la parte delantera del autobús, en uno de los asientos que están uno enfrente del otro, con lágrimas corriéndole mejillas abajo. Entonces Tala, al oír el grito, se acuerda del crío, del coche y de la madre chillando sin parar. Intenta dejar de mirar a ese niño, vestido con una camiseta de Mikey Mouse y playeras. El chiquillo trata de zafarse de la mujer.

—Chist, pequeñín —le dice la niñera en tagalo.

—¡Mamá! —llama el niño mirando a otra mujer que

está sentada al lado de la niñera, jugueteando con un iPhone.

La madre no mira al crío. La niñera sigue susurrándole en el oído, y él sigue llorando.

La mujer sentada junto a Tala se levanta y le golpea las rodillas con las piernas. Tala se pone de lado para ocupar el mínimo espacio posible, y la mujer la empuja al pasar, sin pronunciar una sola palabra. Hace sonar la campanilla y se baja. Suben tres personas más.

—¡Perdone! ¡Perdone! —dice alguien en voz alta.

Sostiene una bolsa de la compra enorme que va aporreando la cara de los pasajeros agarrados en las barras del autobús. Alguno chasca la lengua. Se sienta al lado de Tala y la golpea levemente con su cadera huesuda. Es Rita.

—Ay, Tala. La bloguera podría haber hablado sobre mí el otro día. Escribió que necesitábamos comer pastel.

—No sé a qué te refieres… ¿Qué bloguera? —dice Tala abriendo tanto los ojos que parece que esté haciendo estiramientos faciales.

—¡La Criada Bloguera! —grita Rita.

—Chist, sé disimulada, ¡por el amor de Dios!

—Eres tú, ¿verdad, Tala?

Rita se inclina hacia delante, a dos centímetros de la nariz de Tala, y la mira a los ojos. Dios mío. Tala no entiende lo que ha hecho para delatarse, pero Rita le golpea el muslo con tanta fuerza que suena como si el autobús hubiera chocado.

—¡Lo sabía! Toda esa rabia… Ay Dios, ¿te has vuelto loca, Tala?

—Baja la voz.

—¿Has visto la cantidad de gente que lee tu blog? Tienes más estrellas que el firmamento.

—Rita, no puedes contárselo a nadie.

—Ya me conoces, Tala. —Rita aprieta los labios y hace como si cerrara una cremallera imaginaria.

«Te conozco, Rita; te conozco muy bien.»

—Amiga mía, tu secreto está a salvo conmigo —dice Rita en voz alta.

Tala da gracias de que Rita esté hablando en tagalo, y echa un vistazo a su alrededor en el autobús. Aparte de la criada con el niño llorando en su regazo, no hay nadie más de Filipinas.

# 12

Jules está en la tienda del hospital mirando las revistas en los expositores, los cubos con flores, las cajas de bombones dispuestas en hilera. Tira de un ramo de orquídeas marchitas de uno de los cubos, se fija en los bombones un instante, pero vuelve a los cubos para escoger otro ramillete de flores, lirios rosas ahora, aunque con los pétalos mustios. Le suena el teléfono. Abre el bolso. En la pantalla aparece: «Número desconocido». Está tentada de no contestar. Sin embargo, deja el bolso en el suelo, las flores encima y se acerca el teléfono a la oreja.

—¿Podría hablar con la señora Harris? —dice una voz. Es la mujer de la fundación.

—Sí —responde Jules en un tono más bajo de lo que pretendía, así que lo repite, esta vez casi gritando.

—Buenas noticias —sigue la mujer—. Tenemos un bebé. Una de nuestras voluntarias ha de ingresar a su hija en el hospital dentro de dos semanas, así que ya no podrá hacerse cargo del bebé.

—Ah, perfecto. —Jules traga saliva. Es justo lo que necesitaba.

—Parece entusiasmada —responde la mujer.

—Yo, mmm...

—No pasa nada si ha cambiado de parecer.

—No —dice Jules—. Es que, yo... —No encuentra las palabras—. No, sí quiero hacerlo.

¿Quiere? ¿Qué está diciendo?

—Genial.

—¿Es un niño o una niña? —pregunta Jules.

—Es un niño que se llama Khalib. Tiene seis semanas.

—No tengo cuna ni nada.

—La voluntaria le proporcionará un moisés y ropa.

—Espere un segundo. ¿No ha de hacerme una entrevista?

—Bueno, ya ha rellenado nuestro formulario. Tenemos el número de su permiso de residencia.

—Pero el piso... ¿No es necesario que vea dónde vivo, para asegurarse de que es adecuado para un niño y todo eso?

—No hace falta —responde la mujer.

«Seguro que sí», piensa Jules. Podría tener montones y montones de periódicos tirados por todas partes, las paredes plagadas de cucarachas.

—Tendré que... —Jules piensa en su trabajo. No es de las que se escaquean, pero qué demonios, quiere acoger al bebé—. ¿Durante cuánto tiempo sería?

—Quince días a lo sumo. Lo más seguro es que la voluntaria vaya a entregarle el bebé, pero la mantendré informada vía correo electrónico...

La mujer cuelga. Jules se queda quieta con las flores aún en el bolso, el teléfono en la mano. Se lo mira, siente la necesidad de mandar un mensaje a alguien para contárselo. «Tengo novedades.» Lleva mucho tiempo deseando comunicar esas palabras, sobre todo a David. Envolver una prueba de embarazo positiva en papel brillante y entregarle el paquete para que lo abra. Marca su número.

—Ya está.

—¿A qué te refieres? ¿Estás bien?

—Acaban de llamarme de la fundación de acogida. Quieren que cuidemos de un bebé.

—¿Eh?

—Aquella fundación de la que te hablé. Tienen un niño pequeño.

—Ah.

Jules lo oye tragar saliva.

—¿Qué?

—Es un poco precipitado, ¿no? No nos han entrevistado. No han venido a comprobar dónde vivimos.

—No son muy estrictos, creo.

—¿Estás segura de que no se te han cruzado los cables? Me parece muy raro.

—Me han dicho que nos lo traerán dentro de dos semanas.

—¿El niño está bien? —dice David después de soltar una risotada, confuso.

—No he preguntado mucho.

—Me resulta extraño, Jules. Quiero decir, ¿qué clase de sistema permite que una pareja cualquiera de expatriados cuiden de un bebé?

—Pero dijiste que querías hacerlo.

—Sí, pero… —David suspira.

—¿Qué?

—Dios, Jules, un bebé. ¿Cuántos días?

—Dos semanas.

—Y después ¿qué?

—Supongo que lo adoptarán.

—No sé…

—Haremos una buena obra.

—Ya, lo que me preocupa es lo que pasará después.

—De verdad que deseo hacerlo, David —dice Jules tras una pausa.

—Lo has pasado muy mal últimamente, Jules. Y cuando tengas que devolver al bebé, me preocupa que no sepas afrontarlo.

—Mira, no soy tan débil. Sabes que puedo con eso.

—Parece que ya lo has decidido, pero...

—Es solo cuidar de un bebé, y sabe Dios que soy una experta.

—Bueno, estaré a tu lado —dice David, y se echa a reír.

Se despiden y Jules cuelga el teléfono. Se siente pletórica. Pero la mujer de la fundación podría cambiar de parecer; no sabe nada de ellos, después de todo. David tiene razón, es inconcebible que alguien les entregue un bebé y espere que todo vaya bien. No, la mujer volverá a llamar y les dirá que ha habido una confusión, que han llamado a quien no debían.

«Un bebé», piensa Jules. Ahí está ella, lidiando con el fracaso de otra FIV, y dentro de pocos días podría haber un bebé real en su casa. Sacude la cabeza y ríe para sus adentros.

Se dirige al mostrador para pagar las flores. Y cuando está a punto de salir de la tienda se cruza con Tor, que camina a zancadas enfundado en sus pantalones azules de lino, pisándolos con las sandalias de cuero.

—¡Tor! —lo llama—. ¡Tor!

Tiene las mejillas hundidas. Se pasa los dedos por su pelo ralo.

—Debes de estar agotado —dice Jules.

—Un poco —responde.

Cierra los ojos, deja caer la cabeza hacia delante. Jules

lo abraza. Tor está rígido como un palo. Jules lo abraza un poco más fuerte, pero él sigue sin responder, así que le da un par de palmadas en la espalda y lo suelta.

—Ayudaste a salvarle la vida —añade Tor entrecruzando los dedos encima de su pecho, y Jules niega con la cabeza—. Lo digo en serio. Gracias, muchas gracias, de verdad. —La mira fijamente con sus ojos azul pálido.

—Hice lo que cualquiera habría hecho.

—Bueno, tuvimos suerte de contar con un sanitario cerca. Ignoraba que fueras enfermera.

—Soy comadrona... Lo era. ¿Cómo está Sam?

—Mucho mejor. Ya lo han desconectado de los monitores.

—Ay Dios, qué alivio. ¿Te marchas a casa a descansar?

—Tengo una reunión y...

—¿Vas a trabajar?

—Debo asistir a esa reunión. No durará mucho. En fin, muchas gracias de nuevo —dice, se agacha para darle los dos besos protocolarios en la mejilla y se dirige hacia las puertas automáticas.

Jules coge el ascensor hasta la planta duodécima. Una enfermera, cuyos zuecos con suela de goma chirrían al andar, le muestra el camino. Jules la sigue hasta un cuarto que tiene un montón de dispensadores blancos en la pared.

—Lávese las manos primero, ¿de acuerdo? —le dice la enfermera, que sonríe y se va, con su coleta balanceándose.

Jules se lava las manos, se pone los protectores de plástico encima de las zapatillas de deporte y se cubre el pelo con un gorro, también de plástico. Sale del cuarto y va mirando por las ventanas de las habitaciones. Detrás de una de ellas, ve a Amber acurrucada en una silla de plástico. Abre la puerta y entra.

Sam tiene el pelo enmarañado y con pegotes de sangre.

Amber la mira con sus ojos hinchados, el rostro grisáceo. Tiene la mirada soñolienta. Jules la abraza como si tuviera que romperse de un momento a otro. Se le mete pelo de Amber en la boca.

—Está dormido —dice Amber—. No quieren molestarlo mucho.

—¿Y tú? ¿Has dormido?

—Un poco. Incluso después de lo que hice.

La silla de plástico se hunde cuando Jules se sienta en ella, al lado de Amber. Sam ladea en la almohada su rostro ligeramente amoratado. Tiene una gran herida en la frente. Las venas se ramifican en sus párpados cerrados. Tiene la muñeca vendada. Jules le coge una mano a Amber.

—Los médicos han dicho que ha tenido mucha suerte —explica Amber—. Que podremos llevárnoslo a casa dentro de un par de semanas. —Se zafa de la mano de Jules—. No tendrán que operarlo —sigue—. Me acribillaron a preguntas, como si fuera una delincuente, lo que supongo que soy. ¿Qué clase de idiota atropella a su propio hijo?

—Fue un accidente.

—Me hicieron una prueba de alcoholemia, claro. —Amber sacude su cabeza gacha—. Superaba el límite. Me miraron de una manera... Dijeron que podía acabar en los tribunales. Yo creía que iba serena mientras conducía, pero ¿cómo puede ser que no lo viera, Jules? Soy una maldita imbécil.

—No es verdad, Amber.

Jules retira el papel de celofán que envuelve las flores y llena de agua el jarrón descascarillado en el fregadero de la habitación. Amber lleva la bragueta abierta de sus pantalones holgados de color azul. Jules debería haberle llevado ropa limpia, un cepillo de dientes, una revista.

—¿Necesitas algo de tu casa? Tendría que habértelo preguntado antes —dice Jules.

—Tor volverá con un par de cosas.

Jules asiente sin mencionar lo que Tor le ha contado sobre ir a una reunión.

—No puedo dejar de pensar en ello —dice Amber—. Podría haberlo matado. No vi a mi propio hijo. Tor me culpa, por supuesto.

—No, seguro que no.

—Ya no estábamos demasiado bien, y ahora… ¿Sigue allí ella? —Amber acaricia los pies de Sam, cubiertos con la sábana.

—¿Quién?

—Dolly.

—Está en tu casa, sí.

—Tendría que haberlo vigilado, debía cuidarlo.

—No fue culpa de ella, Amber.

—¿Por qué Sam salió corriendo de aquella forma?

—Colby estaba en medio de una pataleta. Se puso agresivo…

—Dolly tenía que vigilarlo. Si lo hubiera hecho esto no habría sucedido.

—Colby estaba…

Dios, Jules tenía que soltarlo; el hijo de Amber necesita ayuda.

—Excusas. Fue culpa de Dolly.

—No.

—Sí, sí lo fue. Tendrá que irse. —Amber tiene la piel de gallina, a pesar del calor sofocante que hace en la habitación.

—Fue un accidente terrible —dice Jules. Debería añadir algo más sobre lo de Colby, defender mejor a Dolly, pero no es el momento ni el lugar.

Amber coge un pañuelo de papel de la mesilla de Sam y se suena la nariz. Traga saliva y rompe a llorar.

Tala abre la puerta roja de la entrada. Cegada por la luz del sol del exterior, entra de puntillas en la habitación temporalmente a oscuras.

—¿Tala? —la llama la señora Heng desde el fondo del piso—. Quiero hablar contigo.

—Vale, vale.

Tala se detiene en el recibidor y parpadea. Se recoge el pelo detrás de las orejas y un mechón gris le aparece delante de los ojos. Se va a armar una buena si Dolly pierde el trabajo. La señora Heng sale del comedor vestida con un pijama de seda negro estampado con palomas blancas. «¿No eran el símbolo de la paz? —piensa Tala—. Es como un bebé con corbata; no pega.»

—No has limpiado la casa en toda la semana. Has estado evitándome, has dormido fuera —empieza la señora Heng.

—Ay, señora Heng, ha pasado una cosa, una cosa muy mala… El niño para el que trabaja mi hermana, su madre lo ha atropellado.

—¿Qué? —La señora Heng la mira fijamente.

—Fue un accidente, un accidente terrible.

La señora Heng frunce los labios. Mira a Tala, suspicaz.

—¡*Ta ma de* suciedad! Yo relleno los formularios del ministerio. Y tú limpias el piso dos veces a la semana. No son demasiadas veces, ni te pido nada del otro mundo. ¡Deja de vaguear y limpia hoy mismo!

Tala coge el plumero y empieza por las fotografías. Los nietos con la sonrisa congelada, la hija desenfocada que mira por encima del hombro a Tala cuando visita a su madre. Pero vaya, siempre perfumada, cuando llega siempre saca del bolso la botellita de cristal con una flor de plástico como tapón y va rociándolo todo. «Puaj, huele a vieja aquí», la pilló diciendo una vez Tala cuando la señora Heng salió de la estancia. Aunque seguramente la señora Heng pagó el pato por los pies de Tala. Los pies de Tala parecen sacados de un cuadro, son preciosos, pero es verdad aquello que dicen acerca de que las apariencias engañan. «Mira la hija de la señora Heng —piensa Tala—. Parece una actriz de Hollywood, pero el aire puede cortarse cuando ella está cerca.»

Tala se pone en modo máquina humana de limpiar, quitando el polvo de las superficies, fregando los rastros de maquillaje de la pila del cuarto de baño, justo al lado del tazón descascarillado donde la señora Heng guarda las brochas y los pinceles de maquillaje. Tala tiene la oreja puesta en lo que la señora Heng hace, la oye abrir y cerrar armarios a lo lejos, en algún lugar de la casa. Tala abre los grifos de la pila. El agua sale caliente y se obsequia con un poco de jabón de la marca Jo Malone; la señora Heng no se dará cuenta de que lo ha usado porque no tiene sentido del olfato. «Por eso nos permite a mí y a mis pies vivir aquí», piensa Tala.

La señora Heng pasa corriendo a su lado por el pasillo, sosteniendo junto al pecho lo que parece un libro de recetas de cinco centímetros de grosor. No mira a Tala.

Ya en su cuarto, Tala se repanchinga en la cama, se descalza y suspira. Se queda ahí tumbada media hora, mirando las sombras de los objetos en el techo. Baja el ordenador, se pone las gafas y entra en *Salamin*. Todavía hablan de ella: «Sigue la búsqueda de la responsable de *La criada bloguera*».

Consulta las calificaciones de su blog. Se le acelera el

pulso, que parece el minutero fuera de control de un reloj estropeado. Ochocientas una personas han dado un «me gusta» a su artículo sobre el pastel. Rita estaba en lo cierto, está teniendo mucho éxito. Mira las estadísticas de la página. Más de once mil personas han visitado el blog desde que empezó a escribirlo. Debe de ser un error, seguro. Continúa clicando, pero la barra del gráfico sigue subiendo como un rascacielos. La gente está realmente interesada en lo que tiene que decir. Nota la cara acalorada, le iría bien ese ventilador. Pero ahí está, todavía abierto en dos y con los cables sueltos.

Solo lleva cinco artículos. Uno sobre las agencias que se quedan un tanto por ciento de lo que ganas en concepto de la formación que te ofrecieron en su día. Formación, ¡bah! Poner un pañal a una muñeca de plástico, limpiarle la salsa marrón del culo. Tala había escrito acerca de que esa comisión supone que durante casi todo el primer año de trabajo es como si no ganaras nada. También habló de la alegría: nadar en el mar, en la playa del parque de la Costa Este; una tarde que Dolly sirvió té a Tala y a las otras mujeres en casa de la señora Amber, aquella vez que no se llevaron de vacaciones a su hermana para que vigilara a los niños, y comieron merengues rellenos de fresas coreanas, bollitos y macarones de colores.

Ahora Tala entra en *El Blog de Vanda*. De esa manera Tala se suma a sus lectores, pero es que quiere asegurarse de que no aparece publicada la foto que aquella mujer le hizo mientras paseaba a Malcolm, el perro de la señora Jemima.

Por un instante, todo se detiene. Tala se queda helada, con el corazón latiéndole con fuerza en el pecho, en el cuello, en los oídos. En la pantalla se ve el nombre de Dolly y el número de su permiso de trabajo, incluso aparece el nombre del complejo residencial de Greenpalms. Vanda no puede hacer eso; nadie querrá contratar a Dolly si la señora Amber la echa. Pero Vanda ya lo ha hecho, todo el mundo puede leerlo. Tala siente que algo le quema en la boca del estómago.

Vanda ha escrito:

> Un niño está luchando por su vida en el hospital después de que lo hayan atropellado mientras lo vigilaba la niñera. La niñera, Dolly Pabro Castillo, de treinta y cinco años (permiso de trabajo 67894), estaba cuidando al pequeño cuando este salió corriendo hacia el aparcamiento y un coche lo golpeó.
>
> Según mis fuentes: «Dolly Pabro Castillo no tenía experiencia laboral previa y es una vaga. A causa de su incompetencia, el niño se encuentra en estado crítico».

Treinta y dos personas han valorado con una estrella ese texto absurdo. «Una estrella, ¡por favor! Habría que tacharlo con una gran línea roja.» Y también hay una foto, un primer plano de Dolly con todos sus pendientes. Las sospechas de Tala no iban desencaminadas; Vanda debe de ser una de las amigas de la señora Amber. ¿Cómo, si no, habría conseguido una foto de Dolly? Tala baja la pantalla del portátil. ¿Qué van a hacer? Llama a Dolly al móvil, pero le salta el contestador. Entra en su blog y empieza a teclear:

> Para tu información, Vanda, ahí van los hechos del terrible accidente de coche sobre el que has escrito.
>
> Una madre ha atropellado a su propio hijo dando marcha atrás mientras maniobraba para aparcar porque

no estaba mirando hacia donde debía. Dolly Pabro Castillo no tiene nada que ver con el asunto. De hecho, Dolly estaba cuidando al otro hijo de la mujer, que se encontraba en plena rabieta.

Dolly es excelente cuidando niños. Es muy trabajadora y no se queja, aunque no ve a su hija casi nunca porque vive lejos, en Filipinas.

Su hija solo tenía dos meses y medio cuando Dolly se marchó. Ponte en su lugar, ¡imbécil! Imagínate no ver a tu niñita durante tres años enteros. Olvídate de guardar el café caro en el estante de arriba y de preocuparte sobre qué aseo ofrecerás a los invitados para que hagan pis, Dolly tiene cosas mucho más importantes que hacer, como pagar la comida y la educación de su hija.

Tala teclea unas líneas más, la versión escrita de lo que va vociferando. Clica en «Publicar».

# 13

Dolly camina por la calle Holland mientras los vehículos pasan zumbando por su lado. Todavía no ha sangrado. Ya hace una semana que se tomó las pastillas, ¿por qué no funcionan? Anda con brío, cada vez más rápido. Empuja con la mano las hojas de los setos y las arrastra, va dando golpecitos a las ramas.

El tráfico se agolpa a lo largo del asfalto; la gente avanza por la pasarela. Dolly pasa junto a una parada de autobús vacía. Han construido un complejo residencial nuevo, un montón de cubículos blancos con plásticos protectores en las ventanas. Un poco más adelante, otro complejo residencial flanqueado por palmeras. Pasa por el lado de una puerta de hierro forjado cuyas hojas esculpidas brillan por el reflejo de la luz del sol. El mecanismo de la puerta se abre lentamente, y ella sube la cuesta en dirección al hospital. Un hombre con zapatos rojos y una gorra de béisbol la avanza. Una mujer empuja una silla de ruedas donde va sentado un niño con un tubo que le sale de la nariz.

Dolly se siente como si alguien la hubiera vaciado con una de esas cucharas para servir helado. Ha intentado muchas veces hablar con la señora Amber sobre Colby, y ahora ha ocurrido eso. ¿Por qué la señora Amber no miraría hacia atrás mientras maniobraba?

Cruza las puertas automáticas del hospital. El aire huele a repostería. Hay una cafetería donde se arrugan bolsas de papel, la gente se sienta en taburetes con sus tazas humeantes. Una pastelería, su pastelería. Tiene esa idea metida entre ceja y ceja. El directorio de las plantas se le desenfoca. Una enfermera pasa por su lado haciendo chirriar las suelas de goma de sus zuecos.

—¿Dónde están las urgencias? —pregunta Dolly, y la enfermera arquea las cejas—. Traumatismo craneal.

—En la planta duodécima.

Las puertas de cristal se abren y la enfermera sale a través de ellas.

Dolly llama al ascensor. Tarda mucho en llegar, y cuando por fin entra en él siente que le falta el aire. Ya en la planta duodécima, empieza a andar por un pasillo impoluto que huele a desinfectante.

—¡Espera! —la llama alguien—. Hay que lavarse antes de entrar.

Un hombre con bata blanca la acompaña hasta un cuarto y señala un montón de prendas azules apiladas.

—Ponte una de estas —le indica—, pero antes debes lavarte.

Dolly se frota las manos debajo del chorro del agua caliente, tiene la uña de un índice rota en forma de onda y las puntas de los dedos resecas. Se pone un gorro, un mono y una especie de bolsas de plástico en los pies.

El señor Tor se levanta cuando Dolly entra en la habitación, que huele a medicamentos. Sam está dormido en la cama. Dolly se tapa la boca con las manos para evitar hacer ningún ruido.

—Lo siento mucho —dice.

El señor Tor la abraza y le da una palmada en la espalda.

—No, no —responde él.

Dolly intenta zafarse, pero la mano de Tor la mantiene contra su camisa de lino. Cuando se aparta, repara en que el señor Tor tiene los ojos enrojecidos, la piel le cuelga, parece más viejo. Lleva unos pantalones grises gastados, el cuello de la camisa blanca abierto y sucio. La sombra de las persianas estampa a rayas el alféizar de la ventana.

—Ven, siéntate —le ofrece el señor Tor—. A Sam le gustará oír tu voz.

Dolly se frota los ojos y se sienta.

—Está mejorando —añade él—. Y los médicos dicen que es probable que dentro de pocos días nos dejen llevárnoslo ya a casa.

El nombre del hospital está escrito muchas veces en las sábanas de la cama de Sam. Un apósito le cubre la frente. Tiene la cabeza rosada, como la piel de un caniche por debajo del pelo.

Dolly se humedece los labios y traga saliva. Siente como si tuviera piedras en la garganta. Se acuerda de Sam cuando trataba de enseñarla a nadar y se le dibuja una sonrisa en la cara.

—Sigue mejorando, Sammy Bean —le dice al niño.

Alarga la mano hacia el pequeño y luego la aparta. Está demasiado mal para tocarlo. El señor Tor dibuja círculos con el pulgar en la mano de Sam. Dolly se coge su propio pulgar con la mano para visualizar lo duro, redondo y pequeño que notaría el pulgar de Mallie; la abuela todavía no ha conseguido que deje de chupárselo. El señor Tor y Dolly se quedan ahí sentados durante lo que parece una eternidad.

—Amber sabe que todavía no te has mudado —empieza el señor Tor al tiempo que se coloca bien las gafas.

—No he hecho nada malo —replica Dolly.

—Yo ya lo sé, pero ella está decidida a echarte. La única razón por la que hace como si no te viera es que prácticamente está viviendo aquí en el hospital, con Sam. —Aparta la mirada, tose tapándose la boca—. He intentado que recapacitara, pero no hay forma de que me escuche —prosigue el señor Tor mientras Dolly continúa mirando el rostro magullado de Sam—. Quizá sería mejor que no te viera por aquí.

—¿A qué se refiere?

—Ha ido a buscar algo para comer. Volverá de un momento a otro.

Dolly se inclina para besar la mano de Sam, pero se queda a varios centímetros de ella. Al final, se besa en los dedos y toca levemente la palma de la mano del niño. Abre la puerta y sale al pasillo.


Al día siguiente, Tala va andando hacia el complejo residencial de Greenpalms con la cabeza en alto, como acostumbra a andar. El guarda de seguridad con dientes de conejo la ignora. Pasa junto a las piscinas y se detiene al pie de una escalinata, la que lleva hasta el aparcamiento, que está justo debajo de las piscinas.

Mira a su alrededor, como si estuviera a punto de hacer algo que no debería. No le parece real estar ahí, como si dondequiera que fuera levitara a varios centímetros del suelo, pero eso es imposible, ha de reconocerlo. Necesita ver el lugar del accidente; tiene que haber algún detalle que se le escapa.

De un conducto de ventilación van cayendo gotas de

agua. «Parecen lágrimas», piensa, hasta que a través de la rendija le llegan las risotadas de un niño. El crío debe de estar de pie al lado de la piscina de encima del aparcamiento, desde donde cae agua por el techo. Oye la vibración de un coche, y Tala da un brinco. Vuelve a ver al niño debajo del todoterreno, ahí tirado con la camiseta azul; lo visualiza todo como a cámara lenta, como si se movieran dentro del agua. ¿Qué habría ocurrido si Tala no hubiera bajado ahí por culpa de la lluvia?

El todoterreno blanco está en su plaza de aparcamiento. Tendría que salir de ahí e ir a ver a su hermana.

La puerta del sótano de la casa de la señora Amber se abre y esta aparece. Va descalza, con el pelo encrespado como si se hubiera quedado dormida con el pelo mojado. La puerta se cierra detrás de la señora Amber, que se tambalea. Tala se queda ahí de pie, con el bolso apretado contra el pecho, pero no es transparente y la señora Amber la ve, y Tala avanza hacia ella intentando controlar su extravagante forma de andar.

—Hola, señora.

La señora Amber se rodea el cuerpo con los brazos como si intentara no desmontarse. Y ahí está Tala, como un fantasma del pasado. La señora Amber tiene una mancha de lejía en la camiseta, que está tan gastada que Tala se pregunta si se habrá confundido y se habrá puesto la ropa de Dolly.

—Soy Tala, la que...

—Ya sé quién eres.

—¿Su hijo?

—Solo he venido a lavarme y a ponerme ropa limpia.

La señora Amber se sienta en la escalera de obra, con las piernas llenas de puntitos de pelos incipientes. Apoya la cabeza contra la pared. Tala se agacha, y casi queda sentada encima de la señora Amber, hay muy poco espacio para su trasero.

—Ay señora, siento mucho lo que pasó.

—No lo vi y ahora está tumbado en la cama de un hospital.

—Fue un accidente.

—Se suponía que Dolly lo vigilaba.

—Pero Colby estaba portándose muy mal.

—Uy no, no me lo trago. —La señora Amber pone la mano plana contra el aire.

—Tiene que saber lo que ocurrió, señora. —Tala apoya su mano en el hombro de la señora Amber, pero ella se la aparta.

—Ese estúpido coche —suelta mirándolo—. Maldita madre expatriada, maldito montón de mierda devorador de gasolina.

Tala se toca el crucifijo. La señora Amber se levanta y se dirige hacia el todoterreno, que tiene las ruedas hacia un lado. Levanta la pierna y patea con su talón descalzo el chasis blanco y reluciente. Insiste, pero no consigue abollarlo. Rompe a llorar.

—¿Cómo puedo seguir adelante, con lo que he hecho?

—Pero está vivo, *Dius* mío, ha sobrevivido.

—Es un castigo —dice la señora Amber.

Dolly nunca había mencionado que su señora era religiosa. Se oye la vibración de un coche que pasa. La señora Amber suspira y vuelve a sentarse en la escalera. Mira hacia arriba, hacia el techo de cemento con todas las tuberías, y los minutos pasan lentamente.

—Será mejor que vuelva al hospital.

La señora Amber se levanta y abre la puerta.

—Iré a ver cómo está Dolly —dice Tala.

La señora Amber no le sujeta la puerta, pero Tala pone

las manos para mantenerla abierta. Hay un montón de zapatos en un estante en la entrada del sótano que se abre hacia una zona donde se encuentran tres ordenadores rodeados de cables y el aire acondicionado. La señora Amber se limpia la nariz con el brazo. La piel le brilla.

—¿Qué haces todavía aquí? —grita la señora Amber.

Ay Dios... Tala se sobresalta. Se agarra al bolso, convencida de que la señora Amber está hablándole a ella. Pero Dolly está en la escalera que lleva a la planta baja, más pálida que nunca. La señora Amber la señala con el dedo.

—¡Tienes que irte!

—Quiero mucho a Sam, ya lo sabe —dice Dolly.

—¿Dices que lo quieres mucho...? Eres la maldita niñera, te pagamos. ¿Qué sabrás tú de querer?

En el recibidor solo se oye el tintineo de los pendientes de Dolly.

—Colby tuvo uno de sus ataques de rabia, y Sam se escapó corriendo —dice Dolly en un tono controlado.

—No culpes a Colby —le echa en cara la señora Amber.

Tala está acalorándose, se pone roja de ira, pero es importante evitar que esa mujer se enfade más aún. Así que inspira una gran bocanada de aire y espera que lo que va a decir surta en ella un efecto balsámico, como si lo pronunciara el mismísimo Kofi Annan.

—No es culpa de nadie.

—Si ella hubiera estado haciendo su trabajo como es debido, eso no habría pasado nunca —contesta la señora Amber volviéndose hacia Tala.

—Estaba haciendo mi trabajo, estaba intentando calmar a Colby. Como ya le he dicho muchas veces, Colby...

—¿Y usted dónde estaba? ¿Jugueteando con su teléfono móvil? ¿Hablando con sus amigas? —estalla Tala.

«El discurso a lo Kofi Annan no es lo mío, está claro», piensa.

—¡Fuera de aquí! —grita la señora Amber—. La única razón por la que sigues en mi casa es porque me paso el día en el hospital con mi hijo. Pero pronto volverá, y cuando eso ocurra… ¡te quiero fuera!

La señora Amber golpea a Tala cuando pasa a su lado para subir a toda prisa por la escalera, y empuja a Dolly contra la pared. La casa se sume en un silencio artificial, y de repente se oye un estruendo. Tala avanza a Dolly escalera arriba, dejando a Kofi atrás.

El ruido proviene de la habitación de Dolly. Tala llega a la puerta y ve a la señora Amber arrancando las fotografías de la tabla de corcho de la cabecera de la cama de su hermana. Los pedazos revolotean hasta caer al suelo. La cara de Mallie, rota, la mira desde el suelo. «¡Ya basta!» Tala echa los hombros hacia atrás, preparada para vociferar una advertencia. Abre la boca, pero no es su voz la que se oye.

—¡Deje mis cosas en paz! —grita Dolly. Es el ruido más sonoro que jamás había emitido.

La señora Amber se pone de un rojo brillante y mira alrededor de la habitación. Saca la ropa del armario, y las prendas de Dolly van aterrizando en un montón a sus pies. Una caja de zapatos llena de baratijas se estrella contra el suelo, sale un Minion amarillo, una postal hecha a mano, de Mallie, un billete de cincuenta dólares y una cajita turquesa de Tiffany & Co.

La señora Amber se fija en la cajita y se detiene, sin aliento.

—¡Fuera! —grita, y levanta la mano para abofetear a Dolly.

Dolly la agarra por la muñeca. La señora Amber trata

de pegar a Dolly, pero esta aprieta los nudillos alrededor de su muñeca. La señora Amber levanta la otra mano, pero Dolly también se la coge, aprieta, forcejea, arremete. Es como si ambas estuvieran en una clase de taichí y hubieran recibido una descarga eléctrica.

—¡Quita de encima! —chilla la señora Amber.

—¡No! —grita Dolly. Tiene los dientes apretados.

—¡Ya basta! —vocifera el señor Tor desde atrás.

Pasa rozando a Tala y sujeta a su mujer con un brazo. Dolly le suelta las muñecas. El señor Tor empuja a la señora Amber hacia fuera del cuarto, sosteniéndola por los hombros. Tala empieza a hacer lo que se le da mejor: recoge los libros y las fotografías hechas pedazos. Dolly se agacha para ayudarla.

—Volverá, ya lo verás —dice Tala.

Se tapa la boca con un puño. Habla como su madre. «Pasará lo que tenga que pasar. Dios aprieta pero no ahoga.» Su madre se consolaba con tópicos así cuando el padre de Tala y Dolly murió de repente; Tala era adolescente, Dolly tenía dos años. Tala ha ido posponiendo contar a Dolly lo que ha salido publicado en *El Blog de Vanda*; no puede explicárselo en ese momento tampoco. Ha pasado mucho tiempo desde que rellenó los formularios para Dolly en la agencia Asistenta a Medida, pero ahora tendrán que regresar a casa las dos.

Con su cruz entre los dedos, susurra una oración con la que pide a Dios que la jefa de la agencia, Charmaine, no siga *El Blog de Vanda*.

# 14

El sonido de llamada resuena en el oído de Jules. Es como si regresara a 1999, en Glastonbury, cuando telefoneó a su trabajo de fines de semana en Somerfield para decir que estaba enferma. «Tengo diarrea», anunció con voz ronca. Por culpa de aquella voz, Angie, del departamento de productos, no la creyó.

—Hola —contesta alguien al otro lado del aparato.

—Soy Jules. No me encuentro bien.

—¿Qué te pasa?

—Creo que tengo la gripe.

—Bueno, ven y que algún médico te examine.

—Uy, no, no... —Tose—. No creo que me convenga salir —añade con voz gutural. Virgen santa, siempre ha sido muy mala mintiendo—. Lo siento, será mejor que cuelgue, me encuentro fatal.

Se queda ahí sentada, con la culpa que se le agolpa en la boca del estómago. Jamás habría simulado estar enferma si trabajara en el Saint Thomas, pero es solo una recepcionista a media jornada. Y explicarles que va a acoger a ese bebé suscitaría una serie de preguntas que la incomodarían. Un pájaro pía, una manguera riega. Enciende el ordenador, el bebé llegará de un momento a otro. Sus dedos teclean solos. No mirará en la web Amigas de Fertilidad, no. Consulta las notificaciones de su cuenta de Instagram. El primer plano de Dolly ya ha recibido quince «me gusta». Descarga el resto de las fotos que aún conserva en la cámara y escoge las tres mejores para compartir. La de Tala con su vestido de girasoles es buena: las arrugas alrededor de sus ojos, y la parte superior de su rostro se ve muy nítida, a pesar de que la barbilla está ligeramente desenfocada. Llaman al timbre. El bebé. Jules se fuerza a bajar despacio la escalera de madera. Abre la puerta de la entrada. La voluntaria sonríe.

—Hola —saluda con acento estadounidense.

Lleva una sillita de coche a cuadros en la mano, el bebé sentado en ella, dormido. Su cabecita rizada cuelga a un lado. La mujer va un poco encorvada por el peso del pequeño.

—Pasa —dice Jules.

Una vez dentro, la voluntaria deja la sillita en el suelo. Jules dobla un poco las rodillas y baja la cabeza para ver de cerca al niño. Tiene hoyuelos en las mejillas, las piernas encogidas, regordetas. Tiene poco pelo, excepto por los rizos de delante. Está tan cerca de él que puede oír su suave respiración.

—Es precioso, ¿verdad? —comenta la mujer, agachada y con las manos en las rodillas.

—Sí —susurra Jules, y añade—: ¿Duerme bien? —Parece ser la cosa más importante que hay que preguntar.

—No tardará en dormir la noche entera —contesta la voluntaria.

—¿Quieres sentarte? —le ofrece Jules al tiempo que señala el sofá de piel.

—Mejor que no. Tengo que volver con mi hija.

Jules se fija en la bolsa de deporte que lleva en la mano.

—¿Está ahí su ropa?

—No hay mucha. Un par de camisetas, tres pantalones y un pelele. Hay unos cuantos biberones, pero me temo que no queda ningún pañal.

Jules coge la bolsa y percibe el olor a detergente.

—¿Qué le pasará? —pregunta Jules—. Me refiero a largo plazo.

—No nos dan tanta información —responde la mujer—. Es el segundo bebé que tengo en acogida. Te los dejan unas semanas, a veces más, y luego aparece alguien que se los lleva. A Khalib lo adoptarán.

—Vaya —responde Jules—. Parece que no tardará en suceder.

—Bueno, eso nunca se sabe. En ocasiones surgen complicaciones.

Jules se queda de pie observando al bebé mientras duerme.

—¿Y la cuna? —pregunta entonces.

—Ah, la he dejado fuera.

La voluntaria se encamina hacia la puerta.

Una canastilla de mimbre deshilachada forrada con paño de algodón que algún día fue blanco está junto al estante lleno de Crocs de colorines de los vecinos de al lado. La mujer presiona el botón del ascensor y Jules se da cuenta de que está a punto de irse.

—Se despertará dentro de media hora, más o menos, para la toma —dice la voluntaria—. Solo queda un poco de leche para bebés, la he guardado en un frasco de plástico que está dentro de la bolsa. Tendrás que conseguir más. Lo siento, yo no he podido.

El ascensor engulle a la mujer. Jules se queda en el rellano y la observa por la barandilla mientras se aleja por los caminitos. Jules entra en casa el moisés. La puerta se cierra de un portazo, y se arrodilla otra vez para mirar al pequeño. Ha cogido cientos de bebés, pero ahí está, sola con ese, y no está segura de recordar qué debe hacer.

Vacía la bolsa de deporte y ordena en el suelo de mármol, junto al niño, las prendas de ropa. El pequeño tiene las piernas tapadas con una manta de lana, y al lado hay una libreta amarilla. Jules la hojea: ve gráficos y notas escritas a mano, información sobre el bebé, supone, aunque no se detiene a leerlas. No hay ningún juguete blando ni crema para las escoceduras. La parafernalia que a menudo acompaña a los bebés se ha reducido a lo esencial con ese pequeño. «Olvídate de las clases de masajes para lactantes a las que asistieron tus amigas, y también del cochecito Bugaboo Frog.»

—Khalib —dice.

Sus padres adoptivos lo llamarán de otra forma. A Jules le gustan muchos nombres para chico, como Charlie o Joe, incluso le viene a la cabeza el de Sam... Sam, pobre crío. Con toda su formación médica, y mírala ahora, jugando a ser la esposa de un expatriado. Por lo menos hizo una buena obra ayudando a Sam. Y acoger a Khalib también lo es.

El bebé parpadea al abrir los ojos, mueve las piernas. Tiene unas pestañas larguísimas. Jules le ofrece el dedo índice para que lo acoja en su puño. Le sonríe, bueno, hace una mueca que parece una sonrisa; a lo mejor no es eso siquiera. Lo saca de la sillita y lo levanta. Camina con él en brazos. «Así es como sería. Quizá pueda quedarme contigo.» No se ha permitido fantasear durante meses.

Vuelve a dejarlo en el cochecito y pone agua a hervir

para prepararle el biberón. El bebé empieza a llorar, y Jules intenta jugar con él a cu-cu-¡tras! No sirve de nada.

Tiene lista ya la leche, pero el biberón está demasiado caliente y lo pone en la nevera plateada. Coge al bebé de nuevo y lo mece, pero este sigue llorando. «Está aprovechando la ocasión», piensa. Camina por el piso con él en brazos durante mucho rato, y de vez en cuando cesa en su llanto.

Por fin el biberón ya se ha enfriado y el bebé lo devora. Jules lo acuesta en el moisés, y se queda dormido. Envía un mensaje a la mujer de la fundación para pedirle más leche en polvo; no tiene ni idea de la marca a la que está acostumbrado.


Dolly está limpiando en el descansillo cuando traen a Sam a casa.

—¡No pienso permitirlo! —retruena la voz de la señora Amber.

Se oyen pasos fuertes en la escalera. Sam va en brazos de su padre. Tor entra en el dormitorio principal y la señora Amber se encara a Dolly, con el rostro grisáceo y el pelo reseco y enmarañado.

—Te dije que no te quería aquí cuando Sam llegara del hospital.

—Pero lo que pasó no fue culpa mía.

—Es imposible que viva bajo el mismo techo que tú. Tienes que marcharte ahora mismo; de todas formas, no pienso seguir pagándote.

—No es solo Sam el que está enfermo. Colby también necesita...

La señora Amber le arrebata de las manos el limpiador desinfectante y la bayeta y los tira por el descansillo; la botella revienta y deja un charco pegajoso del color de la orina. La señora Amber está ahora de pie, sin moverse, llorando, con la cabeza gacha y una lágrima goteándole por la barbilla.

Dolly le toca el brazo. La señora Amber se aparta como si la hubieran quemado.

—No.

—Solo quería decir que Colby necesita…

—No puedo soportarlo —susurra la señora Amber.

Suspira y baja corriendo la escalera hasta la puerta principal, la abre y se va. A causa del portazo, caen unos pétalos morados de la orquídea.

Dolly se acerca al charco de desinfectante y lo limpia con un trapo, haciendo viajes al fregadero. Coloca la tabla de planchar en el descansillo y se pone con la ropa. ¿Le duele el vientre? A lo mejor está empezando, por fin. No ha habido ni rastro de sangre, aunque ya han pasado dos semanas desde que tomó las pastillas. Si vuelve a la agencia ahora, lo primero que le dirán es que se haga la prueba de embarazo. ¿Qué hará?

Algo huele mal. Dolly se fija en la quemadura en forma de plancha que hay en la camisa de lino del señor Tor.

—¡Maldita sea!

Hace un ovillo con la camisa y la pone debajo del montón de camisas arrugadas, sin planchar. Aparece el señor Tor con una almohada en la mano. Entra en el cuarto de invitados.

Dolly va hasta la puerta.

—¿Qué hace?

—Dormiré aquí. Es temporal —responde.

Aparta la mirada. Se pone una mano en el bolsillo trasero de los pantalones, pero cambia de idea y entrelaza los dedos de las dos manos. Suele haber dos camas en esa habitación, pero hace unos días Dolly ayudó al señor Tor a trasladar una al dormitorio principal, donde Sam dormirá a partir de ahora, junto a la señora Amber.

—¿Cuándo te irás? —pregunta el señor Tor.

—Esta noche, supongo.

—Lo siento, lo he intentado. Es delicado. Ella... —trata de explicarse, pero Dolly le da la espalda—. Es que yo... —dice mientras Dolly baja la escalera.

Dolly está sacando ingredientes de los armarios de la cocina: un paquete de harina, azúcar glas. Prepara un pastel, uno cuya receta se sabe de memoria. Un bizcocho Victoria.

Está ahí de pie, con la espalda apoyada en la encimera de la cocina, mordiéndose las uñas. ¿Qué va a hacer? El olor a bizcocho horneado penetra en el aire. Hay un cambio de luz, y cuando levanta la vista se encuentra al señor Tor a su lado, encorvado, en su versión más pequeña.

—¿Podrá escribir un informe dando referencias de mí? —le pide Dolly.

—Por supuesto. Encontrarás otro trabajo. Eres buena en lo que haces. —Esconde las manos bajo las axilas opuestas.

—¿Puedo leer un cuento a Sam antes de irme?

—Sí, y cuando Amber vuelva te acompañaré a la agencia.

Dolly sube al dormitorio de la señora Amber. Sam está echado en la cama individual tapado con una sábana blanca, junto a la de matrimonio, con los almohadones grises. La pared está cubierta con plafones de roble, hay un tocador con frascos y cajitas de maquillaje y delineadores. La habitación huele a perfume. Dolly coge un libro del montón que hay a los pies de la cama de Sam, y el niño abre los ojos. Dolly sonríe y se echa a su lado, debajo de la sábana. El niño se mueve y apoya la cabeza en el pecho de Dolly. Ella le pasa una mano por los hombros.

—Sammy, mi Sammy.

La cabeza de Sam sube y baja en el pecho de Dolly al ritmo de su respiración; tiene unos puntos en forma de oruga detrás de la oreja. Si Tala no hubiera estado en el aparcamiento, Sam no estaría ahí. Y ahora Dolly tiene que irse. El brazo desnudo del niño está caliente debajo de su mano. Dolly nota en la barbilla su suave pelo blanco. Desea levantar la sábana, ver por última vez sus piececitos. Quiere abrazarlo mucho más fuerte de lo que está haciéndolo. Trata de pensar en algo importante que decir, algo inteligente para que él lo recuerde. «Oh, la mujer que me cuidaba me dijo eso.» Algún mantra, alguna verdad incontestable. Pero solo se le ocurre una cosa.

—Estudia.

Sam tiene el pelo sudado, se le pega a la cabeza. Su piel muestra un color extraño, como el que tiene la colada cuando has lavado sin querer un calcetín oscuro con la ropa blanca. Le toca la frente, está caliente.

Dolly abre el libro, pero no lo lee. Se inventa una historia acorde con los dibujos

—Y así fue como Colby le pasó el traje de baño a Sam.

Solía hacer lo mismo con los nombres de Ace y Marlon.

Quiere que Sam repita con ella, pero el niño farfulla y de pronto deja de hablar. Le pone la cabeza en la almohada y se acerca para besarlo. Tiene los ojos abiertos, en blanco. Parece que una caña de pescar tirará de su cara hacia un lado.

—¡Señor!

No acude nadie.

—¡Señor! —vuelve a llamar.

Alguien se acerca corriendo. El grito de Colby resuena en la habitación.

Llega el señor Tor y actúa enseguida, coge a Sam en brazos. Todos bajan los dos tramos de escalones que llevan hasta el sótano. Dolly pisa con los pies descalzos el cemento del aparcamiento subterráneo y se monta en el coche. Las ruedas chirrían cuando el señor Tor arranca.

—Mi hijo, mi hijo —murmura.

Dolly ni siquiera ha cerrado la portezuela. Sam está tumbado en los asientos traseros, a su lado. Dolly mira hacia atrás y ve que todavía está el charco de sangre reseca del día del accidente.

—La puerta, tía —le dice Colby desde el asiento del copiloto, y Dolly alarga el brazo y la cierra.

La cabeza de Sam descansa sobre los muslos de Dolly, y aunque esta no lo ve, sabe que tiene una hemorragia interna. Y ella está sangrando también, pero hacia fuera; nota que el corazón se le retuerce y pinchazos en el vientre. Su ropa interior está húmeda. Las pastillas se han tomado su tiempo, pero por fin están funcionando. Su bebé fluye fuera de ella, solo es una bolita de células, pero se va, envenenado por las pastillas.

Agacha la cabeza para mirar a Sam, y apoya la nariz contra la ventana, que está fría por el aire acondicionado, y observa los coches que pasan a su lado. El bebé está muriéndose en su interior, pero así Mallie, de algún modo, tendrá más oportunidades. Y Dolly encontrará otro trabajo, quizá con otros niños.

El señor Tor quiere poner el intermitente para doblar a la derecha, pero en su lugar activa los limpiaparabrisas. El corazón de Dolly late al compás de su movimiento hasta que el señor Tor consigue desactivarlos.

El coche gira hacia el hospital y aminora la velocidad.

El señor Tor aparca y sale del coche. Lleva a Sam en brazos cuando entran dando zancadas por los pasillos impolutos.

Tumban a Sam en una camilla. Parece otro niño, con esa cara deformada.

—¡Sammy! —lo llama Dolly, y alarga un brazo mientras lo alejan de ella.

Alguien se lo sujeta, una enfermera con un uniforme azul, y Dolly se queda mirando las puertas de vaivén que engullen a Sam y al señor Tor, corriendo a su lado.

Colby le coge la mano y entrelazan los dedos, se sientan en las sillas de plástico del pasillo. Esperan, con las manos temblando. Le duele el vientre como si estuviera menstruando. Debería ir al aseo para ponerse papel higiénico en las bragas, pero se queda ahí sentada. Le duele todo, la cabeza, el vientre, el corazón.


Llega la mujer de la fundación, con sus anchas caderas y un lunar en la barbilla. Alarga una bolsa de deporte a Jules, que la abre y encuentra un bote de leche en polvo para bebés de una marca que no le suena de nada, Friso. La mujer lleva un paquete de pañales debajo del brazo y un cochecito viejo a su lado.

—Eso debería bastar por un tiempo —dice.

—Gracias. ¿Quiere pasar para verlo?

—Tengo un taxi esperando abajo —dice la mujer negando con la cabeza y volviéndose en dirección al ascensor.

—Ah, de acuerdo.

Jules espera hasta que se monta en el ascensor y las puertas metálicas se cierran. «Vamos a rebobinar —piensa—. Ninguna entrevista ni inspección. Parece muy poco seguro, da hasta miedo, que se entregue un bebé a un desconocido.» Y se acuerda del permiso de residencia. No se lo habrían dado si tuviera antecedentes penales, ¿verdad? Se arrodilla encima de la alfombra de lana y agarra los pies del bebé. Le roza la nariz con la suya, sus ojos sorprendidos de color café. Tiene la piel cálida y blandita, pero la verdad es que no siente nada por él; le parece un extraño.

Va al lavabo de abajo y lo sostiene delante del espejo. Tiene el pelo suave, casi grasiento, como su piel, y se da cuenta de lo poco que se parecen; su nariz chata y ancha, la de Jules fina y un poco respingona. Le da vueltas, se detiene y le dice «¡Bu!». El bebé parpadea y sonríe. Jules lo abraza, y siente que el estómago se le expande, y vuelve a abrazarlo, un poco más fuerte.

El señor Tor se acerca por el pasillo hacia Dolly y Colby.

—Tenemos que esperar. Están ocupándose de él.

Marca un número en el móvil, y cuelga. Lo intenta de nuevo, se sienta y deja el teléfono en el suelo. Sale una doctora; lleva el pelo recogido en un moño.

—Debemos hacerle una resonancia magnética —les informa.

—¿Qué le ocurre? —pregunta, de pie, el señor Tor.

—Lo sabremos con seguridad dentro de un rato —responde la doctora—. Puede que su hijo haya sufrido una embolia.

El señor Tor se lleva las manos a la cabeza. Colby se percata de la conmoción de su padre y empieza a temblar. Dolly le toca el hombro con una mano. El niño se dobla sobre sí mismo, llorando. El señor Tor coge el móvil de nuevo.

—Por el amor de Dios. ¿Dónde estás? Llámame.

Hay varios pósteres colgados en la pared: «Dona sangre», «Ten cuidado con el dengue». Se oye el tictac de un reloj. Colby sigue cogido de la mano de Dolly.

La doctora regresa, lleva unos zapatos altos abiertos por detrás, de forma que le golpean la planta del pie al andar.

—La resonancia muestra que una de las carótidas está dañada.

—¿Qué es eso? —pregunta Colby.

—Es una arteria que lleva la sangre al cerebro. Tenemos que darle anticoagulantes para evitar que sufra otra embolia.

—Se pondrá bien, ¿verdad? —dice Colby.

—Hacemos cuanto podemos. —La doctora desaparece por la puerta de vaivén.

Se quedan todos sentados, el aire espeso como unas natillas calientes. Colby se levanta y se sienta, y vuelve a levantarse y a sentarse sin parar. El señor Tor anda de un lado a otro.

Dolly va al aseo. Todavía le duele el vientre, pero la sangre de su ropa interior se ha secado. Para ir bien, tendría que haber sangrado más que eso. Se sienta en el inodoro y espera.

Más tarde, cuando el bebé se ha dormido, Jules coge la libreta amarilla y lee. «Nurin Goh» es el nombre que aparece en la primera página. También hay una dirección, en algún lugar de Tampines. «¿Eres tú la madre de Khalib?»

Levanta la pantalla del portátil, que está encima de la mesa de cristal del comedor. Escribe en el buscador el nombre de la libreta. Aparece una lista de posibilidades, pero hay una que encaja. Clica en el enlace, Nurin Goh, en Facebook. La chica, de unos dieciséis o diecisiete años como mucho, aparece retratada bajo la lluvia con un impermeable marinero mojado. Mira a la cámara de lado con la misma cara del bebé; tiene su misma boca y sus mismos ojos hundidos. Seguramente la foto es de antes de que su vida cambiara para siempre. Tiene una expresión insegura, no sonríe.

La chica tiene cincuenta y seis amigos. ¿Cuál de ellos la ha abrazado, ha sido su apoyo durante ese mal trago? Jules mira la lista de los amigos de Nurin, examinando los chicos en busca de algún rasgo que le recuerde al bebé. No encuentra ninguno.

Vuelve a abrir la libreta amarilla, y se percata de que el bebé lleva las vacunas que se ponen al nacer, la de la tuberculosis y la hepatitis B, pero no hay ninguna pista más sobre quién es o en quién se convertirá.

Jules se peina el pelo hacia atrás con la mano. «Así que tu madre se llama Nurin», piensa. El salón se llena con el vacío de la separación. ¿Lo miró antes de que se lo llevaran? ¿Le dio un beso de despedida?

Jules tampoco se lo quedará. Una o dos semanas a lo sumo, y o bien volverá con la otra voluntaria, la que lo trajo, o bien irá a casa de quienes serán sus padres adoptivos definitivos. Piensa en cómo lloró su sobrina pequeña el día que Jules le leyó la historia de un conejo que retornó a su reino mágico y lejano y nunca más volvió a ver a sus amigos. Para su sobrina, las peores historias son las que tratan sobre la separación.


Bastante más tarde, se oyen los pasos apresurados de unos pies descalzos por el pasillo. Es la señora Amber que corre con las sandalias en la mano. Cuando alcanza al señor Tor se detiene y se apoya en un pie, luego en el otro mientras él le cuenta lo sucedido. La señora Amber mira a Dolly.

—¿Qué hace aquí?

—Estaba con Sam cuando se quedó inconsciente. Si no fuera por ella, que reaccionó muy rápido... Bueno, ya sabes, yo soy lento a la hora de reaccionar.

La señora Amber se sienta, se pone las sandalias y cruza las piernas. Tiene restos de pintalabios en las grietas de los labios.

—Dolly, me gustaría que te llevaras a Colby a casa, por favor —le pide el señor Tor.

—Ni de coña —lo corta su esposa.

—Amber, nuestro hijo está debatiéndose entre la vida y la muerte. Y no es culpa de Dolly.

—Quiero quedarme —dice Colby.

—¡Por el amor de Dios! —exclama el señor Tor.

—Colby se queda aquí conmigo, Tor.

Dolly se levanta, mira a la señora Amber y luego al señor Tor.

—¡Vete! —le grita ella.

—Para el taxi —le susurra el señor Tor poniéndole un billete en la mano.

Dolly mira hacia las puertas por donde se han llevado a Sam; unas siluetas se mueven al otro lado del cristal. Esas puertas cerrándose detrás de Sam, esa será la última imagen que tenga de él. Es consciente de ello. Mira a Colby, que le devuelve la mirada. Ya no puede ayudar más a esos chicos. Abre la boca para decirle algo a la señora Amber, pero no le sale nada, más allá de su aliento. Se acerca a Colby, le coge las manos.

—Eres un buen chico —le dice—. Solo necesitas que te ayuden un poco a conseguirlo, eso es todo.

El niño se levanta y la abraza. Dolly le aparta el pelo de la cara y lo besa en la frente. Y se aleja, con los ojos llenos de lágrimas.

Una vez fuera, echa a andar, todavía descalza, y las piedrecitas se le clavan en la piel. De vez en cuando se detiene para quitárselas con los dedos del otro pie.

*La vida con una asistenta del hogar extranjera*

∽

## Normas esenciales para las empleadas domésticas extranjeras

**Norma 5. Baños:** Si tenéis un aseo pequeño con un teléfono de ducha fijo en la pared que da a la cocina, no hay ninguna necesidad de que la criada use otro cuarto de baño de la casa.

# 15

Tala olisquea el aire. Huele a algo dulce y empalagoso, floral. Los jacintos han llegado al 7-Eleven.

El crucifijo vigila desde la cabecera de la cama de Tala y el rostro plomizo del papa Benedicto también. Tala arrastra una silla por el suelo de madera, se sube y busca a tientas su ordenador. No está en la parte de delante del armario, donde lo dejó, así que alarga el brazo un poco más hacia el fondo poniéndose de puntillas. Nada. Su blog... El pánico tiñe de rojo su rostro.

Palpa un montón de papeles. Solo queda el diario con las quejas de las criadas y la cartilla. Coge su cartilla amarilla del banco. Eso significa que junto con su ordenador también se han llevado su pasaporte. El rubor le quema en las mejillas. Se le seca la boca, como si alguien se la hubiera llenado de papeles arrugados.

Pasa la mano por la cubierta moteada de la libreta bancaria, la abre y aparecen los ahorros totales de su vida en cuatro cifras. Un poco por debajo de su objetivo. Vuelve a estirarse tanto como puede, y palpa la superficie del armario otra vez. Su pasaporte y su ordenador no están; las dos cosas que la retornarían a casa.

La silla se inclina a un lado, dobla las rodillas al tocar con los pies en el suelo. El aroma floral es de la señora Heng; ha estado en su cuarto. Se ha llevado el ordenador de Tala, ha descubierto que ella es la autora de *La criada bloguera*.

Tala se queda ahí de pie, la rabia se le agolpa en el pecho, junto con otro sentimiento. Levanta la mano derecha, y se da cuenta de que le tiembla. No necesita verse la otra para saber que le sucede lo mismo. Se fija en la caracola que Marlon le regaló, encima de la mesilla, al lado del colchón. No puede permitir que eso ocurra.

No es consciente de su cuerpo cuando abre la puerta de la habitación; no siente las plantas de los pies avanzar a grandes zancadas por el pasillo. «¿Qué ocurrirá ahora?» Es como si una soga invisible la ahogara, apenas si puede respirar.

La señora Heng está sentada en el salón haciéndose la pedicura, va dejando un montón de duricias encima de la butaca tapizada.

—A ver, señora, ¿dónde están mi pasaporte y mi ordenador?

—Una mujer muy bien vestida vino preguntando por ti el otro día —responde la señora Heng.

—¿De qué habla?

—Se presentó preguntando por Tala Pabro Castillo.

—¿Quién era?

—No dijo cómo se llamaba, pero sospecho que el Ministerio de Trabajo está investigándonos.

—Pero nadie puede haberme denunciado.

—Yo no estaría tan segura. De todas formas, tienes que pagarme lo que me debes. Llevo un año abonando la tasa de empleo al ministerio y tú no me la has reembolsado.

Los que contratan a una trabajadora doméstica extranjera en Singapur tienen que pagar una tasa al gobierno, pero la señora Heng exige a Tala que se la devuelva con intereses. Tala aprieta los dientes; está harta de pagar a la señora Heng.

—Si no me pagas, me quedo tus cosas como garantía.

—No puede entrar en mi habitación.

—Es mi habitación. Mi casa. Tú me devuelves el dinero, yo te devuelvo las cosas.

—Mi ordenador... ¿Cómo se supone que me comunicaré con mi familia, eh?

—Necesito mi dinero —dice la señora Heng, que se levanta y de un manotazo se sacude los trozos secos de piel.

Tala siente un hormigueo en la mano; quiere golpear la cara de la señora Heng. Se fuerza a quedarse a dos metros de la vieja.

—Robar está mal. Por mucho que usted crea que le debo algo, robar está mal.

—No te atrevas a hablarme así.

—Le pagaré, pero quiero mis cosas.

Tala se acerca hasta el escritorio y la recargada decoración del salón se desdibuja a su alrededor. Gira la llave y empieza a apartar los papeles de la señora Heng, una lupa, uno de esos utensilios para limarse los pies, uno de los cuadros de aficionada de la señora Heng hecho en una baldosa. Este es de un cerezo florido, con sus amplias ramas llenas de flores y pétalos que se han desprendido. Hay un pegote de pintura rosa en una esquina, donde parece que se le derramó un poco de pintura. Tala lo pone a un lado y sigue buscando. La señora Heng está detrás de ella.

—¡Haz las maletas y vete!

—No me voy a ninguna parte hasta que encuentre mis cosas.

—O te vas o llamo a la policía.

—Si lo hiciera también la deportarían a usted, ¡estúpida *tanga*!

—¿Cómo acabas de llamarme?

Tala tiene la mano entumecida, como si la amenazara con darle una bofetada. «Por Dios, Tala, no lo hagas», le dice una voz lejana, pero no es lo bastante firme porque la mano de Tala se ha levantado y avanza hacia la cara de la señora Heng. La mano no le pesa, parece hecha de aire. Tala se la mira, pero actúa por su cuenta. Se limita a señalar a la señora Heng con su dedo rechoncho.

—Es usted una mala mujer, de la peor clase —dice Tala.

La boca cerrada de la señora Heng es un nido de arrugas, y las fosas nasales se le hinchan y deshinchan como la boca de un pez. Se vuelve, coge el teléfono inalámbrico y marca un número.

Tala avanza por el pasillo. Abre un armario de su cuarto y saca el bolsón de lona, que tiene moho en algunas zonas. Primero mete los marcos de fotos; después las sábanas, la almohada, su cuaderno. También mete una revista, pero luego se lo repiensa. ¿Qué decía Russell Grant sobre encontrar la felicidad? «Ataca de frente las adversidades y recorrerás un largo camino para llegar a la felicidad.» Tira la revista a la papelera con un golpe sordo, y Russell Grant tiene la boca tan abierta que se le ve la campanilla. Tala pone al Papa junto con el crucifijo dentro del bolsón. Levanta la caracola de Marlon. Está fría, como si el calor de la habitación no la afectara. Se la mete en el bolsillo de la falda. Examina la habitación por última vez, se cuelga el bolsón del hombro y se dirige a la puerta de entrada.

Ya está abierta; la señora Heng está ahí de pie.

—Todavía estoy esperando mis cosas —suelta Tala mirándola desde arriba, con su metro sesenta y cinco de estatura.

—Cuando me traigas el dinero —responde la señora Heng.

—Tengo que ir al aseo.

Antes de que la señora Heng pueda reaccionar, Tala entra en el cuarto de baño de la señora Heng y cierra el pestillo. Deja el bolsón en el suelo, utiliza el inodoro y acto seguido se acerca a la pila. El reflejo que el espejo le devuelve está pálido por la conmoción. Toca el espejo con la mano; deja una huella que no desaparece. Coge un poquito de jabón de la marca Jo Malone, y luego un poco más y un poquito más, hasta que su mano parece un estanque de albahaca y lima. Son su pasaporte y su ordenador. Se fija en una botella de enjuague bucal y desenrosca el tapón. Hace unas gárgaras, como suele hacer la señora Heng cada mañana, y lo escupe en dos veces. Vuelve a enroscar el tapón, recoge el bolsón y abre la puerta.

La señora Heng sigue de pie con los brazos cruzados junto a la puerta de entrada, todavía abierta. Murmura un número.

—¡Es demasiado! —se queja Tala.

—Ese es el precio que tendrás que pagar para recuperar tus cosas —responde la señora Heng.

—No puedo permitírmelo.

La señora Heng echa de la casa a Tala de un empujón y cierra la puerta.

No corre ni una brizna de aire, y un bicho aterriza en la cara de Tala. Se da una bofetada y mata al insecto contra su piel. Se pone a andar, lo que le cuesta un gran esfuerzo porque el bolsón pesa mucho. Aunque no tanto como cabría esperar después de dieciocho años. Anda arrastrando una pierna, dejando que la incredulidad le dé fuerzas para avanzar. Por fin llega a la gran avenida, con los coches zumbando de un lado a otro.

En Singapur puedes ir andando a todas partes sabiéndote seguro. «El peligro no está al acecho detrás de la oscuridad —piensa Tala—. El peligro aguarda detrás de las puertas de los complejos residenciales, donde las señoras pueden matar de hambre a sus criadas si les da la gana.»

El entumecimiento la abandona. ¿Qué hará a partir de ahora? No irá a casa de Dolly, eso seguro, ni a casa de las otras mujeres. Admiran a Tala; maldita sea, necesitan a alguien a quien admirar, así que no piensa derrumbarse. Y no le hace falta la ayuda de nadie, no, Tala no la necesita.

Pasa por un centro comercial de cinco plantas, con las ventanas del primer piso forradas de pósteres. Las luces de un coche iluminan un seto, un murciélago revolotea. Hay flores en los arbustos que flanquean la calzada, cuyo color palidece cuando las luces frontales los iluminan para enseguida pasar de largo. Tala arranca una flor y despachurra los pétalos aterciopelados. Reconoce para sí que la señora Heng ya le había reclamado el dinero hacía tiempo, pero esperaba que la mujer se olvidara, como le pasaba a veces con otras cosas.

—¡Será *tanga*! —masculla Tala al tiempo que acaba de romper la flor y la tira al suelo.

¿Desde cuándo la señora Heng se olvida del dinero? Y va y se asusta por la visita de una funcionaria del Ministerio del Trabajo. Aunque si una funcionaria llamó a la puerta es que están buscándola.

Tala decide cruzar la calzada. Cuando pisa el asfalto suena un claxon que desaparece avenida abajo.

—¡Mira por dónde vas!

Tala agita el puño, el corazón latiéndole con fuerza. Vuelve a subir a la acera.

Espera, y cuando dejan de pasar coches cruza rápidamente; las chanclas le rozan la ampolla que le ha salido en un lateral del dedo gordo. En la acera de enfrente se arrodilla en la hierba, el bolsón yace a su lado como un cuerpo sin vida. La noche cálida la envuelve. Saca una botella de agua aplastada de dentro del bolsón. «Dios, acabar así...» Niega con la cabeza. Podría pedirle a Rita que la dejara quedarse en su casa. Pero entonces se enteraría todo el mundo; además, la mayoría de los jefes no dejan que las criadas inviten a amigas a pasar la noche. Y no está para tirar el dinero y comprar un billete para volver a casa, ahora que le han robado el pasaporte. «Es lo que hay.» Se pone de pie. La gravilla se esparce por el camino al paso de una lagartija. Talla avanza por la acera y se encuentra con otro centro comercial, las letras verdes de una franquicia de Jollibean al fondo. Un BreadTalk y un Heavenly Wang.

Pasa por encima de un muro bajo para entrar en un aparcamiento junto a una construcción de cemento. La puerta gris que lleva a los aseos chirría cuando la abre y se adentra en la oscuridad. Las luces parpadean cuando pisa el suelo. Hay tres pilas debajo de sendos espejos manchados, que claramente necesitan un tratamiento con vinagre.

Tala empuja las puertas de todos los cubículos para comprobar si tiene compañía. Están todos vacíos. En la pila del medio, presiona el grifo y brolla un chorro de agua. Se inclina hacia delante y bebe directamente del grifo. Un pelo negro largo va flotando hacia el desagüe. Colgando de la pared, donde debería estar el dispensador de jabón, solo hay un gancho metálico.

Se remanga la camiseta hasta las axilas sin depilar y se echa agua. En el reflejo del espejo, los mechones de pelo empapado le enmarcan la cara; los pechos le bailan en ese sujetador marrón demasiado holgado. Con la ropa puesta no está tan mal, piensa, y suelta una risita ínfima. Una visita rápida a una tienda de ropa interior del Plover Plaza e incluso podrían calificarla de sexy. Un michelín le cae perezoso por encima de la cinturilla elástica de la falda. Aunque no coma durante una semana entera, tiene reservas de sobra en esa barriga suya. Vuelve a ponerse bien la camiseta.

Empuja la puerta de un cubículo y se encuentra un montón de papel higiénico húmedo en el suelo y la tapa del retrete cubierta de pipí. Se pregunta por qué la gente en ese país tiene tan mala puntería, cuando lo único que hay que hacer es sentarse y relajarse. Una cucaracha se escabulle en diagonal por la pared, moviendo las antenas. Prueba en otro cubículo. Ese es más amplio, está más seco y hay una pastilla de jabón de lavanda encima del estante que oculta la cisterna; también hay un contenedor metálico colgado de la pared, pero ni rastro del rollo de papel. Cierra la puerta, se desliza con la espalda apoyada en la pared hasta sentarse, y encaja el bolsón en la rendija que queda entre la puerta y el suelo. Está muy tensa; tiene los brazos y las piernas crispados, y la mente tan errática como una radio sin sintonizar. A pesar del olor a pis, le ruge el estómago.

—Una indigente —dice.

Se saca del bolsillo la caracola de Marlon y la besa. Hace años que no vive en ningún lugar susceptible de llamarse hogar.

Necesita encontrar la solución a ese lío. Necesita recuperar el pasaporte y el ordenador con toda esa información capaz de arruinarle la vida que guarda en él. Su blog. Si la señora Heng abre el ordenador y da con su contraseña la descubrirá. Y seguramente es tan entrometida como Tala. La gente no suele criticar Singapur, y si los extranjeros lo hacen les deniegan la renovación del permiso de trabajo. Es imposible que pueda quedarse si alguien descubre que es la autora de ese blog.

«Podría ser el fin», piensa justo cuando se apagan todas las luces del aseo. Se imagina el rostro de Ace en la oscuridad, con sus mejillas marcadas. El fin... No es la primera vez que lo piensa. Ya trabajaba en Singapur cuando Ace cayó gravemente enfermo con una sepsis. Cogió un vuelo de inmediato. Estaba tumbado en la cama del hospital, con el cuello esquelético y un tubo saliéndole de la nariz. Y Tala se sentó a su lado y se dedicó en cuerpo y alma a desear que se pusiera bien. Si aquel era el final de Ace, pensaba, también sería el suyo. Hizo una promesa para sus adentros: se arrancaría el crucifijo del cuello y lo lanzaría al mar si su hijo mayor moría. Y esperó, y tres días después su hijo Ace recobró la consciencia.

O sea, que ha estado peor. Besa de nuevo la caracola y los sensores de movimiento de las luces vuelven a encenderlas. Intenta dormir, se aovilla y apoya la cabeza en su bolsón lleno de bultos. Las luces se apagan otra vez, pero se encienden en cuanto se remueve para ponerse un poco más cómoda. Está empapada de sudor, en la espalda, los pies, la cabeza, así que al final se da por vencida, ahí tirada, intentando averiguar qué demonios hará.


De regreso en la casa, Dolly se queda mirando el bizcocho que había horneado. Hay algo negro que se mueve por encima de él, en una fila que va hasta la pared de la coci-

239

na. Las hormigas han dibujado una «S» en el pastel. Dolly lo tira a la basura y las hormigas se agitan en círculos buscándolo.

Baja al estudio del señor Tor, donde el ordenador todavía está encendido y se oye zumbar el aparato del aire acondicionado. En la bandeja de la impresora hay una hoja de papel llena de letras negras. Su carta de recomendación.

«Dolly ha formado parte del núcleo de nuestra familia durante cinco años y medio...»

Encuentra una pequeña llave encima del escritorio y la usa para abrir un cajón. Mira los papeles y da con su pasaporte. Golpea la pantalla del ordenador y esta vuelve a la vida: *El Blog de Vanda*. ¿Por qué el señor Tor estaría mirándolo? Se sirve de las flechas para subir la página. Lee:

> La niñera, Dolly Pabro Castillo, de treinta y cinco años (permiso de trabajo 67894), estaba cuidando al pequeño cuando este salió corriendo hacia el aparcamiento y un coche lo golpeó.

También hay una foto de Dolly, un primer plano de su rostro de perfil en el que se le ve una oreja con todos los pendientes. Se siente mareada, oye un ruido como de agua en los oídos. Vanda ha publicado su nombre y el número de su permiso de trabajo. ¿Y si Charmaine lo ve? ¿De dónde ha sacado su nombre esa tal Vanda? El señor Tor no le haría eso a Dolly, ¿no? Pero la señora Amber sí. ¿Acaso es ella la que escribe ese blog?

Dolly va al piso de arriba y entra en la habitación de la señora. Encima de la mesilla de noche del lado del señor Tor hay una pila de libros de historia. Dolly abre los cajones del tocador y observa los sujetadores y las bragas de encaje ordenados en hileras. Por un momento le entran ganas de coger todas esas prendas y tirarlas por el suelo como hizo la señora Amber con sus cosas, pero se contiene.

Entre la ropa interior aparece el cuaderno que la señora Jules le regaló, y algo reluciente. Dolly mete la mano en el cajón y lo coge. Un broche de oro con diamantes incrustados. Está cubierto de hojas y flores. No debería hacerlo. Sabe que está mal, pero la señora Amber tiene muchas joyas como esa y Dolly lo necesita. Mallie también lo necesita. Dolly se mete el broche en el bolsillo.

Abre el armario de la señora, arrastra un taburete y se sube. En el estante de arriba hay una bolsa de plástico grande llena de cosas. La bolsa cruje entre sus manos cuando la abre. Sujetadores, camisetas viejas, un camisón de seda roja con un lazo en el pecho, todas las prendas de ropa que la señora Amber ya no se pone.

Dolly coge el camisón y se baja del taburete. Se lo prueba por encima. Podría ser justo lo que necesita para hacer que Gavin participe con más dinero. Podría seguir aceptando sus regalos, como la gargantilla de Tiffany y el fular de seda. Podría seguir birlándole billetes de la cartera mientras ronca, una minucia para alguien como él.

Dolly baja por la escalera para dirigirse a su cuarto y deja el camisón encima de su cama, junto al cuaderno. Se saca el broche del bolsillo. La culpa se le agolpa en la garganta, pero se la traga. Tiene que hacerlo. Lo venderá todo y el dinero cubrirá las tasas del colegio de Mallie durante un tiempo.

Suena el teléfono del salón. Entra en la oscuridad y se acerca el aparato a la oreja. Hay interferencias.

—¿Dolly? —dice el señor Tor.

—¿Sí?

—Sam está fuera de peligro.

—Oh, gracias a Dios.

Espera que el señor Tor diga algo más, pero él cuelga. A tientas, busca la caja de colores y rotuladores de los chicos encima del mostrador de la cocina, y vuelve con ella a su cuarto.

Mete el broche y el camisón en su bolso. Saca una barra de pegamento de la caja, recoge las hojas sueltas con recetas y empieza a pegarlas en el cuaderno. Los recuerdos afloran a su mente. Colby tragándose cucharadas y cucharadas de masa de pastel de chocolate; Sam decorando las magdalenas con cientos de miles de virutas de chocolate que terminaron esparcidas por el suelo. El libro cada vez abulta más con los papeles que está pegando, y una colección de recuerdos.

# 16

Llaman a la puerta del cubículo y Tala se despierta de golpe. El olor a lejía se le mete por los orificios nasales y le llega hasta la garganta.

—¡Hola! ¿Quién anda ahí? —pregunta una voz.

Tala apoya la mano en el suelo y los dedos le resbalan a causa de la humedad. Vuelve a apoyarse e intenta levantarse. Las rodillas le flaquean y la caracola se cae al suelo. Tala suspira, se agacha para cogerla y nota un dolor punzante en la espalda. El dolor la obliga a doblarse. Mira la caracola; está intacta.

—Salga —ordena la voz.

—¡Un momento!

Tala se cuelga el bolsón del hombro, se pelea con la puerta, y ella y el bolsón se quedan aplastados entre aquella y la pared. Una mujer rolliza con un pañuelo estampado con pájaros rosas enrollado en la cabeza la mira.

—¿Qué haces, *lah*? —grita.

Tala pasa corriendo por su lado en dirección a la salida. Un cubo de agua turbia mantiene abierta la puerta. A lo lejos, se oye el canto de un pájaro. Tala intenta echar a correr, pero con el bolsón a la espalda parece un pato mientras avanza por la calle. Un niño vestido con el uniforme amarillo limón de la escuela juega al fútbol con una piedra. Tala rebasa a una mujer con gafas de sol que va encorvada; lleva de la mano a una niña con un vestido arrugado de color rosa que está aprendiendo a andar. Tala mira hacia atrás. La vigilante de los aseos sigue observándola, apoyada en el palo de la fregona como si fuera a escalar el Everest.


Jules está echada en la oscuridad del cuarto de invitados, el niño en su moisés. No ha dormido en toda la noche, y no por culpa del bebé. David no ha vuelto a casa.

Lo ha llamado, le ha mandado mensajes, pero no ha recibido respuesta de ningún tipo. Se ha levantado en dos ocasiones para preparar biberones para el bebé, y cada vez ha dado vueltas a las posibles razones de la desaparición de David. Ha estado comportándose de una forma muy rara últimamente. Asustadizo; interrumpiendo llamadas de repente cuando ella aparecía.

¿Dónde demonios está? A lo mejor le oculta un problema de salud; quizá se ha caído y se ha dado un golpe en la cabeza, o ha tenido un accidente, ha chocado con el coche.

Vuelve a mirar el reloj. Las siete de la mañana. El bebé sigue durmiendo, moviendo los párpados. Una llave entra en la cerradura. Jules se levanta y llega al recibidor justo cuando David abre la puerta. Él se coge la cabeza con las dos manos. A través de los dedos, se entrevé su rostro ceniciento.

—¿Dónde estabas?

—Mierda, ay...

Se tambalea hasta el sofá y se tumba. Jules se queda de pie a su lado.

244

—David, por favor, háblame, ¿estás bien? Tienes muy mal aspecto.

—Ay Dios, he… Ha pasado una cosa en el trabajo.

—He estado llamándote y enviándote mensajes.

—Tendría que haber mirado el teléfono.

—Bueno, a ver, ¿qué pasa? Estoy preocupada.

David emite un quejido, cierra los ojos.

—¿Qué pasa? —insiste Jules—. Has estado actuando como a escondidas últimamente. Cuéntamelo.

—Por favor, Twig, tráeme un vaso de agua.

Hace años que David la llama así. Se acuerda de aquella nota pegada en aquel CD de Oasis: «Para Twig. Te echo muchísimo de menos. Con amor, David». No es de escribir mensajes largos, David. Ella nunca lo ha llamado con un diminutivo. Se conocieron cuando él la sacó a bailar en una discoteca de Greenford y a Jules le dio reparo pasarle una cabeza; por lo menos se había puesto zapatos planos.

Jules va examinando todas las cajas de medicamentos que hay en el armario de la cocina buscando una aspirina, y la pregunta regresa a su mente: «¿Dónde ha pasado la noche David?».

David se traga dos pastillas en seco, luego vacía el vaso de agua de un trago y suspira. Khalib rompe a llorar. David se incorpora, con los ojos, entornados hasta hace un momento, muy abiertos.

—¿El bebé? —pregunta.

Jules contiene el impulso de reír; tiene el pelo aplastado en un lado de la cabeza y abombado en el otro. David hace muecas, cruza los brazos encima de su pecho y se echa hacia atrás como para alejarse del llanto.

—Sí, es el bebé.

—Vaya, Jules, lo siento.

Jules va a buscar a Khalib a la habitación de invitados y vuelve al salón abierto. David está de pie. Le pone el bebé en sus brazos reticentes.

—Jesús. —Se sienta.

—En realidad se llama Khalib —suelta Jules.

David mira al bebé, frunce el ceño y traga saliva.

—Hola, pequeñín —dice al fin. Tiene la cara más relajada y la voz más suave.

Jules calienta el biberón en un cazo con agua hirviendo. Cuando lo saca se lo pasa a David.

—Y ahora deja de joder y cuéntame qué está pasando —le exige.

—Ay Dios. Salimos a tomar unas copas, whisky, cócteles, ya sabes cómo va. Me descontrolé y se me fue de las manos. El taxista me dejó en la entrada del complejo y me puse a andar hacia aquí. Me quedé dormido en una de las tumbonas de la piscina.

—¿Estabas tan borracho que te quedaste dormido fuera?

—Sí.

Jules lo mira fijamente. David, el hombre que se despierta a las cuatro de la mañana y baja a la cocina a por un bol de cereales mientras va cambiando de canal en la tele con el sonido desactivado.

—Mi cabeza —se queja David.

Khalib succiona el biberón en los brazos de David. Jules se agacha y levanta el biberón para que la tetina no se quede sin leche.

—Es monísimo, Jules —dice David sonriendo.

—Por Dios, David, tienes aún más ganas de tener hijos que yo.

—Pobrecito.

—Cuando llegó lo sentí como un extraño —dice Jules—. Pero ya me he enamorado de él. —Se miran el uno al otro—. Es una locura, ¿no?

—Es un niño pequeño e indefenso, ¿quién no se enamoraría de él? Tú crees que alguien lo adoptará, pero ¿por qué no lo adoptamos nosotros?

—Caray, qué entusiasta. —Sonríe—. Todavía no lo he consultado.

El bebé está ahí tumbado, mirando a David, con su ramito de rizos y los hoyuelos en las mejillas. Solo han pasado unas horas, pero lo que Jules siente en su pecho es real y la ilusiona, quiere ser la madre de ese pequeñín.

—¿Lo dices en serio? —pregunta—. ¿Solicito la adopción a la fundación?

—Vale la pena preguntarlo, por lo menos. —David se revuelve en su asiento y el bebé se estremece.

Jules coge a Khalib de los brazos de David y va al piso de arriba. El niño vuelve la cabeza para mirarla. ¿Cómo puede ser que ese niño esté sin madre, Jules esté sin hijo y el universo no se las haya ingeniado para juntar los cabos sueltos con menos complicaciones? Le viene a la cabeza aquella chica que gritaba al entrar en la maternidad.

Jules empezó a quitarle los pantalones de chándal. La chica pateó y rompió las gafas de seguridad de Jules, así que esta vio el resto del parto a través de una lente rota. Cuando le hubieron quitado los pantalones a la drogadicta, Jules advirtió que el bebé ya estaba coronando, una coronilla peluda salía y volvía a entrar. El niño fue expulsado con un alarido final. Jules lo vio después en la unidad especial conectado a todos aquellos monitores. Cuánto deseó llevárselo, pero al final se hicieron cargo de él los servicios sociales.

Se conecta a internet con el bebé apoyado en su hombro y clica en ese estúpido *El Blog de Vanda*.

—¡Virgen santa! —exclama poniendo la mano encima del bebé para sostenerle la cabecita tambaleante—. Pero ¿qué coño...?

En la pantalla aparece Dolly, la foto que Jules le hizo aquel día. El primer plano de los pendientes, la mariposa tatuada en el hombro. ¿Cómo la habrá conseguido Vanda?

Jules la colgó en Instagram, pero no publicó el nombre de Dolly. No había pistas sobre quién era. ¿Cómo se las ha ingeniado Vanda para averiguarlo? Un curso de fotografía que duró dos días cuando llegó a Singapur y Jules ya se cree que es el maldito Don McCully. Debería haber seguido con su trabajo de comadrona. Nunca cometió ni un solo error. Su trastorno obsesivo compulsivo le resultaba muy útil cuando ponía inyecciones, por su exceso de celo y control.

Tomar fotos es tan solo un pasatiempo para Jules, y ahora hay un testimonio permanente de la cara y el nombre de Dolly en esa web. Si Amber la echa, se le reducirán al mínimo las posibilidades de que alguien la contrate. «Dios, ¿cómo habrá sabido Vanda que la de la foto es Dolly?»

Lee:

> Un niño está luchando por su vida en el hospital después de que lo hayan atropellado mientras lo vigilaba la niñera...

Jules extiende una toalla encima de la alfombra y deja el bebé ahí pateando. Termina de leer el artículo, se sienta y escribe una respuesta:

> La foto que has publicado es mía. No te he dado permiso para que la uses, y querría que la eliminaras de in-

mediato. Me opongo diametralmente a que ilustre este artículo en el que expresas esas acusaciones infundadas.

Dolly no es nada de lo que dices. No puedes juzgar sin conocer los detalles.

Clica en «Publicar».

Dolly se despierta en su cuarto completamente vestida. Su mochila, en la que ha metido todo, está en el suelo. Es hora de irse. Enciende el móvil y recibe un mensaje. Es de Tala.

«La señora Heng me ha echado de casa. Te llamaré más tarde.»

¿Eso significa que la señora Heng ha descubierto lo de *La criada bloguera*? Dolly apaga el teléfono; Tala ya tiene suficiente con sus problemas como para tener que lidiar con los de Dolly. Debería dejar el teléfono ahí; al fin y al cabo, es de la señora Amber. Aun así, lo mete también en el bolso.

Abre la nevera y la asalta un olor a carne cruda. Hay dos filetes envueltos en papel de film en uno de los estantes, con un charco sangriento debajo. Coge una botella de agua y cierra la puerta.

Sale de la casa, avanza junto a las palmeras, junto a las luces dispuestas en hilera que ahora están apagadas, junto a la piscina alicatada de azul. Una mujer filipina pasa por su lado y se fija en la mochila que Dolly lleva a la espalda.

Dolly se detiene. Puede distinguir la silueta del guarda de seguridad sentado en la caseta de cristal de la entrada.

¿Por qué no va a pedir ayuda al hombre con el que lleva todo un año acostándose? ¿Por qué no le explica a

Gavin que necesita encontrar otro trabajo, que necesita dinero para salir de ese apuro?

Da media vuelta y vuelve a entrar en el complejo, directa hacia la puerta de roble. Cierra el puño, lista para llamar con los nudillos.

Se mira la mano, suspendida en el aire, y recuerda cómo lo acariciaba. Una vez él se la besó y se la colocó alrededor de su miembro, enseñándole lo que debía hacer.

Se vuelve y se aleja de la puerta.

Cuando llega a la entrada del complejo deja la mochila en el suelo. Abre la cremallera y saca el camisón sexy. Lo arruga con una mano y lo tira en una papelera. La seda se desliza por sus dedos.

Pasa por el lado del guarda de seguridad, con la cabeza bien alta, pintada con los rayos de sol. Emprende el sendero con grandes mariposas en las baldosas, el ancho canal de desagüe a un lado. No hay nadie en la parada del autobús, y este tarda mucho.

Cuando llega, Dolly pasa la tarjeta y se monta. Fuera, un hombre con la cabeza envuelta en un pañuelo blanco y negro está rociando las flores del centro de la avenida. El pesticida humea. El olor ácido de los productos químicos se cuela por las rendijas del autobús. Los altos bloques de pisos son marrones, blancos, amarillos.

«Todo irá bien», se dice Dolly. Pero Sam, ¿cómo estará esa mañana?

El autobús se detiene, y Dolly se apea y sube la escalera que lleva al Lion Plaza.

Pasa a través de las puertas automáticas. Se oyen retumbar los tambores del local de ensayo. En el exterior de una pequeña tienda cuelgan manojos de bolsos. En un lado, las escaleras mecánicas se deslizan, arriba y abajo, en el otro, un ascensor de cristal sube y baja. El suelo de linóleo reluce, las sandalias de Dolly chirrían al andar. Y ahí está: Asistenta a Medida.

En el escaparate, una mujer sostiene un cartel que reza: «Compre hoy y obtenga un descuento». En un primer momento, Dolly cree que se trata de una figura de cartón, pero de repente la mujer sonríe. Dolly entra por la puerta. Hay criadas sentadas con sus delantales azules puestos, atentas a una mujer que señala con una vara una pizarra blanca. Un flequillo negro y recto, mejillas rechonchas, una blusa color crema con hombreras. Charmaine.

—¡Y nada de novios! —Se pone una mano detrás de la oreja—. ¡No os oigo! —Abre la boca, tiene un caramelo rojo en la lengua.

—¡Nada de novios! —corean las mujeres.

Algunas sueltan una risita. Charmaine aplaude.

—Venga, a vuestros puestos.

Dolly se le acerca

—¿Sí? —dice Charmaine.

—Necesito un trabajo.

—¿Que qué?

—Que busco otro trabajo.

Dolly tiene el rostro enrojecido, le arde. Los pies de Charmaine apuntan hacia los lados.

—Ya estuviste aquí, hace mucho tiempo. Me acuerdo de tu cara.

—Redactaste el contrato de mi primer empleo, pero ya no puedo volver allí.

—¿Qué?

—La mujer ya no necesita criada. Tengo una carta de recomendación de su marido.

Charmaine la mira de arriba abajo.

—Claro. —Se coloca delante del escritorio—. Todo el

mundo quiere pagar poco, sobre todo si estáis... estropeadas. Siéntate.

Dolly se sienta junto al escritorio y Charmaine acerca otra silla. Formula algunas preguntas a Dolly y va dando golpecitos en el papel con el boli.

—El problema es que no hay ninguna vacante, por el momento —dice Charmaine—. Pero te probaré en el aparador. —Señala hacia el escaparate, donde la mujer canosa sigue sosteniendo el cartel de espaldas a ellas—. Allí.

Dolly mira el gran cartel de cartón que Charmaine tiene en una mano. «Al precio más bajo.» Dolly no se lo coge.

—Deja tus cosas ahí y ve a los aseos a hacerte la prueba de embarazo. —Le alarga un palito de plástico—. ¡Chica! —Charmaine llama a la mujer de la ventanilla, que se vuelve mostrando su rostro arrugado y flácido—. Ponte a trabajar en el puesto de la muñeca.

Charmaine señala hacia un cambiador en el que hay una muñeca tumbada. A su lado, una mujer filipina empuja una silla de ruedas con otra mujer sentada en ella, que se levanta y se intercambian los puestos. La mujer del escaparate deja el cartel encima del escritorio y se dirige hacia el cambiador. Coge una botella llena de un líquido marrón y rocía con ella el trasero de la muñeca.

Una mujer con un vestido negro, tacones altos y pelo grasiento está junto a las criadas de las sillas de ruedas, que sonríen. Se dirige a Charmaine.

—Me quedo con esta. ¿Cuánto cuesta?

—Si se la lleva hoy, puede quedársela por doscientos cincuenta dólares al mes.

Dolly sale por la puerta de la agencia, hacia los pasillos repletos de gente. Los aseos del centro comercial relucen con sus espejos y su alicatado negro. Se mete en el último cubículo; la letrina huele a orina. Se pone en cuclillas y hace pis en el palito. Lo sacude. Alguien llama a la puerta.

—¿Ya has terminado? —Es Charmaine.

—Sí —dice Dolly, que mira la prueba y advierte que han salido dos rayitas rosas en vez de una.

¿Qué hay de la sangre que encontró el otro día en sus bragas? ¿Y si escupe en la prueba para que desaparezcan las rayitas rosas? ¿O mejor rompe el palito en dos y dice que no funcionaba? Oye a Charmaine golpeando el suelo con el pie, y Dolly está ahí plantada, mirando el palito de plástico con el olor de orina que se le mete en la nariz.

Le viene a la mente el nombre de su hija. «Mallie. Mallie. Mallie.» Las pastillas no han funcionado y van a deportar a Dolly.

—Chica, no tengo todo el día.

Dolly sale del cubículo y entrega la prueba a Charmaine. Esta chasca la lengua y escupe el caramelo dentro de la papelera que está junto a la puerta. Resuena cuando impacta en el fondo.

# 17

Llaman a la puerta. Jules coge al bebé y recorre el pasillo. David ha desaparecido del sofá.

Abre la puerta. El pelo de Tala es una maraña llena de nudos. Tiene un círculo blanco en una comisura de los labios, una legaña seca en el ojo izquierdo. Un bolsón de lona descansa a sus pies.

—¿Qué te ha pasado? —le pregunta Jules. Tala esboza una sonrisa. Sacude la cabeza, pero no dice nada—. Entra —le ofrece Jules, y Tala la sigue, dejando atrás el bolsón en el suelo.

Jules le pone en las manos un vaso de agua.

—Mi jefa me ha echado —le explica Tala.

—¿Por qué?

—Pensó que me había metido en problemas —sigue—. Se ha quedado mi pasaporte y mi ordenador. No he conseguido que me los devolviera antes de irme.

—¿Te cogió tus cosas? —pregunta Jules. Tala asiente—. Pero no puede hacer eso. —Tala vuelve a asentir—. ¿Dónde has pasado la noche?

—No importa —contesta Tala encogiéndose de hombros.

—¿Qué vas a hacer?

—Tengo que encontrar a alguien que me contrate.

—Bueno, tienes este trabajo.

—Necesito bastante más que eso. —Tala bebe un trago de agua.

—Mira, por ahora quédate aquí, y quizá podremos contratarte... o algo así.

—¿Y ese...? —Tala señala al bebé.

—Solo estoy cuidándolo.

—¿Qué?

—Soy voluntaria de una fundación.

—¿No le pagan?

—No, yo únicamente...

—Ay, *Dius* mío, señora, está haciendo prácticas.

—¿Qué?

—Para cuando tenga a su propio bebé. —En el rostro de Tala una enorme sonrisa está a punto de estallar.

—No, no es eso.

—Pero muy pronto, señora, muy pronto. Los bebés son lo mejor. Ah, buuu, buuu, ga, ga, ga —dice Tala haciendo pucheros, y emite sonidos aún más peculiares cuando agarra los dedos del bebé y los hace subir y bajar.

—Es un tesorito, ¿verdad? Se llama Khalib.

—Ay, usted es la mejor madre que podría tener.

Jules se emociona. Deben de ser las hormonas. No es muy llorona, nunca lo ha sido. En su trabajo anterior se habría pasado el día llorando si lo fuera. Mira a Tala a los ojos. Se quedan mirándose la una a la otra. Tala le coge la mano a Jules, y se fija en la puerta.

—¡Ay! ¡El bolsón!

—Está fuera, voy a buscarlo —dice Jules.

Ambas corren hacia la puerta. Jules llega primero y arrastra el bolsón. Tala coge la otra asa y tira hacia sí.

—Ya lo cojo yo, señora.

—No, no, ya lo tengo —dice Jules.

—Usted lleva el niño, señora.

Tala tira de su asa; esa vez consigue que Jules suelte la suya. El bebé rompe a llorar. Jules levanta las llaves y las sacude delante de su cara, pero el niño llora todavía con más fuerza.

Tala empieza a emitir aquellos sonidos de bebé acercando su rostro al de Khalib.

—Démelo —dice alargando los brazos hacia él.

—No, no, ya puedo sola.

Tala sigue con los brazos extendidos, así que Jules le entrega el bebé. Tala se sienta con Khalib boca abajo en su regazo y le frota la espalda con energía, quizá demasiada, le parece a Jules. Khalib echa un eructo sonoro.

—Ay, *Dius* mío, chico, no me extraña que lloraras —dice Tala con voz aguda.

Jules se ríe y mira a Khalib, ahora en posición vertical en los brazos de Tala y tratando de levantar la cabeza. ¿Por qué ese niño no puede ser el hijo de Jules, si ella quiere que lo sea? Su olor a vainilla, los hoyuelos de sus mejillas, la persona en que va a convertirse. De repente se acuerda de ese blog y la foto de Dolly. Por el momento no puede contárselo a Tala.


Dolly está sentada con la espalda apoyada en la pared, los pies encima de la áspera alfombra marrón. Hay cuatro mujeres más sentadas o echadas con la cabeza apoyada en el suelo. Otra está arrodillada en un rincón, murmurando.

Un reloj rojo hace tictac colgado en la pared; Dolly lleva encerrada en esa habitación asfixiante y sin ventanas desde hace ya horas. Siente burbujas en el vientre; ya es demasiado tarde para las pastillas. Volverá después de dar a luz el bebé. Tala tiene dinero ahorrado; si le presta un poco, podrá empezar de nuevo. Se levanta, gira el pomo para abrir la puerta, pero está cerrada con llave. Golpea la madera con la palma abierta.

—¡Eh! —Vuelve a intentar girar el pomo y golpea de nuevo la madera—. ¡Eh!

Charmaine abre la puerta. Vestida con ese traje negro, sus hombros parecen dos estantes.

—Necesito mi bolso. Quiero llamar a la familia para la que trabajo —dice Dolly.

—Ya no trabajas para nadie.

—Bueno, pero mi antiguo jefe va a ayudarme.

—En un cuarto de hora os recogerá, a ti y a unas cuantas, una furgoneta que os llevará hasta el aeropuerto.

—¿Cómo? Pero si no he podido despedirme de mi hermana.

—Venga, levantaos. ¡A prepararse todo el mundo! —grita Charmaine a las otras mujeres.

—¿Dónde está mi bolso?

Charmaine no le contesta. El aire denso se mueve. Las mujeres se levantan, bostezan, estiran los brazos, como si fueran muertos volviendo a la vida. Tosen, resoplan.

—Ay Dios —dice una voz.

Alguien abre la cremallera de un bolso.

—Por favor, ¿puedo usar el teléfono?

—Llamar cuesta dinero, y tú no tienes —responde Charmaine.

—Pero el señor Tor sí.

—El padre de tu bastardo, ¿eh? Nada de llamadas.

Charmaine cierra la puerta. La llave gira en la cerradura.

Dolly apoya la frente contra la madera. Tiene que ponerse en contacto con Tala, contarle lo que ha sucedido y enterarse de cómo se encuentra Sam.

Cuando por fin Charmaine abre la puerta, Dolly inspira con ganas el aire cálido del exterior. Charmaine las acompaña por el centro comercial hasta los aseos. Se mezclan con otras personas. Alguien grita un nombre, «¡Clarissa!», y Dolly vuelve la cabeza para ver a una mujer con unas zapatillas blancas corriendo detrás de una niña con el pelo recogido en moñitos que se adentra en la multitud. Los letreros de la tienda parpadean en rojo y blanco.

En los aseos, el olor a orines se apodera de Dolly. Vomita en un retrete y se limpia la cara con el reverso de la mano. Tiene una arcada detrás de otra, aunque no sale nada más. Se queda ahí de pie, eructando.

—¡Venga! —grita Charmaine.

Dolly apoya una mano contra los azulejos agrietados, sobre la suciedad que se acumula en las juntas. Espera un momento y las arcadas cesan.

Regresa a la agencia detrás de Charmaine y las otras mujeres. Podría echar a correr, pero no lo hace. Podría esconderse, pero tampoco lo hace; se limita a andar. De nuevo en la agencia, la mujer se sienta en una de las sillas de plástico rojo, las mismas que ocupó Dolly cuando le impartieron el curso en esa agencia.

Charmaine devuelve a Dolly su mochila, y ella saca el teléfono y lo enciende, pero está sin batería. Rebusca en la mochila, y no encuentra el cargador. Sí encuentra el pasaporte y la cartilla del banco. Busca el broche y palpa las piedras rugosas incrustadas en él. También el cuaderno de recetas y el Minion de Mallie. Sin embargo, el estuche de Tiffany ha desaparecido.

Las mujeres sentadas en las sillas conforman una hilera de colores pastel, una falda floreada, y Dolly con tejanos.

Hay pósteres que decoran la pared: «Asistentas a buen precio», «Seguros Evelyn Loh». Y la muñeca de plástico sentada en pañales, con un solo ojo azul, el otro de color blanco porque se le ha saltado la pintura.

Charmaine alcanza la puerta sacudiendo el manojo de llaves.

—Nos vamos —dice.

Las mujeres se levantan y se agolpan en la salida. Suben por la escalera mecánica, y por un instante Dolly tiene la sensación de que va a caerse. Se agarra a un lado. Huele a ajo y a lejía, un cóctel maloliente de productos de limpieza y comida rancia. Dolly eructa y la boca se le llena de saliva. Se la traga y sigue avanzando, pero vuelve a eructar.

Fuera, las espera una furgoneta azul. La cola de gente que aguarda un taxi se queda mirando a las mujeres. Dolly es la última en llegar a la furgoneta; huele a polvo. Tira del cinturón, pero no encuentra la hendidura donde encajarlo. Apoya la cabeza contra el cristal.

La furgoneta ruge, y alguien golpea la ventanilla. Una mano rugosa, con los dedos rechonchos, y Dolly ve de pasada la cara preciosa a la que pertenecen.

—¡Tala! —Dolly toca la mano de su hermana a través del cristal. Tala mueve los labios, pero Dolly no oye ningún sonido—. ¡Tala! —vuelve a gritar, pero la furgoneta arranca y la mano de Tala se aleja de la ventanilla empañada.

Tala grita, corre e intenta alcanzarla. Y Dolly se levanta y se golpea la cabeza contra el techo de la furgoneta.

—¡Siéntate, *lah*! —le ordena el conductor cuando un bache de la calzada hace caer a Dolly en su asiento, aunque sigue mirando atrás.

Tala tiene las mejillas húmedas y le tiembla la barbilla.

Cada vez está más lejos, se ve más pequeña. Dolly intenta no parpadear.

Luego la furgoneta gira a la derecha y Tala desaparece. La respiración de Dolly se acelera, tiene la boca seca. El conductor enciende la radio. Se oyen interferencias, y por fin suena una canción.

A través del parabrisas se ve una larga carretera asfaltada. Dolly saca el monedero de su mochila y lo abre. La foto de Mallie con sus coletas le sonríe desde detrás del plástico, pero el último billete que le birló a Gavin no está donde debería. No hay nada más que calderilla. A pesar de todo, ahora está más cerca de su hija, mucho más cerca. Podrá tocar su piel, sus manos, le peinará el pelo con los dedos, verá cómo ha crecido. Y volverá a ser su madre, aunque solo sea durante unos meses.

La furgoneta desaparece en la distancia, y a Tala le tiembla la barbilla. Están llevándose a su hermana, pero ¿adónde? Se traga las lágrimas que le quedan y vuelve a entrar en el centro comercial. Cuando un rato antes ha llamado a la puerta de la señora Amber, ha abierto el señor Tor y le ha dicho que Dolly se había ido a la agencia de empleo.

Se remete la camiseta en la falda y empuja la puerta de cristal de Asistenta a Medida. El ambiente cargado la envuelve.

Charmaine, de pie delante de una pizarra blanca con un grupo de mujeres que llevan delantales azules, la mira. Su flequillo es tan recto que parece que se lo hayan cortado con una regla.

—Y a veces la señora os ofrecerá un teléfono móvil a cambio de un día de fiesta —les cuenta—. Vosotras decidís.

Ese lugar apenas ha cambiado. La tabla de planchar en un rincón, cubierta con una tela gris brillante, una estantería blanca con lo que parece una pira funeraria de muñecas con pelo de nailon y los ojos descascarillados.

Tala golpea repetidamente el suelo con la punta del pie, se pone una mano en la cintura. Algunas mujeres sentadas en las sillas levantan el brazo y hacen preguntas. Tala no tiene tiempo. Para de mover el pie y se dirige al frente de la clase, donde Charmaine, con un lápiz en la mano, parece dirigir una orquesta.

—Señora Charmaine, ¿podría dedicarme un minuto de su valioso tiempo?

—Estoy dando una clase.

—Pero, señora…

—La impaciencia no es una virtud.

Las fosas nasales de Tala se abren en un intento de inspirar el mayor volumen de aire. Tiene los hombros echados hacia atrás y el pecho inflado, se estira al máximo de su estatura.

—¿Dónde se han llevado a mi hermana?

—¿Quién es tu hermana? —le pregunta Charmaine.

—He venido las veces suficientes para que me reconozca.

—No te recuerdo.

—Mi hermana es Dolly Pabro Castillo.

—No estoy segura…

—Tiene que acordarse de ella, lleva un montón de pendientes. Es muy guapa.

—Y ligera.

—¿Qué?

—Está embarazada.

«¿Y las pastillas?»

Charmaine se agacha y saca de una papelera un palito de plástico. Se lo tiende a Tala como si se tratara de un termómetro y fuera a tomarle la temperatura en la boca.

—Aquí tienes la prueba. La deportan a Manila.

—¿A Manila? Pero si está a trescientos kilómetros de casa.

—El avión sale a las doce del aeropuerto de Changi. Todavía puedes llegar.

Tala gira sobre sus talones. La puerta de cristal se cierra con un crac detrás de ella. Saca el teléfono del bolso. Son las doce menos cuarto, pero aunque consiga llegar al aeropuerto no la dejarán acercarse a Dolly. Intenta llamar a su hermana, pero las manos le tiemblan tanto que no lo consigue. Vuelve a intentarlo y se acerca el teléfono a la oreja. Suena y suena. Le manda un mensaje: «Vamos a solucionarlo. Procura no preocuparte. Llámame».

«Enfréntate a tus desafíos», diría Russell Grant. Ahora mismo, no obstante, Tala no puede pensar en cómo salir de ese lío.


Jules va a la cocina. Los niños forman fila en el patio de la escuela. Un altavoz retumba con el himno nacional. El teléfono móvil de Jules suena, y descuelga.

—¿Señora Harris?

—¿Sí...?

—Nos llevamos a Khalib.

—¿Cómo? ¿Ya?

—El papeleo para la adopción ha ido más rápido de lo que esperábamos.

La voz al otro lado del aparato no es la de la mujer con la que Jules había hablado.

—¿Cuándo?

—¿Podría entregarlo a su nueva familia la semana que viene? ¿El jueves, por ejemplo?

A Jules se le ocurren palabras de consuelo. «Mejor ahora que más adelante, que el vínculo sería más fuerte.» Carraspea.

—Si finalmente la adopción no funciona, me gustaría quedármelo; nos gustaría quedárnoslo.

—Ya, es un niño muy popular —responde la mujer—. Por favor, vaya a casa de la nueva familia el día veinticinco a mediodía. Le mandaré la dirección por correo electrónico.

Jules va al piso de arriba, donde Khalib duerme en el moisés. «Estará bien», se dice. Se clava las uñas en el brazo para detener el torrente de pensamientos que crecen en su interior. No quiere que se vaya. No quiere que nadie que no sea ella haga de madre a ese niño. Se suelta el brazo. Las uñas le han dejado unas marcas blancas en la piel.

# 18

Las ventanas del aeropuerto Ninoy Aquino están empañadas de lluvia. Parece un día gris, pero cuando Dolly sale la ciega la luz del sol. Hay unos hombres acuciando con exigencias a la gente. «Doscientos pesos eso. Trescientos pesos lo otro.» El aire huele a petróleo. Hay dos microbuses aparcados en la cuneta, uno luce una imagen de Nicole Scherzinger con un vestido rosa y morado en un lado. Un hombre con unos tejanos cortados por la rodilla empuja una carreta y saluda a alguien con la mano. Dolly avanza entre personas que hablan por el móvil.

Cuando llega al microbús con la imagen de Nicole sube la escalera.

—¿Adónde? —le pregunta el conductor. Tiene un diente roto en forma de triángulo. Un bigote le cubre la parte superior del labio.

—Tagudin.

—Hay seis horas hasta Tagudin. Yo no voy más allá de Metro Manila. Puedes tomar otro autobús allí.

—Lo que pasa es que no tengo dinero para pagar el billete.

Los pasajeros están apretujados en sus asientos. Se la

quedan mirando: una mujer con una cola de caballo a un lado de la cabeza; un hombre que masca chicle. En su regazo, un pollo picotea los barrotes de la jaula. El aire huele a alcantarilla.

—¿Y con qué pagarás? —El conductor mira a Dolly y parpadea.

Dolly se baja del microbús y se aleja, pero poco después se detiene y rebusca en su bolso. Vuelve a subir al vehículo.

—Con esto —dice. El broche de oro reluce—. Si me llevas hasta Tagudin, es tuyo.

El conductor coge el broche y lo sopesa en su mano. Le da la vuelta y sonríe. Lo rasca con la uña del dedo pulgar.

—No vale nada.

Dolly recupera el broche. Hay un maldito código de barras en la parte posterior.

—Mira, te llevaré hasta el centro de Manila —le dice el conductor—. Pero tendrás que sentarte en el pasillo.

—¿Qué?

—No quedan asientos libres, señorita.

Dolly entra y trata de acomodarse en el suelo. Qué tonta ha sido. La mujer de la coleta le deja un pañuelo para que se siente encima. Alguien come algo picante y especiado, y Dolly traga saliva e inspira hondo. La mujer le alarga una botella arrugada de agua. Bebe un poco, y es clara y limpia y, oh, qué buena. La mujer le ofrece un trozo de *pinaypay* de color naranja. El pastel de plátano frito le sienta muy bien.

Dolly saca el teléfono del bolso y vuelve a mirarlo. Desearía que tuviera batería. Mete la mano en el bolso y aprieta el Minion. Un pequeño regalo para Mallie. ¿Y Sammy? Ni siquiera ha podido despedirse de él. ¿Lo abrazó lo suficiente antes de irse? ¿Y si se muere? Apoya la cabeza contra un asiento, y el microbús avanza entre bamboleos y crujidos. Una cucaracha merodea en círculo debajo de un asiento.

Cuando el microbús se detiene en el centro de Manila, Dolly es la primera en apearse, con la mochila en el hombro. Tiene los dedos de los pies sucios de polvo. Los otros pasajeros bajan detrás de ella y la adelantan, rozándola y dándole algún que otro golpe. Se queda ahí plantada, observando una valla enorme con la fotografía de una mujer en ropa interior de encaje negro, con sus pechos redondos y tersos. Dolly se da la vuelta y se encuentra con otro anuncio: «Dios cuida de ti». También aparta la mirada de ese, y ve el cielo cuajado de alambre de púas fijado a altos postes. Hay coches por todas partes, blancos, grises, autobuses con grandes parachoques, uno de color amarillo brillante con un gran cartel encima que reza: «Mandy». Las bocinas suenan, la gente grita, unos hombres corren detrás de una furgoneta.

Dolly abre su bolso y saca el teléfono. Aprieta inútilmente el botón de encendido. Aunque tuviera dinero no podría usar una cabina de teléfono porque es incapaz de recordar el número de Tala ni el de su madre.

Dolly camina un buen trecho, se cruza con gente que come tacos de plátano por la cuneta, con un niño que vende chubasqueros de plástico, con las rodillas llenas de costras. Huele a cariocas fritas y le ruge el estómago. Se bebe los últimos tragos de agua que quedan en la botella arrugada.

Dolly se adentra en un callejón. Los edificios de ladrillos están muy apretujados, hay bolsas de basura azules por todas partes. Un perro negro mete el hocico en una de las bolsas y mira a Dolly con los dientes asomando por la mandíbula cubierta por una baba espesa. Hay huesos y restos de hortalizas mustias esparcidos alrededor de las patas del chucho. Más adelante en el callejón, algo se mueve, y unos pies descalzos asoman por debajo de unos pantalones.

Dolly vuelve sobre sus pasos, y después de la experiencia ya no abandona las calles bulliciosas. Pasan por su lado autobuses de distintos colores, uno con la cara de Justin Timberlake estampada en un lateral y cestas atadas en el techo con cuerdas. Se cruza con una monja, cuya cruz va rebotándole contra el hábito blanco. Dolly podría levantar el pulgar y, con suerte, alguien que se dirigiera a Tagudin pararía. Podría no perder la esperanza de hacer otro trayecto gratis en autobús, pero Tagudin está demasiado lejos de Manila y tendría que pagar, de la forma que fuera.

Llega a la estación de autobuses, en cuyo exterior hay un largo banco. En él está sentada una mujer con más flequillo que melena, la cabeza hundida entre los hombros. Un hombre a su lado está inclinado hacia delante, con la cabeza entre las manos. Si se sentara un rato, Dolly podría descansar un poco los pies. Se sienta y apoya la cabeza en la pared de ladrillos. Una ventada remueve el aire. Le llega olor a caca de perro. Es tan intenso que se mira las suelas de las chanclas. Cuando vuelve a levantar la cabeza, la mujer ha desaparecido.

Una camioneta gris con la parte trasera descapotada se mueve despacio cuando se detiene delante de Dolly. Un hombre con los pómulos angulosos y un pañuelo en la cabeza la mira lascivamente desde el asiento del conductor. Ella mira al infinito, jugando con su pelo. Oye la risa del hombre. El camión se aleja, pero de repente las ruedas chirrían al recular, y se detiene de nuevo delante de Dolly. El hombre levanta una navaja y lame el filo con la lengua.

A Dolly se le acelera la respiración. La camioneta vuelve a alejarse. Dolly se levanta y arranca a correr, mirando por encima del hombro la camioneta, que se ha detenido otra vez. «Mallie está a salvo», se dice, ya es algo. Corre por una calle fuera del alcance de la camioneta.

Jules pone la ropa que David compró para Khalib en una bolsa de deporte, también mete la manta vieja, que ha lavado, y un biberón de repuesto. Khalib duerme en el moisés, encima de la alfombra del salón. Parece que tiene algo atascado en la parte de atrás del paladar cuando respira. El periódico cruje entre los dedos de David. Está sentado en el sofá, con el periódico tan arriba que Jules no le ve la cara. Coge la cámara, se tumba sobre su vientre en la alfombra y saca unas fotos a Khalib, de sus pies que forman una V, sus puñitos apretados. Se levanta y coloca la cámara hacia abajo, enfocando la barbilla y las mejillas rollizas de Khalib.

Llaman suavemente a la puerta. Cuando Jules abre, se encuentra a Tala con unas ojeras aún más pronunciadas.

—¿Qué ha pasado?

Tala entra.

—Antes de irme a trabajar me he enterado de que Dolly estaba en la agencia de empleo. He ido hacia allí corriendo, pero ya era demasiado tarde.

—¿Qué quieres decir?

—La han deportado.

—¿Por qué?

Tala se muerde el labio, mira a Jules.

—Tener que decirle esto a usted, señora, de entre todas las personas...

—¿Qué? —susurra Jules.

—Está embarazada.

David baja el periódico.

—¿Y la deportan por eso? —pregunta Jules.

—Nos hacen una prueba de embarazo cada seis meses. Si estás embarazada tienes que marcharte.

—Dios —exclama David.

—¡Ha sido una estúpida!

A Jules se le acelera el pulso. «Tiene que ser hijo de Gavin.» Ambas miran a David.

—¿Y Dolly no tiene nada que decir al respecto? —interviene él.

—He intentado llamarla; no contesta. No sé dónde está —responde Tala.

—Estoy segura de que se pondrá en contacto contigo. Seguramente aún está de viaje —sugiere Jules.

Tala asiente. El bebé estornuda, sus párpados se abren y vuelven a cerrarse.

—Tala, sabes que puedes quedarte aquí tanto tiempo como necesites, ¿verdad? —le ofrece Jules. Oye a David tragar saliva.

—¿Puedo quedarme un par de semanas mientras busco un lugar donde vivir?

Jules mira a David. Abre la boca para contestar, pero David se anticipa.

—Nos encantará tenerte por aquí —dice.

—Ay, gracias. —Tala está casi sin aliento—. Lamento tener que irme tan deprisa, pero solo he venido a buscar una cosa.

Rebusca en el bolsón, que todavía está en el suelo, y coge una cartilla amarilla y se la guarda en el bolso.

—Toma. —Jules le tiende una llave—. Te dejaré la cama de la habitación de invitados preparada, está al fondo del pasillo.

—Le estoy muy agradecida, señora. Gracias. Lo siento, pero tengo que volver a salir.

Tala cierra la puerta, y Khalib estira una pierna y se despierta.

*La vida con una asistenta del hogar extranjera*

⌒

## Normas esenciales para las empleadas domésticas extranjeras

**Norma 6. Respeto:** Vuestra criada debe trataros con respeto y llevar a cabo sus obligaciones tal como le han enseñado. Tiene que mostrarse cooperadora, hablar poco y nunca ser maleducada.

# 19

El cajero del banco mete los billetes en la cartilla y se la pasa por la apertura del cristal del mostrador a Tala. Acaba de sacar casi todos sus ahorros para pagar a la señora Heng. Tendrá tiempo de recuperarlos, ¿no? Pagar a la señora Heng y tirar adelante. Pero ¿qué pasaría si la señora Heng descubriera que ella es la autora de *La criada bloguera*? Quizá le pediría aún más dinero para mantener el secreto.

Tala se guarda el dinero en el bolso y saca el móvil. Comprueba los mensajes por enésima vez. Nada. Dolly puede cuidar de sí misma. Debajo de toda esa tranquilidad suya hay una voluntad de hierro. Y Mallie la ha heredado.

Tala baja la escalera del Plover Plaza y echa a andar por la calle Orchard. Abraza su bolso con el botín contra su pecho, y la tira le queda colgando fuera del hombro. La calle está impoluta, como si un montón de pinoys la hubieran limpiado; y de hecho, posiblemente sea lo que ha pasado.

Taxis azules esperan en fila debajo de las farolas, el reflejo de sus parabrisas oculta a los conductores que están sentados dentro. Un hombre se asoma por una ventanilla lateral y, tapándose una fosa nasal, resopla por la otra y expulsa un chorro de mocos pegajosos. Qué asco, aunque a veces Tala piensa que su vida está conformada por residuos corporales, churretones en los retretes y montones de polvo.

Una mujer pasa por su lado con un vestidito de color rosa con tanto nailon que ardería si alguien encendiera un mechero cerca de ella. Parece tan cursi como la hija de la señora Heng. Tala camina detrás de la mujer, hasta que esta se detiene de repente y Tala choca contra ella y se le enreda la mano con su melena. La mujer chasca la lengua y comprueba que la cremallera de su bolso siga cerrada. Tala la adelanta y mira hacia atrás. El rostro de la mujer no es el de la hija de la señora Heng, aunque las pestañas artificiales son las mismas. Tala nota algo en la mano que le hace cosquillas; tiene un mechón de pelo de nailon enredado entre los dedos, también es el mismo de la hija de la señora Heng, y Tala sacude la mano e intenta quitárselo hasta que sale volando. «Y todas esas mujeres se quejan de los pelos que dejamos las asistentas...»

Mete la mano en el bolso para comprobar que los billetes están seguros, y sigue andando junto a maceteros rectangulares con palmeras. No es la primera vez que malgasta dinero. Todas esas cuotas del colegio de Ace, que primero ingresaba en la cuenta de Bong. La llamaron del colegio del muchacho para avisarla de que su hijo se saltaba clases y que hacía tres meses que no pagaban la cuota. Cuando Tala llamó a la tienda del pueblo, Bong no le devolvió la llamada. Compró un billete y se fue directa a casa. Marlon volvía de su jornada de vendedor, con las guayabas colgando del cuello y un lápiz HB en la oreja. Había botellas vacías esparcidas por todas partes, muy mal escondidas: una metida en horizontal por entre los almohadones del sofá; otra en una caja de cartón junto al fregadero; otra más debajo de uno de los colchones enrollados apoyados en la pared. El olor a alcohol se filtraba por la calidez del salón. Una cucaracha escapaba por un agujero en la pared de madera.

Tala y Marlon cargaron las botellas, y el chico empujó la vieja carreta con el tintineo del cristal por el camino polvoriento y luego por la carretera asfaltada. La música que hacían las botellas rebotando era animada y arrancó una sonrisa a Tala, a pesar de todo. A pesar del despilfarro de dinero, a pesar de que su hijo hubiera echado a perder aquella oportunidad.

De vuelta a casa, se puso a limpiar. Ojeó un montón de dibujos de Marlon medio arrugados. Un niño con una banda de cuentas en la cara, una cabaña *nipa* con un pájaro azul en el tejado. No se había acordado de llevar a Marlon material para pintar.

Bong no hizo ruido alguno cuando subió por el caminito, pero cuando Tala miró por la ventana lo vio balancearse en la hamaca colgada entre dos palmeras. Dirigió la vista hacia las hojas, esperanzada; sin embargo, no había ningún coco susceptible de rompérsele contra la cabeza. Tala cerró la mano alrededor de la botella de Ajax de la encimera y abrió la puerta.

Bong estaba dormido con los labios húmedos. Tala desenroscó el tapón de la botella de Ajax y se la vació en la cara. Bong se incorporó, y la hamaca se desestabilizó.

—¿Por qué has hecho eso? —farfulló empapado, oliendo más a pino que a whisky White Castle.

—Tú tienes la culpa, idiota. ¡Por gastarte mi dinero!

Bong entró en la casa, puso la cabeza debajo del grifo y se pasó el resto del día durmiendo, sin siquiera moverse. Y todo ese tiempo pensando que tenía a otra, pero resulta que el bombón que se imaginaba con pechos tersos y labios carnosos tenía cuarenta grados y tapón de rosca.

Cuando Ace llegó, Tala se puso hecha una fiera. Ace la besó en la frente, y ella se metió la mano en el bolsillo de los pantalones para contenerse y no abofetearlo en sus mejillas chupadas, ella, que jamás había pegado a sus hijos.

—¿Por qué demonios no vas al colegio?

—Ay, dame un respiro —respondió Ace.

—Si no vas, ¿qué crees que ocurrirá?

Él se encogió de hombros.

—Acabarás como tu madre, eso ocurrirá.

Ace volvió a ir al colegio durante una semana después de que Tala se marchara, pero luego se enamoró de esa novia, Alice, que ahora está embarazada. Tala estuvo años sin saber nada de él. La verdad es que invirtió en el hijo equivocado. Ace no funciona, pero Marlon sí, vendiendo guayabas, conduciendo su moto, trabajando en el almacén del supermercado local. Le queda poco tiempo que dedicar al arte.

Tala se pregunta si quiere más a un hijo que al otro, pero no, siente el mismo amor por los dos. Sigue andando, pasando junto a gente con sus bolsas de papel con asas. El aire es tan abrasador como cuando pones las manos demasiado cerca de un secador de pelo. Sale una melodía de un puesto de comida ambulante, con sus gambas rebozadas ensartadas, sus papelinas de arroz con pollo. Va de un centro comercial a otro, decorados todos ellos con columnas y cristaleras con luces reflejadas. Los coches pasan calzada abajo. Se oyen pitidos en los pasos de cebra. Un tamborileo rítmico se filtra por el aire caliente.

El último de la cola sube al autobús 123, y Tala echa a correr, y, *ay nako!*, tiene que esquivar a un joven en una moto azul que va zumbando por la acera.

Las puertas traseras del autobús empiezan a cerrarse, pero Tala llega justo para meter la cabeza y se cierran en su cuello, dejando su cuerpo con sus pies todavía fuera, en el asfalto. Tala corre de lado cuando el autobús arranca, con la cabeza encajada entre las gomas que sellan las puertas.

—¡Conductor! —grita una pasajera, pero lo único que Tala ve es el suelo de plástico gris.

El conductor debe de haberse dado cuenta, porque los frenos chirrían y se oye una cacofonía de bocinas.

Se abren las puertas y Tala entra, se yergue y se lleva las manos alrededor del cuello. Hay siete personas mirándola fijamente. Una mujer se cubre la boca con una mano, y cuando Tala la ve aparta la mirada.

—¡Perdone, *lah*! —se disculpa el conductor.

Tala asiente hacia él, y se acomoda en un asiento libre. Hablando de perder la cabeza… El corazón todavía le late con fuerza, y le duele el cuello. Pasan por delante de la universidad, recogiendo gente en cada parada. La calzada está flanqueada por arbustos y en la parte central se extiende una alfombra de hierba. Hay un cartel enorme con un girasol pintado en él.

Cuando la avenida se ensancha en tres carriles y Tala ve la glorieta asomarse como una pequeña colina a lo lejos, hace sonar la campanilla. Se apea. Los mosquitos zumban por la superficie de un estanque, hay bloques de hormigón medio rotos. Los deja atrás y avanza por el camino de hierba que conduce hacia los bloques amarillos del Departamento de Desarrollo de Viviendas. Ve aquel pobre pájaro dentro de la jaula, pero esa tarde Tala no le dará ningún trozo de pan por entre los barrotes.

Palpa el dinero que lleva dentro del bolso. Hasta podría tirarlo al viento, porque ¿de verdad la señora Heng le devolverá sus cosas cuando le pague? De todas formas, no tiene otra opción. Necesita su ordenador y su pasaporte, y también averiguar si la señora Heng ha descubierto algo sobre su blog.

El periquito canta desde su columpio. Tala pasa por su lado, escuchando su suave melodía. Se agarra a la barandilla y se arrastra escalera arriba. Llama suavemente al timbre. Empieza a repiquetear con los pies en el suelo, cada vez más rápido, con la mirada fija en el 92 H de latón. Se pone a contar el dinero, y ya va por la tercera vez cuando la señora Heng le abre la puerta vestida con unos pantalones de color lavanda y una blusa a juego. Tiene un trozo de pañuelo de papel pegado en la barbilla, como si fuera una mancha de nacimiento.

—Tengo tu dinero —suelta Tala.

La señora Heng la hace entrar tirándole de la camiseta. Tala saca los billetes.

La señora Heng los agarra, los ojea y los cuenta moviendo los labios; el aliento le apesta a café.

—Tengo tus cosas —responde.

Recorre el largo pasillo con sus zapatillas de goma rosas. Se oyen a lo lejos puertas abriéndose y cerrándose. Tala huele a quemado. La señora Heng es peor cocinera que ella, si cabe. Habrá pollo demasiado hecho y arroz seco en una cacerola que se quedará ahí una eternidad. Debe de haberse decidido a cocinar en casa por una vez en lugar de bajar al centro comercial.

Ahí está, con sus zapatillas chirriando sobre el suelo de mármol.

—Toma.

La señora Heng entrega a Tala una bolsa grande de plástico rota. Ya no tiene el dinero en la mano.

Tala palpa la bolsa de plástico, están el pasaporte y el

ordenador. Tiene que marcharse de esa casa inmediatamente. Tan pronto sale por la puerta, la señora Heng la cierra de golpe, de modo que el pelo le tapa los ojos. Se lo aparta y no mira atrás. No puede ser que la señora Heng haya descubierto el blog, porque de ser así habría dicho algo al respecto. La parte abierta del pasillo está a oscuras. Tala pasa delante de una puerta azul junto a la que hay una bolsa de basura que desprende un intenso hedor a durianes. Se tapa la nariz, acunando su ordenador contra el pecho como si fuera un bebé, si bien no está de humor precisamente para ponerse a hacer gu-gu.

Tala va andando en zigzag, moviendo los brazos como si fuera un corredor de marcha. Se oyen a lo lejos los coches que circulan por la avenida, un pájaro canta. ¿Es el periquito? Ya ha pasado de largo la jaula. Sigue avanzando, pero se detiene.

Desanda el camino hasta la jaula y abre la puertecita. Observa unos instante al periquito, que no hace más que revolotear por dentro de la pajarera.

—¡Venga, estúpido animalito! —le dice, y mete la mano.

El periquito, sin embargo, continúa ignorándola. Tala deja la puerta abierta y sigue su camino.

Su cuenta bancaria está bajo mínimos, ahora que ha dado a la señora Heng casi todos sus ahorros, y Dolly ya no está. Se tapa la boca con la mano que le queda libre, como si hacerlo pudiera detener los pensamientos que se le agolpan en la cabeza. Y de repente, todas las palabras que se le acumulan sin decir en la garganta suben hasta su cabeza. Tala sabe que nunca la silenciarán.


Dolly observa a una mujer que sale de una tienda, cuyo cartel reza «Raymundo Food». Baja la persiana. Es una mujer ya vieja, con dientes de oro. Se fija en Dolly y mira a un lado y luego al otro.

El olor a cerdo adobado le alcanza la nariz, y el estómago le da un vuelco. Vomita y escupe los últimos restos de comida que le quedaban; no es mucho. Los pasos de la mujer en sus zuecos suenan como cañas de bambú repiqueteando a medida que se acerca a Dolly. Lleva un vestido naranja con tirantes finos y tiene arrugas en el rostro. Podría ser la cara de Tala, aunque con los rasgos dispuestos de otra forma; la nariz más delgada, la barbilla más estrecha. Los dientes que no son de oro parecen cubiertos por una capa de fieltro gris.

—Pasa la noche aquí, si quieres —le dice.

—¿En tu tienda?

—Puedo volver a abrirla —responde después de soltar una risotada.

—No. —Dolly traga saliva.

—Llevas mucho rato andando, te he visto antes. Ha oscurecido y, bueno, ahí dentro estarás segura.

Dolly se acuerda del hombre de la camioneta, de su mirada lasciva.

—¿Volverá por la mañana?

—A primera hora.

Le ofrece una lata de refresco Calamansi y Dolly se la bebe. Solo quedan unas horas para que el banco abra y pueda sacar sus ahorros.

La mujer levanta la persiana y Dolly entra en la tienda. Está a oscuras y choca contra algo. Se descuelga la mochila del hombro y la deja en el suelo.

La mujer baja la persiana detrás de ella, y la cierra con un golpe seco y ruidoso. Dolly se queda de pie. El aire que la rodea es pegajoso.

Se tumba en el suelo y busca a tientas la mochila para

apoyar en ella la cabeza, pero no la encuentra. Gatea palpando a su alrededor, si bien no hay más que cajas de cartón.

La mujer se ha llevado su mochila. No tiene el pasaporte, ni la cartilla del banco, ni el cuaderno de las recetas ni todo lo demás.

Se acerca a la persiana, la levanta y sale a la calle, que está en penumbra. Se fija en un candado hecho pedazos. Sin duda la mujer lo rompió para entrar.

Dolly vuelve a entrar en la tienda, donde se topa con un gecónido. Apenas entra luz de la calle, pero empieza a buscar la caja registradora, cuyo cajón encuentra abierto y vacío.

Se arrodilla, mete la mano por debajo del mostrador. Saca polvo, lo que parecen caparazones de cucarachas muertas y algo más. Monedas y un billete. Se los guarda en el bolsillo.

De encima de los estantes coge unas galletas Magic Melts y se mete dos enteras en la boca. Las migas se le quedan adheridas a la garganta y tose.

Va al exterior y se encamina hacia la luz. Hay una estructura metálica en el tejado de un edificio. Tres hombres sentados enfrente de otros tres, uno de ellos está liándose un cigarrillo. Encima de la mesa, ve un tarro lleno de colillas. A medida que avanza y se hunde en el barro, se llena de salpicaduras las pantorrillas.

Un cartel luminoso reza: «The Pink Lady»; la L está apagada. A través de la puerta abierta, Dolly observa las mujeres vestidas con biquinis de lentejuelas que dan vueltas agarradas a las barras de acero. Llevan zapatos con tacones dorados de aguja. Una lleva un sujetador metálico de color rojo; los pezones al aire de las otras apuntan hacia el techo. La música retumba dentro de Dolly.

Se mira las manos. Le han robado la mochila, pero ahora por fin sabe qué debe hacer.

Tala echa a correr cuando ya se encuentra cerca del complejo residencial, va ligeramente inclinada hacia un lado por el peso del ordenador.

Va dando brinquitos por la acera, con la respiración acelerada y jadeante. Llega el ascensor y lo coge para dirigirse al piso de la señora Jules, que abre con la llave que esta le ha dado. La casa está a oscuras; deben de estar en la cama. Cruza de puntillas el pasillo y enciende la luz de la habitación de invitados.

Jules ha dejado el bolsón de lona de Tala encima de la cama doble, apoyado contra la pared forrada de madera. Al fondo de la habitación hay un armario estrecho, y un aparato de aire acondicionado encima de la puerta. Tala se sienta en la cama, cubierta con una sábana de un blanco reluciente. Presiona la mullida almohada con una mano. Por un momento se siente aliviada, reconfortada, pero le sobreviene el recuerdo del lío en el que está metida.

Enciende el ordenador y mientras espera a que se ponga en marcha se examina el pelo. Se le está poniendo más gris que el cemento. Va buscándose las canas y se las arranca; por lo menos esa batalla podría ganarla. «Porque yo lo valgo.» Bah, ella no vale nada. Solo le quedan ciento cincuenta dólares en el banco.

Quiere entrar en su cuenta de Hotmail, pero internet no le funciona. Rebusca en el bolso hasta que da con sus gafas, y se las coloca en la nariz. El último día que estuvo limpiando en esa casa se fijó en que la señora Jules había escrito la contraseña del wifi en un papel sujeto a la puerta de la nevera. Tala recorre el pasillo de puntillas, agarra el papel y vuelve a la habitación de invitados.

Se sienta, introduce la contraseña y el ordenador se conecta a internet. Ay, todavía no hay noticias de Dolly. Entra en su blog. *La criada bloguera*. Va directa a las estadísticas del sitio web y se frota los ojos. No puede creerse lo que está viendo. Acerca un dedo a la pantalla y lo pasa por debajo de los números, diciéndolos en voz alta. ¿Rita se ha pasado todos esos días sentada entrando en su blog solo para alegrarle la vida? Más de cinco mil personas han consultado su artículo sobre Dolly.

Debe de ser un error. Tala clica en las estadísticas y los ojos casi se le salen de las órbitas. Más de diecinueve mil personas han visitado el blog desde que lo abrió. Oye una especie de crujido del otro lado de la puerta. Se levanta sin hacer ruido y presta atención. Abre de golpe, pero no, no hay nadie.

Sale del blog y accede al de Vanda. Hay más comentarios en el artículo sobre Dolly. «¡Un artículo brillante, Vanda!» Ah, y mira: «Está claro que esa chica no estaba haciendo su trabajo como es debido. He oído que la han expulsado del país, ya me parece bien». Tres comentarios más abajo, alguien pone el dedo en la llaga: «¿Deportada? Tendrían que haberla denunciado por negligencia».

Tala se saca la caracola del bolsillo.

—¿Qué voy a hacer? —susurra.

Se aprieta la caracola contra el corazón, que le va a mil, deseando que le dé la respuesta. No le da ninguna señal ni emite sonido alguno. De repente, pone en marcha sus manos inquietas y empieza a escribir. Sabe que es arriesgado, sobre todo ahora que Rita ha descubierto que Tala es la autora de *La criada bloguera*, pero sus dedos siguen presionando las teclas. «20 formas que los contratantes tienen de abusar de las asistentas del hogar.» Empieza a enumerarlas: «Robo de salarios. No dejarlas salir de la casa. Forzarla a dormir debajo de la mesa del comedor». Amplía el artículo con reportajes de prensa sobre casos judiciales.

Clica en «Publicar», y en un minuto ya lo han leído tres personas. «La Criada Bloguera vuelve a la carga», se dice. Cierra el portátil, convencida de que lo que necesita de verdad es cerrarle el pico a Vanda. Guarda el ordenador en el bolsón de lona y corre la cremallera. Ojalá tuviera un candado.

Se quita la ropa y acurruca su cuerpo agotado encima de la cama, pensando en su hermana y en el pobre Sam.

# 20

El ruido de los comensales envuelve a Jules y a David, pero Khalib sigue durmiendo en el cochecito, con la cabeza ladeada, la barbilla inclinada.

—No puedo creerme que solo nos queden unos días de estar con él —dice Jules moviendo por el plato un buñuelo de maíz pinchado en el tenedor.

David se inclina hacia ella.

—Yo tampoco. Dios, ojalá pudiéramos tenerlo para siempre.

Jules asiente, suelta el tenedor e intenta forzar una sonrisa.

—¿Qué estamos haciendo? —dice—. Nos hemos enamorado perdidamente de un bebé al que apenas hemos cuidado durante unos días.

—Pero nos ha enseñado cosas, ¿no?

—¿Como qué?

—Como eso por lo que has estado preocupada tanto tiempo: que no serías capaz de amar a un niño que no fuera tuyo.

Jules observa al pequeño, que sigue durmiendo. Desearía que el momento de la despedida ya hubiera pasado, y así poder empezar a curarse las heridas.

—Bueno, por lo menos se ha acabado para siempre la dieta saludable y sin alcohol —añade David, y da un trago a su cerveza. Desaparecen dos dedos de bebida por su garganta—. En situaciones como esta no puedo dejar de comer.

Pasa un camarero y David le pide la carta de los postres. Se excede con la comida en momentos de crisis, como cuando su padre, que se pasaba la vida en los bares, murió de un ataque al corazón hace siete años, y David aumentó en dos la talla de pantalón. A Jules, en cambio, la última cosa que le apetece cuando está pasándolo mal es consolarse con la comida.

Se vuelve para observar los bancos llenos de gente, con sus vestidos de colores, sus camisas almidonadas, las estanterías de madera que rodean la sala, con bolsas de macarones, pasta de formas originales y cajas de hojalata estampadas.

—¿Cómo está Sam? —pregunta David.

—Bueno, ahora está estable. Amber cree que les dejarán volver pronto a casa. Pero los del hospital no tienen prisa, sobre todo teniendo en cuenta lo que pasó la última vez.

Nota cómo le sube por la garganta: Khalib, la FIV, Sam y la maldita foto de Dolly en *El Blog de Vanda*. Pero ¿quién demonios es Vanda? Son tantas las mujeres ahí que tienen esas ideas extrañas y trasnochadas sobre sus asistentas, que podría ser cualquiera: Maeve, Jemima, incluso Amber, aunque con lo mal que está pasándolo últimamente en su caso parece menos probable.

El camarero regresa con la carta de los postres. David le echa un vistazo y pide tiramisú, y empieza a salivar ante la idea de comer dulce. El camarero se lleva los platos vacíos. Jules nota el movimiento de piernas de David. Su marido se mordisquea las uñas y mira de un lado a otro.

Jules le saca la mano de la boca y le coge los dedos.

—David, te pasa algo más que no tiene nada que ver con la FIV, ¿verdad?

David se muerde el labio.

—Estaba esperando el momento adecuado para contártelo, pero...

El camarero vuelve con el tiramisú. Jules aparta la mano. Nota como si una araña le subiera por la columna vertebral mientras espera que el camarero se vaya de una vez.

—Ay, Señor, ojalá no tuviera que contarte esto.

—David, por el amor de Dios, suéltalo ya.

David alarga la mano para coger la de Jules.

—Voy a perder el trabajo.

—¿Qué?

—Me han dado un aviso de tres meses.

—Pero ¿por qué?

—Reducción de plantilla. Se desharán de un montón de nosotros.

David acaricia la mesa de madera.

—¿Desde cuándo lo sabes?

—Ya hace semanas. No me parecía bien contártelo, con todo lo de la FIV. No quería ponerte nerviosa.

—Y la noche que pasaste fuera, ¿qué ocurrió?

—Salimos unos cuantos... A ahogar las penas, ya sabes.

Jules apoya los codos encima de la mesa, y luego la barbilla en las manos.

—Eso significa que deberemos irnos —prosigue David—. Tendremos que dejar el país.

—¿Por qué?

—Porque te expulsan cuando te quedas sin trabajo.

—¿Y qué hay de mi trabajo?

—Bueno, quizá... Pero es muy caro vivir aquí. No creo que podamos permitirnos quedarnos.

—En fin, verano en Londres, ¡vamos allá! Dios, no soy capaz de enfrentarme a la idea de volver todavía.

—No puedes seguir huyendo.

—Huir... Es posible que tengas razón y que esté haciendo eso, pero huir aquí me ha servido de poco, con todas estas grandes familias por todas partes y todas estas mujeres embarazadas.

—Se vive en una burbuja aquí. No es la vida real.

—Echaré de menos este calor.

—Y la piscina.

—Y al bebé —dice Jules mirando a Khalib.

—Es un buen niño.

—Es un niño genial.

David le aprieta la mano.

—¿Y por qué no lo hacemos?

—¿Te refieres a adoptar?

—Venga, somos buenos en eso tú y yo. Ya lo hemos hablado muchas veces.

—Khalib me pareció un extraño al principio, pero ahora me duele tener que dejarlo. Es una tontería, pero creo que he empezado a quererlo.

—No es ninguna tontería. —David se mira sus manos entrelazadas—. Yo siento lo mismo.

David coge la cuchara y empieza a llevarse trozos de tiramisú a la boca.

Khalib va vestido con una camiseta de rayas y unos pantalones cortos que David le compró en la sección de bebés de Gap. No volverán a ver a Khalib después de que lo adopten. Jules se traga el pensamiento y se frota los ojos. Las minucias de su vida cotidiana volverán a engullirlos dentro de poco, y Khalib se instalará en un nuevo hogar y crecerá con su nueva familia, o eso espera Jules.

El tiramisú desaparece en un tiempo récord.

Las patas de una silla chirrían como si alguien rascara una pizarra con las uñas. En una de las mesas, un hombre se ha levantado. Jules ve asomar su calva reluciente debajo del pelo rubio ralo. Es Gavin.

—No pienso consentirlo —suelta una voz con acento cockney. Maeve.

El pelo se le ha soltado del moño. Levanta su copa, se pone de pie y le tira el vino blanco en la cara a Gavin.

El restaurante de sume en el silencio. Gavin se vuelve y ve a Jules; le rechinan los dientes, la camisa blanca empapada se pega a su pecho musculoso. Se despega la tela de la piel y se dirige hacia los servicios. Todos los comensales lo miran.

Maeve se seca las mejillas con la servilleta. Está temblando. Una camarera corre hacia ella con un trapo para limpiar el desastre. El silencio se difumina.

—¿De qué demonios iba eso? —murmura David.

—Probablemente acaba de descubrir que Gavin ha tenido una aventura con Dolly.

—¿Dolly? ¿La Dolly de Tala?

—La misma.

Llega la cuenta. David paga y van hacia el coche, el Toyota gris, seguro y confortable, no como el viejo deportivo que conducían en Londres, con el que necesitaban dar una vuelta a la manzana para que el motor se calentara y así estar seguros de que aguantaría un trayecto largo. Steve, el hermano de Jules, se lo cuida mientras estén fuera. Jules pone a Khalib en la sillita de atrás, se acomoda en el asiento del conductor y arranca.

David pone en marcha el equipo de sonido. Una mezcla de percusión y riffs electrónicos llena el coche cuando introduce el CD de compilaciones. Tomar decisiones no le resulta fácil. Escoge una canción de Coldplay cuando Jules gira hacia la calle que lleva a Greenpalms, el cartel plateado en un bloque de cemento. Hay una mujer con un bolso rojo en el hombro de pie junto a una columna de color crema esperando un taxi. El guarda de seguridad los saluda con la cabeza desde su caseta de cristal.

Jules aparca en el subterráneo y acciona la maneta de la puerta del coche. Pero David le pone la mano en el muslo para que se quede todavía un momento.

—Somos una familia tú y yo —le dice—. Pase lo que pase. No necesitamos un niño para serlo.


Dolly sigue andando, se le ha reventado la ampolla de la planta del pie. Tropieza y se cae de bruces al suelo; por los agujeros de los tejanos se le clavan piedrecillas en las rodillas. Vaga por las calles desde la noche anterior. Tiene sueño y está desesperada. Se levanta, pasa junto a bloques de pisos y edificios, grandes parcelas cubiertas de hierba.

La moneda que lleva en la mano está pegajosa y sucia. Se ha gastado el resto del dinero llamando a Gavin desde una cabina. Pero saltó el contestador tras un buen rato de espera. No dejó ningún mensaje. Lo ha probado cinco veces más, sin éxito. También quería telefonear a Tala, pero no recordaba el orden de los dígitos y ha desperdiciado monedas llamando a tres números equivocados. Ya no le queda dinero suficiente para volver a llamar desde una cabina.

Un vendedor ambulante está sentado en un taburete junto a unos cuencos llenos de ajos, pimientos verdes y patatas. Un cartelito con las palabras «Kamatis 10» está clavado en un tomate. Un autobús amarillo traquetea por allí cerca. Dolly anda de lado para esquivar los parachoques de las camionetas aparcadas en fila encima de la acera. Debajo de los toldos hay puestos de comida. Las mujeres con delantales remueven woks humeantes. Un hombre vestido con una camisa beige, con una tarjeta identificativa colgada del cuello, se detiene un momento para mirar. Huele a guiso, a mechado. El hombre saca su teléfono móvil y se aleja para hablar. Dolly acelera el paso para alcanzarlo.

—Por favor, ¿me dejaría usar su teléfono? —le pide.

—¡Lárgate! —le suelta.

Las personas sentadas en taburetes en la acera, cerca de un puesto, comen de platos de plástico. Huele a ajo, a fritanga e incluso a gasolina. La gente se detiene, señala y paga.

—Por favor, señora, necesito hacer una llamada. ¿Tiene usted teléfono?

—¿Una llamada local?

—Al extranjero.

La mujer niega con la cabeza.

—Por favor —insiste Dolly. Abre la mano para mostrarle la moneda mugrienta en el centro de la mano.

La mujer indica a Dolly con un gesto de la cabeza que pase detrás del mostrador.

—¿Qué número? Yo marcaré. Solo un minuto, ¿vale?

—Vale.

—Y que no te engañen estas piernas arqueadas; te pillaré si intentas escaparte con mi teléfono.

—¡Oye, venga! —exclama un hombre con las gafas empañadas.

Dolly le da la moneda y recita el número. La mujer lo

marca y le alarga el teléfono. Dolly se lo pone en una oreja y se tapa la otra con un dedo. Una sartén chisporrotea, se pasan platos rebosantes de fideos a los que aguardan. Dolly se vuelve y el teléfono da línea en su oído.

—¿Hola? —Es la señora Maeve.

«¿Por qué responde al teléfono de Gavin?» Dolly no dice nada.

—¿Quién es?

—Querría hablar con Gavin, por favor.

—¿Qué? —La señora Maeve escupe al pronunciarlo.

—Necesito que se ponga al teléfono.

—¿Quién eres?

—Por favor… —Tiene la palabra «señora» en la punta de la lengua, pero no la dice—. Tengo que hablar con él.

—¿Por qué llamas a mi marido?

Se oyen palabras veladas. Dolly agudiza el oído.

—¡Dame mi maldito teléfono! —La voz de Gavin se oye de fondo.

—No pienso hacerlo.

Se oye un crujido, un golpe.

—¿Hola? —dice Dolly.

Una voz en la lejanía espeta:

—¡Me sangra la cara, zorra!

—¿Con cuántas mujeres has estado? ¡Cabrón! ¡Maldito cabrón mentiroso! —chilla la señora Maeve.

—¿Quién eres? —grita Gavin al teléfono.

«Como si no lo supiera.»

—Soy yo, Dolly.

—¡Au! ¡Aléjate de mí! ¡Para! —se queja Gavin.

Ruidos secos. Respiración agitada. Un portazo.

—¿Por qué demonios me llamas? Ay Dios, mi ojo.

—Las pastillas no funcionaron. Y me han echado.

—No te entiendo.

—Sigo embarazada... Me han deportado.

—¡Espabílate! —le dice la dueña del puesto con una mano levantada.

—Si piensas que voy a pagar por eso... por tu... —responde Gavin.

—¿Sabes algo de Sam?

—¿Qué? Ah, el niño está... —dice arrastrando las palabras—. Está recuperándose. Aunque sigue en el hospital. A ver, ¿qué quieres de mí?

—Necesito que me ayudes. Estoy atrapada en Manila. Me han robado la mochila. Necesito que llames a la estación de autobuses y me compres un billete para llegar a mi casa. Un billete de ida a Tagudin, solo eso.

—Oh, por el amor de Dios...

Se corta la llamada. Dolly cierra el teléfono y se lo devuelve a la mujer.

—¿Malas noticias? —pregunta la dueña del puesto removiendo las hortalizas en el wok.

—Espero que no —responde Dolly.

Se aleja, la sigue el olor a cigarro.

Gavin ya no forma parte de la vida de Dolly. Tiene un bebé dentro, se toca el vientre, pero no es de Gavin; es solo suyo.

Por fin llega a la estación de autobuses. Hay mucha gente sentada en los bancos de fuera, fumando, durmiendo, y los coches pasan zumbando por un lado. Encuentra un sitio, se apretuja y espera, deseando que Gavin no tarde en llamar para reservar el billete.

Al cabo de un rato se acerca a la ventanilla.

—Alguien tenía que comprarme un billete. ¿Lo han hecho?

—¿Nombre? —El hombre, con una gorra azul calada en la cabeza, coge una cajita de plástico.

—Dolly Pabro Castillo.

—Hay un billete aquí a nombre de Dolly, solo Dolly. ¿Eres tú?

Se siente aliviada. Su cuerpo tenso se relaja y se le aflojan las rodillas. Da un traspié y se recompone, mirando al hombre a través de la ventanilla.

—A Tagudin, ¿no? —dice el hombre en voz alta.

Dolly asiente, y el hombre le pasa el billete por debajo del cristal.

# 21

Jules mira por la ventanilla mientras David conduce. Se fija en una chica que sale de un Coffe Bean con un vaso de té para llevar en cada mano. Se vuelve para echar un vistazo a la sillita de retención infantil a rayas donde Khalib va en dirección contraria a la marcha, por lo que no le ve la cara. ¿Por qué le pareció una buena idea cuidar de ese bebé? Pronto pagará las consecuencias. La fundación le ha enviado un correo electrónico con la dirección y el nombre de la pareja que adoptará a Khalib. Están yendo hacia allí.

Jules duda si será capaz de soportarlo. Aunque no es nada comparado con lo que los pobres Sam y Amber están pasando. El desenlace podría haber sido mucho peor. Entregar a ese bebé será duro, pero ¿y lo duro que debió de ser para la madre biológica ver que alguien se lo llevaba?

El coche pasa junto a casas con tejados planos, rodeadas de rejas y palmeras. Hay cloacas abiertas y aceras estrechas. Un pájaro con el pico alargado y el pecho amarillo revolotea por un arbusto salpicado de flores rosas. El aire acondicionado del automóvil ronronea.

Se detienen delante del número 24, una casa con doble

fachada. Hay tres pares de zapatos en fila junto a la puerta de entrada. Las baldosas del patio delantero están brillantes, el tejado plano ensartado con antenas metálicas.

Jules saca la bolsa de plástico llena con la ropa y los biberones de Khalib. Con la otra mano coge al pequeño en la sillita. Al llamar al timbre y decir su nombre en el interfono la cerca metálica se abre hacia un lado. Jules piensa que debería hacer algún gesto al bebé, en ese momento que será el último que están solos. Tendría que susurrarle algo importante. Sin embargo, no lo hace.

Se acerca a la puerta de la entrada, que ya está abierta. Hay una mujer de pie mirando a la sillita que Jules lleva en la mano. Luce en las orejas unos pendientes de plata con forma de lágrimas.

Un hombre con unas gafas sin montura llega a toda prisa a la puerta y se pone de puntillas para ver mejor al bebé.

—Debes de ser Jules —dice la mujer.

—¿La señora Lim?

—Sí. —La mujer tiene una sonrisa inmensa mientras mira a Khalib.

El señor Lim apoya una mano en el hombro de su esposa e invita a entrar a Jules al tiempo que le coge la bolsa de la mano.

—Por favor, adelante —le pide.

Jules entra y ellos la siguen.

—Bueno, este es Khalib —dice Jules dejando la sillita en el suelo.

Una escalera de madera recorre un lateral del salón abierto.

—Es precioso —exclama la señora Lim.

—Es monísimo. —El señor Lim mira al bebé y luego a su mujer.

La señora Lim lleva una sombra de ojos brillante; el señor Lim lleva una camisa azul planchada. Se han vestido para el gran día. ¿Cuánto tiempo llevan esperando ese momento?

Jules carraspea. Se quedan allí de pie mirándose los unos a los otros con el típico silencio incómodo entre extraños.

—Muy pronto dormirá durante toda la noche —dice Jules.

La señora Lim frunce el ceño, confusa, y de repente levanta las cejas con sorpresa y suelta una risita histérica.

—Ay, antes de que me olvide... —añade Jules, y saca un sobre de la bolsa de plástico, que ahora está en el suelo, y se lo entrega a la señora Lim—. He revelado estas fotos que le saqué.

—Gracias.

Jules se agacha y acaricia el rostro del bebé, trata de retener en la memoria sus ojos marrones, sus hoyuelos, a sabiendas de que cuando salga por la puerta se olvidará, en el sentido que es imposible evocar los rostros perfectos de los que se aman. Por lo menos le ha sacado miles de fotos. Sonríe para sus adentros; Khalib se ha dormido. «Qué suerte —piensa— que no recordará nada de esta época.»

—Adiós —dice.

Una lágrima cae por el rostro de la señora Lim cuando mira a Jules.

—Gracias por traérnoslo —la reconforta la señora Lim.

—Khalib es... Bueno, vais a quererlo enseguida —dice tocándole el brazo.

Jules se da la vuelta y se aleja en dirección al coche, el calor la envuelve. Mira al suelo, con el corazón roto. Se abre la puerta del conductor y aparece David, que la abraza con tanta fuerza que le hace daño.

Sentada en la cama de la habitación de invitados, Tala abre el correo electrónico que Dolly le mandó hace unos días, en el que le cuenta que ha conseguido llegar a casa.

«Las pastillas no han funcionado. Charmaine me hizo una prueba de embarazo en la agencia y salió positivo. Encontraré la forma de volver, Tala. Te lo prometo. Pero dime, ¿cómo está Sam? Estoy muy preocupada por él.»

Tala se quita las gafas y coge su caracola de mar, pero el ruido que oye proviene del salón. Alguien llora. Avanza lentamente por el pasillo y ve a Jules sentada en el sofá. Tala sigue con la caracola en la mano cuando se pone enfrente de Jules. El bebé no está.

—Ay, señora —exclama.

Jules se traga las lágrimas y se seca los ojos. Tala se sienta a su lado en el sofá.

—Soy tonta, no me hagas caso —dice Jules.

—Tendrían que haber permitido que se quedara con él. Qué bebé más encantador. Con aquella carita, oh.

Los rayos de sol que se cuelan por la ventana colorean el salón.

—¿No hay ninguna posibilidad de que lo adopte?

—No.

—Pero ¿volverá a intentarlo?

—¿Qué? ¿La acogida?

—Los medicamentos para la fertilidad.

—¿Qué? ¿Cómo...?

Jules mira a Tala, se muerde el labio.

—Encontré una jeringuilla, señora. La primera vez que vine a limpiar.

—Ah, ah, claro. Bueno, pues no, no volveré a intentar una fecundación *in vitro*. Lo hemos probado tres veces. No tuvimos suerte ninguna de las tres.

—Es terrible cuando no puedes conseguir lo único que deseas. Es una pena horrible, como pasar un duelo.

Tala mira la caracola, que ahora encierra entre sus dedos, se entrevé el beige entre ellos. La mujer del piso de enfrente sale al balcón para regar las plantas con una manguera. El sol vuelve a entrar y las rocía con su luz.

—¿Cómo está Dolly, ahora que ya se encuentra en casa? —pregunta Jules.

—Creo que está bien.

Tala acaricia la rodilla de Jules, se levanta del sofá y se va por el pasillo apretando la caracola contra su corazón acelerado.

Jules ha salido a correr colina abajo, en dirección al mercado, pero va mirando su reloj. Se da la vuelta y corre colina arriba, a pesar de que tan solo habían transcurrido diez minutos. Está sudada bajo el sol de media tarde. Le duele la espalda, pero a cada zancada se diluye la sensación de que se ha dejado algo, que se ha dejado el bebé en alguna parte.

Está cansada. Ha pasado una mala noche otra vez. Ralentiza sus pasos y al final dobla la esquina caminando. Hay un grupo de madres que esperan a sus hijos a su regreso en el autobús escolar, junto a muchas niñeras. Los colores de la ropa de unas son vivos como la fruta tropical, los de las otras están desvaídos. Ve a Maeve, casi incrustada entre otras dos mujeres.

Amber está a unos metros de ambos grupos dando puntapiés con la punta de sus sandalias a una piedra, con los brazos cruzados. Incluso desde donde se encuentra, Jules advierte que no se ha esforzado en arreglarse. Lleva una camiseta sin mangas, y no se ha puesto sujetador; se le notan los pezones bajo la tela holgada.

Jules avanza despacio para poder observarlas a todas. La visión de los dos grupos separados le parece un desatino. Jules aprieta el paso para hacer compañía a Amber.

—¿Cómo estás? —le pregunta.

Le coge los dedos entre sus manos, pero Amber los aparta.

—Estoy bien.

Amber tiene la cara llena de manchas rosadas, y se le aprecian capilares rotos en las mejillas y alrededor de la nariz. Tiene algunas pestañas tiesas. No queda nada de la mujer repeinada y maquillada de siempre.

—¿Y Sam? —insiste Jules.

—Se ha quedado un poco sordo de un oído, pero los médicos dicen que está recuperándose y que podrá volver a casa la semana que viene. Solo espero que no tenga que irse otra vez.

—¿Cómo está Colby?

—Deseaba convencerme de que estaba bien. Me engañaba a mí misma, supongo. Tor intentó hablar conmigo al respecto, pero como casi nunca estaba en casa era fácil ignorarlo. Aun así, fue Dolly quien se esforzó más en decírmelo. Los médicos opinan que es posible que Colby tenga trastorno por déficit de atención e hiperactividad.

De uno de los arbustos del otro lado de la calle surge una rama naranja de heliconia. El aire es espeso.

—Ahora recibirá la ayuda que necesita, Amber —la tranquiliza Jules.

Echa un vistazo a las otras mujeres y se da cuenta de que Maeve está mirándola, solo a ella; como si Amber no se encontrara allí. Los tacones bajos de Maeve van dejando marcas en la hierba a su paso.

—He oído lo que pasó con ese bebé, que estuvisteis cuidándolo para después haber de entregarlo a otra familia. Siento que hayas tenido que pasar por eso. ¿Cómo lo llevas?

—¿Qué? —pregunta Jules.

—Ah, y también he oído decir que os marcháis. Ay, chica, no sé si podría soportar volver a Chelmsford.

Maeve le agarra con una mano firme el antebrazo, pero no parece que realmente se preocupe. La otra mano le cuelga a un lado del cuerpo. Tiene los nudillos morados. A Jules le gustaría decirle que necesita un vendaje. Aparta el brazo.

—Estoy perfectamente bien —responde.

Amber mira al suelo.

—Es terrible —prosigue Maeve con la boca entreabierta—. En fin, solo quería que supieras que espero que estés bien.

Amber da un paso atrás, pero parece que Maeve no se da cuenta.

—Vale. Gracias —dice Jules.

Maeve lanza una mirada a Amber y se aleja. Regresa a su lugar entre las mujeres. Todas se vuelven un instante para curiosear.

—¿De qué iba eso? —pregunta Jules.

—¿A qué te refieres? —exclama Amber.

—Maeve, con sus miraditas y sin dirigirte la palabra.

—Yo tampoco me dirigiría la palabra.

—¿Qué?

Amber baja la voz y susurra:

—He estado viéndome con alguien.

—¿Qué? —A Jules se le escapa una risita.

El autobús se detiene en la parada. Se abren las puertas y los niños se apean, vestidos con sus uniformes marineros de color blanco.

—Hola, cariño —saluda Amber a Colby, que sonríe por toda respuesta, y pasa por delante de ambas camino de la entrada acristalada del complejo residencial.

Jules y Amber se hacen a un lado. Maeve gira a la derecha con las otras mujeres, mientras que las criadas se dispersan en todas las direcciones.

—Con Gavin. He estado viéndome con Gavin, el marido de Maeve —confiesa Amber—. Lo sabe todo el mundo, incluso Tor.

Jules siente la necesidad de soltar un par de tacos en voz alta. Mira a un lado y otro de la calle para asegurarse de que nadie las oye.

—Pero ¿por qué?

—Amo a Gavin.

Jules se aguanta las ganas de exclamar: «¿Ese feo cabrón?». No, mejor debería llamarlo «viejo verde y feo cabrón». ¿Cómo le sentaría a Amber si se enterara de que también se acostaba con su criada?

—¿Cuándo empezó?

—En aquella fiesta que di. Salí a fumar un cigarrillo. Odio fumar, solo lo hago cuando he bebido más vino de la cuenta. Me empotró contra una pared y empezó a besarme.

—Estaba borracho. Todo el mundo lo estaba —objeta Jules, si bien piensa: «Aparte de mí».

—No fue por el alcohol. Hay algo entre nosotros, desde hace mucho tiempo.

—Pero él…

—Tor nos descubrió cuando nos besábamos. Me amenazó con dejarme si continuaba viéndome con Gavin.

Pero seguimos, de todas formas. Venía cuando los niños dormían y Tor estaba fuera. Duró unos días.

—No mucho, entonces —dice Jules. «Algo es algo.»

—Rompió conmigo, me contó que su familia significaba mucho para él. Incluso le habló de mí... a Maeve, me refiero. Se lo confesó todo. Le explicó que yo lo perseguía, aunque él estaba tan deseoso como yo.

—¿Qué le dijo Maeve?

—Que se mantuviera alejado de mí. Fue horrible. Vino una noche a echarme la bronca. Menuda zorra. Mandó un mensaje a Tor en el que se lo contaba todo. —Amber se cruza de brazos y vuelve a descruzarlos—. Después de aquello ni me acercaba a Gavin. Y entonces ocurrió el accidente de Sam. Yo estaba muy mal. Parecía que Tor me culpaba. No me hablaba. Dios, necesitaba a alguien. Envié un mensaje a Gavin para quedar.

—¿Y quedasteis?

Amber asiente.

—Sí, en vez de estar en el hospital. Mientras mi hijo luchaba y se debatía entre la vida y la muerte yo me enrollaba con Gavin en un hotel a diez dólares la noche. Cuando Sam estuvo fuera de peligro, Gavin me dijo que había sido un error, que no quería seguir. Pero yo todavía lo amo.

Jules se pone las manos en la cintura.

—Ay, Amber, ahora te sientes así, pero...

—Tenemos química; no es fácil pasarlo por alto.

—Por el amor de Dios, Amber. ¡También se follaba a Dolly!

—¿Qué? —A Amber le tiembla la barbilla.

—Ay, mierda, lo siento, es que...

—¿Por qué lo has dicho?

—La noche de la fiesta lo vi salir del cuarto de Dolly.

Amber baja la mirada al cemento. Empiezan a andar, lentamente. No hay rastro de Colby.

—¿Estás segura?

—Sí.

Amber está hundida y le cuelga todo, los pechos, los hombros, los carrillos.

—Pensaba que Gavin, que... —Se le quiebra la voz—. ¿Todavía se ve con ella?

—No, a menos que mantengan una relación a distancia.

—¿Qué quieres decir? —Amber mira boquiabierta a Jules.

—Han expulsado a Dolly.

—¿Qué?

—La han deportado.

Amber mira al suelo, le palpita el párpado. Se pone la melena a un lado y empieza a trenzársela frenéticamente.

—¿La han deportado? Pero ¿por qué? ¿Por el accidente?

—Porque estaba... —Jules carraspea—. Porque está embarazada.

Amber se detiene en seco. Cierra sus ojos llenos de lágrimas. Se le escapa un gemido. Se aleja. Jules corre detrás de ella.

—¡Espera!

Jules alcanza a Amber, que tiene los hombros tensos y una expresión severa.

—No creerás que es de Gavin, ¿eh? —pregunta Amber.

—Bueno, es posible.

—Oh, Dios, ese tipo no tiene escrúpulos.

Siguen andando hasta que Amber se detiene y se queda mirando la piscina grande, que, al igual que las otras, está vacía. Un hombre está de pie recogiendo hojas con una red.

—Mi madre tenía razón —suelta Amber.

—¿Qué?

—Cuando era una adolescente me dijo que no era demasiado atractiva.

—¿Que te dijo qué?

—Exactamente: «Mejor que vayas asumiéndolo, porque siempre serás la última de la fila para los hombres».

—Tú no eres así, Amber. Tú eres mejor que todas esas amargadas. Solo que... —Apoya una mano en la espalda de Amber—. Hay otra cosa.

Amber se vuelve para mirar a Jules. La nariz le moquea, y un pegote gelatinoso impacta en el cemento.

—Tala está en mi casa, por un tiempo. Es un asunto complicado —le explica Jules—. Pero bueno, ha perdido su empleo y sin Dolly por aquí... Creo que están arruinadas, Amber.

Amber se sorbe la nariz sonoramente, se saca un pañuelo del bolsillo de los pantalones cortos y empieza a sonarse. Ha estado mordiéndose las uñas, y se le ve toda la piel de alrededor levantada.

—No podía dejar de pensar que si no fuera por Dolly Sam no habría sufrido el accidente —dice Amber—. Apenas si podía mirarla, y cuando lo hacía se me aparecía Sam debajo del coche. Aun así, ella llevaba meses intentando hablarme de Colby.

Las mujeres siguen serpenteando por el camino.

—¿Crees que debería ir a hablar con Tala? —pregunta Amber.

—Yo que tú me esperaría un poco.

—Estoy avergonzada con lo de Gavin. Me ha engañado bien. —Se pone a trenzarse el pelo otra vez.

—No es demasiado tarde para arreglar las cosas con Tor —empieza Jules.

—Tor quiere el divorcio. Pero le he dicho que si se divorcia de mí, me llevaré a los niños.

—¿Le harías eso? ¿Serías tan vengativa?

Amber se deja caer la trenza por la espalda.

—Una madre tiene que mirar siempre por sus hijos, Jules. Y no pienso seguir en un matrimonio sin amor solo para que Tor pueda ver a los niños cada día.

—¿Sin amor? ¿Quieres decir que no amas a Tor?

—Lo seguí hasta aquí. Lo dejé todo por él. Y ahora lo único que tengo son sus comentarios sarcásticos sobre lo estirada que soy... Bueno, y también tengo a mis hijos.

Jules se acuerda de aquel día en la piscina; Maeve a un lado del agua y Amber en el opuesto. Piensa en el modo en que Amber la abordó, casi la acosó, y en el rechazo que le provocó. ¿Lo hizo porque ya no le quedaban amigas?

Amber la coge por el brazo mientras pasean.

—De todas formas, sobre eso de los hijos... —dice—. ¿Cómo te sientes, Jules, después de todo?

—Estoy bien.

—Todavía tienes tiempo.

—No puedo seguir engañándome.

—Si pones empeño en algo al final acabas consiguiéndolo.

—No creo que sea tan sencillo, Amber.

—¿Y adoptar? En fin, cuidaste un bebé, ¿no?

Jules niega con la cabeza.

—Ya te he dicho que estoy bien.

Han llegado a la puerta de Amber, y Jules la mira. Tiene la nariz enrojecida y el párpado sigue palpitándole.

—¿Quieres entrar? —le ofrece Amber.

—Mejor que no. Tengo turno de tarde en la clínica.

Se aleja, al cabo de poco se vuelve y Amber aún está allí de pie, quieta, observándola. Jules le manda un beso con la mano. Los labios de Amber se estiran levemente, y Jules piensa que está sonriendo. Pero los hombros le tiemblan cuando se suena la nariz, y entra en casa.

Jules frena el impulso de ir con ella y sube en el ascensor. Dentro del piso, se arrodilla y saca un libro polvoriento de debajo del sofá. *Formas naturales de aumentar la fertilidad*. Se dirige a la puerta trasera, la abre y sale al rellano, con el libro aún en la mano.

Abre la trampilla de metal que da al conducto de basura y tira por él el libro. Observa cómo desaparece derrapando. Se oye un golpe seco cuando llega al contenedor. Cierra la trampilla, vuelve a entrar en el piso y se pone el uniforme de recepcionista.

*La vida con una asistenta del hogar extranjera*

∽

## Normas esenciales para las empleadas domésticas extranjeras

**Norma 7. Puertas:** Las criadas deben usar la puerta de servicio para entrar en vuestra casa, excepto cuando van con vuestros hijos o el perro.

# 22

Tala camina de un lado a otro por el cuarto de invitados de la señora Jules. Ya ha planteado a la mayoría de las personas para las que trabaja si querrían contratarla como asistenta interna. Todas le han respondido que no. Solo le falta preguntárselo a dos: la señora Jules y la señora Jemima. Enciende el ordenador para asegurarse de que la foto de la caca de Malcolm no ha salido publicada en *El Blog de Vanda*.

Espera, y en la pantalla aparece su fotografía, a contraluz, de forma que su cara es una mancha negra, tiene la correa cogida en una mano y Malcolm está a su lado.

> Otra prueba del mal comportamiento de las criadas en nuestro país. Esta chica fue sorprendida permitiendo que el perro defecara en la acera y se negó a recoger las heces.

Tala se imagina a Malcolm como si fuera un juguete a pilas. Si la señora Jemima ve la foto la echará, y Tala no puede permitirse perder ningún empleo.

Hace días que no publica nada en el blog, pero los dedos se le van, necesita escribir una respuesta. Entra en *La criada bloguera* y mira las estadísticas. 27.801 personas han visitado el blog hasta hoy. Traga saliva, aparta los dedos del teclado. «Pero ¡qué demonios!», se dice, y se pone a escribir

## LA CRIADA BLOGUERA:
### *Qué implica ser una asistenta del hogar*

Perro frente a asistenta

Puede que te arranque una sonrisa el hecho de que tu jefe se compre un chucho como animal de compañía. Quizá en un primer momento te pongas empalagosa como el azúcar, pero muy pronto Fido no será precisamente tu mejor amigo.

Debe de tener alguna explicación científica, pero las señoras siempre escogen perros que se les parecen. Señoras que se pasan mucho tiempo en el cuarto de baño para teñirse su bigote (esa pasta blanca en el labio superior no es espuma de café), bueno, tirarán hacia los terriers galeses. Una señora que vaya siempre vestida de rosa o con encajes optará por un chiguagua, que le cabrá en su bolso Fendi. Y la señora que tenga una gran papada y un carácter competitivo preferirá un bulldog.

¿Sabes cuando vas tres pasos por detrás de tu señora cargada con sus bolsas? Bueno, pues ahora espera a juntar tus dedos en una bolsita de otro tipo, una que tendrá un relleno calentito.

Cuidado con los perros grandes. Porque cuanto más grande sea el perro, más grande será la caca. Lo que te conviene es un perro que vaya estreñido, créeme: si para él es un problema, para ti será una bendición.

Yo he cuidado perros de todo tipo: a Archibald Terence con su halitosis, a Skittles con su aullido agudo, y a Custard Cream, el viejo labrador que solo tenía tres patas. Tendrían que haberlo llamado Trípode. Los he paseado debajo de gotas de lluvia del tamaño de piedras. He recogido cacas suficientes para fertilizar los campos de arroz de Banaue dos veces.

Créeme, puede que te enamores a primera vista del nuevo miembro de la familia, pero cuando la señora que tiene tu pasaporte guardado bajo llave exponga el del chucho en una estantería para que lo vea todo el mundo (sí, las mascotas tienen pasaporte), empezarás a sentir menos apego hacia el perro.

Y cuando la señora te diga que esta noche volverás a cenar una lata de pollo, mientras que Dixie está sentada en su regazo con las orejas echadas hacia atrás y los ojos cerrados al tiempo que su dueña la acaricia con sus manos de uñas pintadas, empezarás a desear tener cuatro patas y disfrutar olisqueando el trasero a los otros chuchos.

Cuidado con el perro, chicas.

Tala clica en «Publicar», se quita las gafas y se dirige al salón.

David está lavando tazas en el fregadero.

—Mierda —suelta David al golpearse la cabeza contra el escurreplatos de encima del fregadero.

—Hola.

David se vuelve mientras se seca las manos con un paño. Da dos pasos hacia atrás. Tala lee lo que pone en su camiseta: «Superdry». Parece cualquier cosa menos «Superseco», con esos dos grandes círculos de sudor en las axilas y una gota en la punta de la nariz.

—Prepararé la cena —dice Tala.

—Iba a comerme un bocadillo.

—No, no. Deje que le prepare algo, he comprado comida.

—No puedo permitirlo. Vienes de trabajar. Además, no tienes por qué.

—Señor, insisto.

—Llámame David.

Dios, sigue equivocándose. Y Tala cocina fatal, pero necesita echar toda la carne en el asador porque su situación es precaria.

—¡Sí que debo! —dice Tala, pero le sale más fuerte de lo que pretendía y su voz resuena.

La puerta se cierra y entra la señora Jules con la camiseta blanca y los pantalones que lleva en la clínica.

—Hola, Tala. —Tiene el ceño fruncido.

Tala se echa a reír.

—Estoy cocinando… Siéntese, siéntese.

Jules se deja caer en el sofá junto a David, y se ponen a hablar en voz baja. Tala saca cacerolas y cubiertos haciendo un buen estrépito. Se le cae un vaso al suelo y se hace añicos. «Cálmate, Tala», se dice, pero no la ayuda. Recoge los fragmentos de cristal afilados y los tira a la basura.

El puré de patata se dora en la sartén. No importa lo

que se esfuerce en machacarlo, no logra que los grumos desaparezcan. En otra cacerola ha hecho pasta rellena de queso. Sirve una cucharada de puré en cada plato y coloca la pasta rellena alrededor, dibujando un círculo.

—¡La cena está servida! —grita, y David y Jules toman asiento a la mesa, obedientes.

Tala les sirve los platos.

—Oh —dice Jules, y de repente añade—: ¿Tú no vas a cenar?

—No, yo...

—Tú cenas con nosotros —sentencia David acercando una silla.

Tala va a la cocina y sirve un pequeño montón de puré y cuatro cuadraditos de pasta en un plato. Se sienta y mastica, tratando de ignorar la consistencia acuosa. El queso fundido, suave e insulso le llena la boca. ¿Quién querría comer esa cosa? David agita el salero. Mastica como si le costara.

—Bueno, sin duda es diferente —dice con una sonrisa.

—No tengo apetito. —Tala se tapa la boca con los dedos y se ríe—. Ya estoy llena.

—Yo también —dice Jules al tiempo que deja el tenedor en el plato.

—¿Está bueno?

—Sí, sí. —David se da unas palmaditas en la barriga.

No parece que haya comido tanto. Tampoco Jules. David carraspea.

—Tenemos que decirte una cosa, Tala.

—¡David! —salta Jules—. Acordamos que esperaríamos —dice ladeando la cabeza.

—Lo que pasa es que... —empieza David—. Me he quedado sin trabajo, así que estaremos aquí solo un par de meses más.

—Pero si prácticamente acaban de llegar —comenta Tala.

—Lo sé, pero... La cuestión es que no podemos ofrecerte un empleo a largo plazo —explica Jules.

—Siento lo de su trabajo, señor. Quiero decir, lo de tu trabajo, David.

Tala mira el puré reseco en los platos. Los retira y se los lleva a la cocina, donde echa las sobras en el cubo de la basura.

Cuando vuelve a la mesa, David se frota la frente y Jules mira fijamente la mesa.

—Siéntate, Tala —le dice.

Se oye el sonido amortiguado de una llamada de Skype. Tala presta atención; procede de su portátil. Va corriendo hasta la habitación de invitados. Es su madre. Al fondo se ve a Mallie chupándose el pulgar y jugando con un Minion de peluche.

—¿Me oyes bien? —grita la madre de Tala.

En la pantalla solo se ve su nariz, está tan cerca...

—¡Sí! —grita Tala como respuesta.

—¡Dolly quiere hablar contigo!

Giran la cámara, que se queda enfocando hacia la mesa, un plátano ennegrecido y una guayaba junto a un vaso medio lleno con algún líquido. La voz de Dolly proviene de un lateral.

—Siento muchísimo que te hayas quedado allí atrapada, Tala. Si no hubiera sido tan estúpida...

—Oh, ¡todo va bien! —responde Tala con un tono tan alto que parece que esté haciendo una prueba para la ópera.

—¿Y Sam? ¿Cómo está? —pregunta Dolly.

—Va mejorando. Al parecer volverá a casa un día de estos.

La cámara se mueve otra vez y aparece la boca de la madre de Tala en primer plano.

—¡Alice ha tenido una niña!

—¡Una bebé! —exclama Tala con la voz aguda propia de las personas de menos de seis meses—. ¿Ha ido todo bien?

—Bueno, la niña está bien. Pero pesó cuatro kilos y medio, así que Alice tendrá que hacer ejercicios para el suelo pélvico como si fuera a competir en las olimpiadas.

Tala cruza las piernas.

—Ya le han puesto nombre. Bunny —dice la madre de Tala.

—¿Bunny? ¿Conejita?

—Es ridículo, Tala. Tienes que hablar con Alice. Quizá a ti te escuche. Es un nombre horroroso para una niña, es una crueldad.

Bunny. De entre todos los nombres que tenían para escoger, ¿van y le ponen el de una máquina de procrear peluda?

—Y esta... —salta de nuevo la madre—. Otro embarazo ¡y todavía no se ha casado!

—¡Mamá! —exclama Dolly.

—Ya me entiendes, ¿qué vamos a hacer, Tala?

—Se nos ocurrirá algo, mamá.

—A ver, puedo entender que se cometa un error, pero dos... Quiero decir, le he dicho a tu hermana...

Tala enciende el ventilador eléctrico y lo acerca al micro.

—¿Qué es eso que se oye, mamá? Se va la voz.

—Decía que tu hermana ha cometido otro error en el asunto de los hombres.

—Esto no va bien, mamá, ¡no oigo nada!

Tala interrumpe la llamada. Tiene que encontrar un trabajo, y pronto. Se levanta y se dobla hacia un lado y hacia el otro, para desentumecerse, como si calentara los músculos para llevar a cabo una gran gesta.

# 23

Tala, sentada en un autobús en el que no cabe ni un alfiler, intenta concentrarse en cómo va a persuadir a la señora Jemima para que la contrate a jornada completa. Abre el bolso y cierra la mano alrededor de la caracola. «Por favor», piensa. Tiene bastante práctica en hablar con el reflejo del cristal.

—Ay señora, limpio muy bien. Piénselo, podría quitarle el polvo cada día —susurra sonriendo—. Oh, qué dulce eres, Malcolm.

Una mujer con aparatos en los dientes se queda mirando a Tala desde la parte delantera del autobús.

«Me envolveré como si fuera un regalo —piensa Tala—. Nada de voz estridente y fruncirá los labios. Me mostraré serena como mi hermana y mantendré el pico cerrado.»

Pero la señora Jemima no es tonta. Una vez le devolvió mal el cambio y Tala le espetó: «¡Faltan cinco dólares!». Por la forma en que la señora Jemima apretó los labios, sabe de sobras que a pesar de que Tala tiene muchas virtudes, la serenidad no es una de ellas.

Tala hace sonar la campanilla y se apea, cruza la calle

y entra en el complejo residencial, con sus bloques de pisos circulares y las palmeras balanceándose al compás de una brisa milagrosa. Apunta la nariz hacia el cielo.

—¿Sí? —El guarda de seguridad se asoma por la ventanilla corredera de un lateral de la caseta de cristal.

—Voy al piso C53 —dice Tala haciendo gala del mejor acento inglés del que es capaz.

—¿A quién sirves?

—¿Qué?

—¿Para quién trabajas?

—Para una persona. —Tala no quiere delatar a la gente para la que trabaja para no buscarles problemas por pagarle en negro.

—¿Cómo se llama?

Tala se acerca una palma al pecho y sonríe.

—Bueno, vengo a ver a la señora Jemima —dice quedamente.

El guarda de seguridad le hace una señal con la mano para que entre. Tala no osa mirar hacia atrás, a sabiendas de que sigue observándola asomado por la ventanilla.

Por fin llega a la recepción del complejo residencial, pasada la fuente y el mural de la mujer con el vestido vaporoso, con un cartel que reza: «Apartamentos de lujo Livia». Se monta en el ascensor, gira la llave en la cerradura y presiona el botón del cuarto piso. Tala aparece en el zaguán de madera de la casa de la señora Jemima, y Malcolm la recibe con su ladrido agudo. No va a buscarla, como suele hacer, sino que arrastra su trasero por la alfombra rosa. La señora Jemima se le acerca con sus pantalones de seda blanca.

—Qué buen truco, Malcolm, perrito lindo. —Tala se fuerza la risa para conseguir que la señora Jemima crea que está loca por Malcolm, tanto como ella misma.

La señora Jemima jamás se había mostrado enfadada con Tala, pero hoy parece estarlo.

—Puedes empezar por el salón —le dice con la boca torcida—. Tengo una llamada internacional.

Tala se dirige al cuarto de la colada y se quita la falda para ponerse lo que ella llama su «uniforme». Enrolla la alfombra peluda y barre el suelo de mármol, después friega toda la estancia. En la cocina usa pulidor y abrillantador, e incluso vacía los armarios y pasa un trapo por dentro.

Se queda media hora más de lo que debería, hasta que la señora Jemima sale de su estudio mirando el reloj dorado que lleva en la muñeca.

—Se te ha pasado la hora —dice.

—No me había dado cuenta —contesta Tala—. Pero, señora, he estado pensando... Estoy buscando otro empleo, bueno, a alguien que me contrate, y me gusta trabajar para usted.

—No necesito a una interna.

—Pero, señora, apenas me vería. Soy muy buena...

—Hay una cosa que quiero comentarte.

Se acomoda en el sofá y da una palmada a su lado. Tala se sienta y, con la espalda recta, mira los tacones de aguja de la señora Jemima hundidos en la alfombra.

—No puedo permitir que Malcolm vaya ensuciando la acera —empieza la señora Jemima.

—¿Qué?

—Dejaste la caca de Malcolm en la acera, no la recogiste.

—Ah.

—Vi la fotografía de Malcolm en *El Blog de Vanda*. Podría echarte.

—Olvidé la bolsa de la caca.

—Tienes que llevarte siempre bolsas cuando sacas a pasear a Malcolm.

—Pero señora...

—No hay peros que valgan, Tala. Y no es la primera vez que pasa.

Una caquita de un chucho. «Ay Dios, no va a echarme por eso, ¿no?» Tala hace lo mejor que sabe y empieza a hablar.

—Hoy he limpiado todos los armarios, señora, con desinfectante; los platos están impolutos.

Se besa los dedos y acto seguido los agita en el aire. Se levanta y va hasta la cocina para abrir un armario con una gran sonrisa en la cara. Hay un frasco de limpiador multiusos vacío y una botella de Ajax, también vacía, junto al cubo de la basura.

—Bien, bueno, muchas gracias, pero...

—Y el fregadero, señora, puede ver su precioso rostro reflejado en él, de tan reluciente como lo he dejado.

—Sí. —La señora Jemima asiente sonriendo.

—Así qué, señora, ¿considerará lo de contratarme?

—No, Tala, no voy a contratarte, me temo.

La señora Jemima coge su bolso del suelo y rebusca hasta dar con su monedero. Tiende hacia Tala un billete de cincuenta.

—Señora, está dándome de más.

—Por el tiempo que has estado limpiando de más —dice, y expande la frente en señal de simpatía.

Tala deja el billete de cincuenta encima de la mesa auxiliar.

—Cógelo —le dice la señora Jemima.

—No necesito limosna, señora.

Tala sale por la puerta, y Malcolm araña la madera cuando se cierra.

Jules llega al lado de una tumbona e intenta inclinarla hacia atrás un poco más. Pero lo único que consigue es hacer ruido. Se limpia las gafas con la toalla, se tumba y se vuelve hacia David, que está a su lado leyendo un libro sobre teorías conspiratorias con la nariz blanca de crema solar de factor cincuenta.

Jules se ha depilado las piernas, y se le ven relucientes, con las rodillas enrojecidas. Coge su libro; solo le quedan veinte páginas para terminarlo. Se toca la nariz y nota el agujero donde llevaba el pendiente, una marca del pasado.

Ahí viene Gavin, vestido con sus pantalones de color caqui deshilachados y una camiseta Ralph Lauren verde guisante anudada alrededor de los hombros, como si fuera un superhéroe. Pero... un momento, ¿tiene un ojo morado? A medida que Gavin se acerca, Jules advierte el círculo azul con los bordes amarillentos en el lado izquierdo de su cara. Su nariz también ha recibido; se acuerda de los nudillos de Maeve.

Gavin, que sin duda ha advertido la presencia de Jules y David, acelera el paso dando grandes zancadas con sus piernas de palillo, centrado en la observación de los parterres floreados que flanquean el camino. Cuando pasa junto a la casa de Amber se tapa la cara con una mano, como si se protegiera del sol.

Jules levanta la vista hacia el cielo. Cómo echa de menos a Khalib. Se pregunta qué debe de estar haciendo en ese momento.

—¿Estás bien? —le pregunta David.

—Siento un vacío, ahora que no está Khalib, pero creo que voy acostumbrándome.

—¿Volvemos a hacerlo?

—¿Acoger? No creo que pueda soportar este dolor otra vez. Además, tendremos que irnos pronto. Como dijiste, no podemos permitirnos pagar el alquiler del piso con mi sueldo como único ingreso.

—En realidad, he descubierto que la empresa tiene que cumplir su contrato; deben pagarme el alquiler hasta fin de año, aunque me hayan echado.

—Así que ¿podemos quedarnos?

—Bueno, me iría bien volver para buscar trabajo.

—Pero puedes hacerlo desde aquí y regresar cuando tengas alguna entrevista. Con mi empleo iremos manteniéndonos.

—¿De verdad quieres que nos quedemos después de todo lo que ha pasado? Es que... ha ido todo bastante mal, hasta el momento. —Se vuelve para mirarla, pero Jules no le ve los ojos a través de sus Ray-Ban.

Tendrá que enfrentarse a todo el mundo, si regresa: a sus amigas, a sus compañeras de trabajo, a su familia. Prefiere quedarse. Solo unos meses más. Eso le dará tiempo para reflexionar sobre qué hacer ahora que se ha esfumado la posibilidad de tener un hijo.

—Sé que nos ha ido mal, pero todavía no me he rendido. —Sonríe a medias.

—¿En serio?

—Quizá sea una locura, pero quiero quedarme un tiempo, eso es todo.

—En fin, si es lo que deseas, nos quedaremos unos meses más —contesta David.

Toma su rostro entre las manos y la besa, Jules reflejada en las lentes de las gafas. Se oyen salpicaduras de agua cuando un niño se tira a la piscina. David reemprende la lectura, y su esposa no le quita los ojos de encima, con sus mejillas rosadas y su pelo de punta.

Jules deja el libro a un lado, se pone las gafas de natación, se acerca a la piscina y se sumerge en ella.


Llaman a la puerta del piso de la señora Jules, y Tala se sobresalta de tal modo que la espalda se le despega de la cama y rebota como si estuviera en un trampolín. ¿Vienen a buscarla? Se queda sentada, pero llaman tres veces más. No va a abrir; después de todo, es una invitada.

Toc, toc, toc. Esta vez golpean con más fuerza, su corazón también. Se levanta y espía por la mirilla. Es la señora Amber; su cabeza y su cuerpo deformados por la lente parecen un Chupa-Chups. Tala abre la puerta.

—Jules me dijo que estabas aquí.

Tala tiene una mano aguantando la puerta y la otra en la cintura.

—No debería haber echado a Dolly —dice Tala.

—No podía seguir con ella en casa después de lo de Sam.

—Pero, señora, no fue culpa suya.

—¿Sabes algo de ella? ¿Está bien? —pregunta la señora Amber, ruborizada, mientras juguetea con un botón de su falda.

—Sí, está bien. —Tala suspira.

—Bueno, me alegro. Ay, Tala, siento mucho haber despedido a Dolly. El accidente no fue culpa suya, ahora soy consciente de ello. Siempre lo he sido, solo que no pensaba con claridad. Estaba muy preocupada por mi hijo.

—Yo... —Tala entorna los ojos, y no puede evitarlo: alarga la mano y acaricia el hombro de la señora Amber—. No se flagele, señora.

—Fui a verte hace un tiempo, de todas formas. A Queenstown.

—¿Qué?

—Hablé con la mujer con la que vivías, la señora Heng.

La vena del cuello de Tala empieza a palpitar; junta las manos. Así que la señora Amber era la mujer bien vestida que había mencionado la señora Heng y no una funcionaria del Ministerio de Trabajo.

—Fui a darte las gracias porque de no haber sido por ti, no habría detenido el coche.

La señora Amber se lanza a los brazos de Tala, y Tala se queda ahí plantada, en el vano de la puerta, con los brazos a los lados. Tala ha perdido el lugar donde vivía por culpa de esa mujer; el pecho se le contrae de la rabia. La señora Amber huele a sudor, pero tiene un niño en el hospital. Tala la rodea con sus brazos y le devuelve el abrazo. La señora Amber resopla y se saca un pañuelo de la manga de la camiseta.

—¿Cómo está su hijo? —pregunta Tala.

El panel digital del ascensor marca el cuatro, luego el uno y finalmente la B.

—Mañana lo traeremos a casa. —La señora Amber retrocede unos pasos—. Estoy segura de que me dirás que no, pero… En fin, la cuestión es que he sabido por Jules que buscas trabajo, y mi marido y yo estamos separándonos, así que necesitaremos a alguien, y me siento muy mal por lo que le hice a Dolly.

Vaya, se divorciarán. ¿Es por lo del accidente? Pero si se separaran también habría un puesto para Dolly, en la casa del señor Tor. La señora Amber empieza a temblar ligeramente. Se muerde el labio inferior.

—Y solo quería decirte otra cosa. No espero que duermas en aquel cuartucho. Si accedes a trabajar para mí, te prepararé yo misma la cama del cuarto de invitados. La ventana da al patio trasero.

—Ya la prepararé yo —responde Tala.

Así podrá descubrir si la señora Amber es la autora de *El Blog de Vanda*.

—¿Empezarías mañana? —pregunta la señora Amber.

Tala asiente, y mira a la señora Amber mientras esta llama al ascensor.

Dios, Tala habría accedido a empezar ese mismo día si la señora Amber se lo hubiera pedido.

— EL BLOG DE VANDA —
*La vida con una asistenta del hogar extranjera*

∽

## Normas esenciales para las empleadas domésticas extranjeras

**Norma 8. Toque de queda:** Es aconsejable establecer una hora límite si la criada tiene un día libre. Después de todo, no querréis que al día siguiente esté cansada o tenga resaca.

# 24

Tala tiene una habitación para ella sola en el sótano de la señora Amber y el señor Tor, es un gran dormitorio con suelo de madera y puertas de cristal que da a un patio cercado con una planta con flores rojas que crece en un parterre en el centro de las baldosas. Hay un pequeño pasillo que lleva a un cuarto de baño sin ventanas que cuenta con una ducha con mampara alicatada con baldosas de mármol beige. La señora Amber y el señor Tor han vivido juntos mientras buscaban un piso para cada uno. Falta menos de una semana para que cada cual vaya a su nuevo hogar. Tala esperaba que la señora Amber saltara en cualquier momento con que no era buena idea que viviera ahí abajo y que tenía que trasladarse al refugio antiaéreo, pero no ha sucedido. Sin embargo, Tala no ha deshecho el equipaje. Toda su ropa sigue cuidadosamente doblada en el bolsón, y el cepillo de dientes, el jabón y el cepillo para el pelo están envueltos en una toallita junto al lavamanos. El portátil descansa encima de la cama. Solo ha publicado un artículo desde que vive ahí. «Toque de queda o largarse», lo tituló. Trataba de que muchas veces los jefes pretenden que las criadas vuelvan a cierta hora a casa el día que tienen libre. «Se supone que es un día libre, no solo diez horas», escribió Tala. Es un poco arriesgado, pero solo Rita sabe que la autora de *La criada bloguera* es ella. Por lo menos mientras siga manteniendo el secreto.

Mira el despertador digital que tiene en la mesilla de noche junto a la cama doble. Es hora de ir a recoger a los niños a la parada del autobús. Tala va al piso de arriba y abre la puerta de la entrada. Se calza las chanclas, que siempre deja fuera para que se aireen.

Dobla por el camino de acceso, donde algún animal que Tala no ve mueve las hojas de las plantas que la flanquean. Hay un grupo de mujeres en la entrada y tres asistentas domésticas están sentadas en el murete que está debajo de la caseta de cristal. Detrás de ellas, un aspersor rocía con agua los lirios y las orquídeas moradas. Dos mujeres occidentales están de pie mirándose entre sí. Una de ellas se ha desprendido de una de sus Birkenstock de color bronce y desliza su talón descalzo por una roca.

Las chanclas de Tala pasan por delante de todas ellas. Se dirige a la calle, donde el autobús se detendrá. Ahí viene, un autobús de un piso con rostros borrosos atisbando a través de las ventanillas. Se detiene en la parada, y el conductor se despide de todos los niños a medida que bajan la escalera. A Tala le entran ganas de decirles que den las gracias al conductor. Y de repente, como si le hubiera leído el pensamiento, una niña con dos trenzas dice: «¡Gracias!».

Sam es el primero de sus críos en salir. Ve a Tala y sonríe, con la cicatriz rosada que le cruza la frente; solo han pasado dos meses desde el accidente. Es el segundo día que va al colegio. Tala levanta una ceja y mueve un dedo en el aire.

—¡Oh! —dice Sam, y vuelve atrás—. ¡Gracias, señor!

Tala y Sam se quedan esperando, con las manos entrelazadas, con la piel pegajosa en un sándwich sudoroso. Las criadas y las madres están apiñadas, algunas cogen de la mano a niños vestidos con su uniforme verde de cuadros. Una criada se fija en Tala, pero enseguida aparta la mirada. Otra, Lydia, no puede dejar de observarla ni de sonreír. Le da un golpecito suave en el brazo con el puño cerrado cuando pasa por su lado.

—Estás enfadada con el mundo, Tala. Me encanta.

Tala, con los ojos como platos, mira a Sam, que tira de su brazo mientras arrastra la punta de una sandalia por el cemento.

—¿A qué te refieres? —susurra Tala en el oído de Lydia.

—Eres tú —responde, y no precisamente en voz baja—. Tú eres la Criada Bloguera.

—Pero ¿qué...?

—Rita me lo contó. ¡No sabe guardar secretos!

Tala contiene el aliento y se tapa la boca. Mira a su alrededor y repara en que las demás mujeres filipinas están mirándola, y todas tienen una sonrisita tonta dibujada en la cara. Tala despega los labios, todavía cubiertos con los dedos. Es solo cuestión de tiempo que el Ministerio de Trabajo la descubra. «Ay no, por favor.»

Taconea nerviosamente. ¿Dónde está Colby? No es que tenga que llevarlo de la mano los pocos metros que separan la parada de la entrada del complejo residencial, pero Tala necesita por todos los medios conservar ese empleo. Aunque si todo el mundo sabe que es la autora de *La criada bloguera* hay bastantes posibilidades de que la señora Amber también se entere, y con todo lo que escribió sobre cómo trató a Dolly... Tala agarra con más fuerza la mano de Sam.

—¡Me haces daño! —exclama el niño.

—¿Cuándo piensa apearse ese chico? —espeta Tala hacia nadie en particular.

Ahora todas las criadas se van dispersando sin dejar de mirarla.

—Chico, ¡espabílate, *lah*! —dice el conductor.

Colby baja la escalera con el ceño fruncido. *Ay nako!* Necesitará un poco de disciplina para suavizar ese carácter suyo tan susceptible.

—Lo siento —se disculpa Tala con el conductor con una mano en la cintura.

—¡No es culpa de usted, señora! —El hombre sonríe y las puertas se cierran.

«¿Señora?» El hombre es más o menos de su edad ¿y la llama «señora»? Todo ese lío ha provocado que le salieran más canas de las que creía.

—¿Por qué no puede venir mi madre a recogerme? —lloriquea Colby.

—No lo sé.

El crío tira al suelo su mochila y empieza a andar. Es una mochila azul atravesada por una gruesa raya verde. Tala se detiene delante de la mochila y se cruza de brazos.

—¡Oye, muchacho, recoge la mochila!

Colby ni se vuelve para mirar.

—¡Muchacho! —Su voz resuena por los balcones.

Colby se detiene.

—La recoges tú —responde—. Eres mi criada.

—Si no recoges tu mochila se quedará aquí.

Tala descruza los brazos y avanza a grandes zancadas con Sam corriendo a su lado como si alguien hubiera accionado el botón de avance rápido.

Colby se queda boquiabierto. Tala sonríe y sigue adelante, esquivando la membrana que ha tejido una oruga en un árbol. Se vuelve para ver que Colby está colocándose las tiras de la mochila en el ángulo del brazo con expresión airada, la barbilla arrugada del enfado.

Tala aminora el paso de forma que para cuando ha alcanzado la puerta Colby solo va a un metro por detrás de ella. Sam entra, seguido por su hermano, que la mira y deja caer la mochila a sus pies.

Tala chasca sonoramente la lengua y se dirige a la cocina para preparar la cena.


La señora Amber observa a Tala mientras esta espolvorea cilantro encima del mejunje de coco y lo sirve. Huele a pollo asado y a limón. La familia ya ha rebajado sus expectativas culinarias, especialmente el señor Tor, desde que el otro día Tala convirtiera su plato favorito, el solomillo, en una suela de zapato.

«¿Quién iba a pensar que el pollo podía salpicar tanto?», se pregunta Tala mientras se quita de la frente las gotitas de grasa con el reverso de la mano. Ha echado los trozos en la sartén, y el aceite ha espurreado de tal forma que ha cubierto con una pátina grasienta la campana extractora, la encimera e incluso el carrito de la otra punta de la cocina. Hasta el momento, Tala ha llegado a preparar cordero con textura de caucho, pescado chamuscado y costillas de cerdo rompedoras de dientes. Es una cocinera pésima, y con casi cincuenta años (cielos, no puede ni pensar en ese número tan alto) ya no podrá cambiar.

—Veo que hay pollo para cenar —dice la señora Amber, y Tala sigue su mirada hasta la piscina de aceite en que ha convertido la sartén.

Los dos niños y sus padres se sientan alrededor de la mesa colocados como si se tratara de la última cena. La señora Amber arruga la nariz. Colby parece que esté hincando el diente a un trozo de goma. Se saca una bola de la boca y la deja a un lado del plato. El señor Tor se come el arroz de la guarnición, que se le cuela por el tenedor.

—¿Has oído las novedades? —pregunta el señor Tor.

—No —responde Amber.

—Gavin y Maeve se mudan a Malasia.

El tenedor empieza a temblar en la mano de la señora Amber y un pedazo de pollo se le cae en el plato haciendo salpicar la salsa.

—¡Adiós muy buenas!, ¿no? —dice el señor Tor.

La señora Amber tiene la respiración acelerada.

—¿Dónde está Malasia? —pregunta Sam. No hay duda de que está recuperando el oído.

—Come y calla —le espeta la señora Amber por toda respuesta.

—Está malísimo —se queja Colby—. Ojalá volviera Dolly.

El señor Tor y la señora Amber intercambian una mirada.

—Ya no trabaja para nosotros porque me enfadé con ella —explica la señora Amber.

—Pero ¿por qué? —pregunta Sam.

—Porque... —Su madre suelta el tenedor, que resuena al chocar contra el plato—. Porque me equivoqué con algo. Se fue por mi culpa, y lo siento mucho.

—Por cierto, la agencia de empleo nos ha mandado la factura del vuelo —interviene el señor Tor.

Amber se queda cabizbaja. Cuando el señor Tor ve a Tala acercarse carraspea.

Tala finge que no los ha oído. Ahora está junto a la mesa sosteniendo una bandeja rectangular repleta de bebidas. Uno de los vasos tambaleantes se derrama y mancha con vino tinto los pantalones del señor Tor. Se oye un estrépito de sillas que se arrastran, y el señor Tor y la señora Amber se miran su respectivo regazo.

—No te preocupes, Tala —dice la señora Amber. Colby se queda perplejo, con el tenedor a medio camino de la boca—. Puede pasarle a cualquiera —añade mientras limpia la entrepierna del señor Tor con una servilleta de papel, lo que deja un rastro rojo en la tela de su pantalón.

—Mira, papá, te ha venido la regla —dice Colby disimulando una risita.

La señora Amber le aparta la mano que tiene delante de la boca, de tal forma que el codo pierde su apoyo en la mesa y el chico se golpea el brazo.

—Lo siento mucho, señor —se disculpa Tala, y entonces se acuerda de que la señora Amber le pidió que no volviera a llamarlos «señor» y «señora»—. Quiero decir, Tor —se corrige, para acto seguido correr hacia la cocina con la bandeja inundada.

—No hay problema —contesta el señor Tor, y carraspea.

Vuelven a sentarse como si no hubiera sucedido nada, sin comentar el curri recocido que Tala ha tardado tres horas en cocinar.

—No entiendo por qué no trabajaba como interna antes —dice el señor Tor entre dientes.

La señora Amber se da la vuelta tapándose la boca. Está riendo, y por un momento parece que las cosas entre ella y su esposo se hayan arreglado. Pero el hechizo se rompe.

—¿Es esta hora? —exclama el señor Tor mirando el reloj. Se levanta de golpe—. Tengo trabajo que hacer.

Baja la escalera a toda prisa hacia su estudio. La señora Amber se queda ahí sentada, con las manos con las uñas pintadas de rosa planas encima de la mesa. Tala la observa desde la cocina. El único sonido que se oye en la estancia es el tintineo que Colby hace al golpear su vaso con el tenedor, hasta que la señora Amber le coge los dedos, paciente, en silencio.

# 25

*Cuatro meses después*

La gran barriga de Dolly está cubierta con un trozo de tela de algodón. Mallie está sentada en un rincón de la habitación, mirándola. El ventilador gira encima de la mesa. El suelo de piedra está cubierto con libros infantiles, y en la pared hay colgado un cuadro plateado con tres ramas de árbol y unas líneas azules detrás que representan el mar. Marlon lo pintó en un trozo de madera. La comadrona, Cassandra, presiona con una mano el vientre de Dolly.

—La niña está colocada en posición podálica —dice. Tres pelos rebeldes emergen de su barbilla—. Tendrás que parir en el hospital si no se gira.

—Queda un mes entero, se girará —responde Dolly.

La camiseta de fútbol que Mallie lleva le va dos tallas grande. Dolly abre la puerta para Cassandra y la comadrona se va. Mamá anda tambaleante al fondo. Mallie hace rodar una pelota por el suelo con un pie.

—¿Estás contenta de tener una hermanita?

Mallie se encoge de hombros. La bebé se va a girar, debe hacerlo. Dolly no tendrá que ir al hospital. Mallie sale por la puerta, que se cierra tras ella.

La señora Amber le ingresó sesenta mil pesos en la

cuenta hace cuatro meses. También le mandó una carta en la que le pedía perdón por haberla tratado tan mal, por todos aquellos gritos e insultos. Por suerte, Sam no sufre secuelas del accidente, excepto por la leve sordera y una cicatriz en la frente y otra detrás de la oreja. Dolly escribió a la señora Amber en respuesta e incluyó en el sobre una carta para Sam y Colby. Los echa de menos, la vocecita de Sam y la forma en que Colby la necesitaba. La señora Amber le contó que Colby está siguiendo un tratamiento, así que parece que ha dejado de engañarse a sí misma. Dolly está invirtiendo el dinero en comprar los ingredientes con los que elabora los pasteles que vende en el otro lado de la calle. Está esforzándose mucho para que el puesto funcione; todavía tiene la ilusión de abrir su propia pastelería, aunque por el momento no está obteniendo muchos beneficios. No piensa despilfarrar todo el dinero que le queda pariendo en el hospital; no puede permitírselo.

Sale de la casa. Mamá está tendiendo la colada en una cuerda tensada entre el tejado y una palmera. Mallie le va pasando las prendas a su abuela y esta las sujeta con pinzas. Dolly cruza las baldosas de terracota y el camino polvoriento.

—Chica, ¿adónde vas en tu estado?

—A comprar más ingredientes para hacer pasteles.

—Deberías tumbarte a descansar.

Dolly tiende la mano a Mallie, pero ella se limita a ladear la cabeza y sonreír.

—¿Quieres venir conmigo?

—Me quedo aquí —responde Mallie, y le dice adiós con la mano.

Así que Dolly sigue andando con sus pies hinchados, deslizándose en las chanclas. Hay escalones excavados en la colina. El azul del cielo es oscuro.

Oye unos pasos que se le acercan por detrás, se vuelve y ve a Mallie corriendo hacia ella. Los dedos rechonchos de Mallie se cuelan en su mano. Siguen andando. Mallie levanta la mirada para ver a su madre. Cruzan el sendero, baja agua verdosa por entre los árboles. Un hombre va de pie en una balsa, remando con un palo de madera muy largo. Las ramas arañan la piel de Dolly; sigue sin soltar la mano de Mallie.

Cuando llegan a la carretera, un montón de cables cuelgan enmarañados en lo alto. Pasan por delante de la iglesia blanca con sus columnas y sus muros con rejas. Un varano serpentea por la cuneta. Un hombre montado en una motocicleta roja con sidecar deja una estela de ruido.

Pasan mujeres con camisetas de distintos colores. Un hombre se levanta su camisa marrón y se rasca su abultada panza. Rebasan una camioneta abandonada con un cartel que reza: «Hielo», y un muro construido con bloques de hormigón. Hay una tienda cerrada, y una chica con los brazos cruzados enfrente de un quad de color azul. Por fin llegan al supermercado, con sus carritos y una canasta de baloncesto en el exterior.

Se adentran en las luces y la música electrónica. Dolly va señalando productos de los estantes, un gran bloque de mantequilla amarilla y un paquete de harina. Mallie va metiéndolos en el cesto de plástico.

Vuelven a casa andando por la carretera repleta de gente que va hablando, susurrando y riendo. El asfalto se convierte en piedras y más adelante en arena. Los pies se les llenan de polvo.

Una vez en casa, se ponen a trabajar en la mesa redonda con chapas de metal del patio. Las manos de Mallie no tardan en ensuciarse de harina y mantequilla. Tiene manchas amarillas en la nariz, la barbilla y el pelo. Meten la bandeja en el horno y enseguida les llega el olor. Mallie se relame.

—Vamos a abrir el horno para ver —dice.

Pero Dolly niega con la cabeza y confía en que el pastel está subiendo. Su horno no cuenta con una puerta de cristal como el de la señora Amber.

Tala tendrá que quedarse allí hasta que Dolly empiece a ganar una cantidad decente de dinero o vuelva a cruzar el océano para trabajar de criada de nuevo. Tala sigue con su blog, un artículo detrás de otro que abordan temas que van desde cómo superar la nostalgia del hogar hasta desmentir el mito de la criada feliz. Dolly sospecha que su hermana cada vez finge menos ser otra persona cuando escribe. Si la descubren la deportarán, razón de más para que Dolly no malgaste el dinero que la señora Amber le dio. Parir no es tan difícil. Dolly puede hacerlo sin necesidad de pagar asistencia médica.

Abre la puerta del horno y ofrece un cuchillo a Mallie. La niña introduce la hoja en el pastel y esta sale limpia. Dolly usa un plato para desmoldarlo. El pastel todavía humea.

—Qué bien huele —declara Mallie—. ¿Puedo comer un trozo?

—Todavía no, te dolería la tripa.

Sin embargo, Dolly corta una rebanada y se la ofrece a su hija. La coge entre sus brazos y se quedan ahí de pie, balanceándose, con la bebé dentro de su vientre entre las dos.


Jules se pone de rodillas y ajusta la configuración de la cámara. Se hace a un lado cuando Sam pasa en su moto azul con una mirada de determinación en el rostro. Observa la foto que acaba de tomar. Las curvas de madera del puente de Henderson Waves han quedado desenfocadas al fondo, justo como pretendía. Están a más de treinta metros sobre el suelo, andando por las planchas onduladas de madera. Cada pocos metros, a lo largo del puente van encontrándose con recovecos cubiertos por un techo estriado y un banco de madera. A un lado, Jules advierte una caseta hecha con ramas. Sam está ahora junto a ella, puede notar su aliento cálido en la oreja.

—Me gusta esta —dice el niño.

Jules mira la pequeña pantalla y va pasando imágenes. Trata de dominar la fotografía en movimiento, pero la foto de calle sigue siendo su favorita, pillar a la gente desprevenida. Se levanta y dirige el objetivo hacia Sam, que está embobado.

Sam vuelve a montarse en su moto y empieza a dar vueltas. Los tablones de madera del puente forman una pared ondulada ahora, y Jules se apoya en ella. Las copas verdes de los árboles danzas a sus espaldas. Enfrente de Jules, emergen bloques de pisos de color crema. El puente sigue serpenteando al frente.

Colby y Amber están acercándose. Colby se desliza con sus patines en línea, cogido de la mano de su madre. Pierde el equilibrio y hace tambalear a Amber, que lo estabiliza tirándole del brazo. Jules les saca fotos a medida que se aproximan. Amber va calzada con unas sandalias planas adornadas con cuentas y un vestidito de color verde ceñido con un cinturón. Lleva el pelo corto, una media melena rizada y voluminosa que le da el aspecto de un micrófono antiguo. Algunos rizos húmedos le caen por la frente. Colby se zafa de su madre y esta acelera el paso. Pasa zumbando junto a Jules, y Sam empieza a pedalear detrás de su hermano.

—¡No vayáis demasiado lejos! —les advierte Amber.

—¿Cómo estáis Tor y tú? —pregunta Jules.

—Bien, o eso creo. Hubo un momento en que me planteé volver a Chicago, pero las cosas han mejorado ahora que me he mudado a otro piso. Tenías razón, Jules, no podía alejarlos de Tor.

Las dos mujeres siguen andando.

—Me siento muy aliviada de que Gavin y Maeve se hayan ido —sigue Amber—. Fui una imbécil, y lamento todo lo ocurrido... Creía que estaba enamorada de él, pero en realidad solo me halagaba que alguien se sintiera atraído por mí.

—Estabas muy frágil en esa época, Amber. ¿Cómo estás ahora? —pregunta Jules.

—Bueno, dejar los antidepresivos me daba bastante miedo, pero vaya, aquí estoy. Incluso me siento más centrada, menos inestable. Pero reconozco que necesitaba tomarlos; cuando ocurrió el accidente estaba muy mal, y me porté fatal con Dolly. No quiero ni imaginarme cuánto peor habría sido de no haberme medicado.

—¿Has recibido noticias de la policía? —le pregunta Jules después de aclararse la voz.

—¿Porque rebasaba el límite de alcoholemia, te refieres? Me dijeron que iría a juicio, pero no sé nada más.

—¿Qué harás a partir de ahora?

—Sigo mis rutinas. Las trabajos de la fundación, los niños. Incluso probaré a hacer de profesora. Necesito volver a trabajar.

—¿Ah, sí?

—Los profesores de matemáticas están muy solicitados. Me contratarán sin problema en uno de esos centros Kumon.

—¿Y Colby?

—Tenemos cita con el especialista la semana que viene.

—Parece que le va muy bien.

—Sí, de momento sí... Ay, Jules, ojalá pudieras quedarte. Me paso la vida despidiéndome de la gente.

—Bueno, todavía no me voy.

Amber sonríe, le acaricia el brazo a Jules y arranca a trotar. Se detiene junto a sus hijos, y los tres observan lo apretadas que están las copas de los árboles.

Jules se acerca, levanta la cámara y dispara. Protegiendo la pantalla de la luz, mira la foto que ha sacado. Se intuye una sonrisa en la cara de Amber. Tiene las mejillas rosadas y brillantes, no lleva ni una pizca de maquillaje.

—¡Venga, Jules! —la llama Amber—. Aún nos quedan unos cuantos kilómetros.

Amber se agacha, se desabrocha las sandalias y saca un par de zapatillas negras del bolso. Se las calza y echa a correr detrás de Colby y Sam, que han avanzado mucho sobre sus ruedas. Jules los sigue a la carrera, con la cámara repicándole en el pecho como si fuera el latido de su corazón.

*La vida con una asistenta del hogar extranjera*

∽

### Criadas: 20 indicios de gandulería

La Criada Bloguera se las da de ser la voz de miles de mujeres que trabajan como asistentas en nuestro país. Dice que no tienen suficientes derechos a pesar de que son unas trabajadoras excelentes. Bueno, pues sé por experiencia propia que ¡la mayoría de esas mujeres son más vagas que las mantas!

# 26

La señora Amber ahora vive con Tala y los niños en ese viejo complejo residencial con ventiladores de techo en vez de aparatos de aire acondicionado. Las columnas de la planta baja están descoloridas, la pintura azul se descascarilla y la piscina tiene forma de concha. Tala vuelve a dormir en un refugio antiaéreo sin ventanas, y la cama individual está encajada entre dos paredes, que están llenas de sus cosas: los pósteres, la cruz, un mural cuajado de fotografías.

Sentada en su cama con los pies apoyados en el suelo de baldosas, Tala enciende el ordenador. Uf, está que arde. Entra en su blog. Era consciente de que le convendría dejar de publicar al menos por un tiempo desde que la mayoría de sus conocidas se enteraron de que ella era la Criada Bloguera, pero su viejo portátil la miraba fijamente cada noche, con toda esa basura que Vanda vomita. Y se animó a seguir adelante. Muchas amigas suyas le habían contado su experiencia como asistentas del hogar, y Tala las había publicado sin mencionar los nombres en *La criada bloguera*. Habla de temas que conciernen a miles de criadas que trabajan casi como esclavas por todo el mundo, e incluso escribió un artículo sobre Aidha, una organización con sede en Singapur que se dedica a enseñar a las asistentas nociones de economía para que emprendan su propio negocio.

Consulta la página de inicio de su blog, todo eso de por qué empezó a escribirlo y demás. Mira las estadísticas. Mientras tiene la página abierta, las visitas siguen subiendo: 97.501, 97.502. Se pregunta si le habrá entrado una especie de virus en el blog.

¿Qué tiene que decir Vanda al respecto? Tala clica en ese blog. Vanda ha cambiado el tema: unas ramas de cerezo repletas de flores que le suena vagamente. «Uy, pero fíjate, si dice que las asistentas domésticas son unas mantas.»

Un momento... «¿Vagas como mantas?» ¿Vanda ya había usado antes esa expresión? Parece una expresión propia de la señora Heng. Tala mira la foto de la portada y se acuerda del cuadro del cerezo florido pintado en una baldosa con el que se topó cuando buscaba su pasaporte y el ordenador en el escritorio de la señora Heng. En la esquina del cuadro advierte el pegote de pintura rosa en el que se fijó aquel día, prueba del poco talento artístico de la señora Heng.

Tala se queda sin aliento, el corazón le late a toda velocidad. «¿La señora Heng?»

En los quince años que lleva viviendo en Singapur, Tala no ha tenido frío ni una sola vez, pero ahora le tiembla todo el cuerpo. El café de la marca Illy que la señora Heng guardaba en el estante de arriba... ¿acaso Vanda no usaba esa misma marca? ¿Cómo es que Tala no reparó antes en ese coincidencia?

Aquel cuaderno que tenía Tala con todos esos detalles sobre sus amigas, sus nombres y el número de sus permisos de trabajo, todas esas pruebas que guardaba por si algún día tenía que ayudarlas… De repente es consciente de que si Vanda es, en efecto, la señora Heng, era de Tala de quien conseguía toda la información. *Ay nako!* No ha sido solo Vanda quien ha arruinado la vida a todas esas mujeres, Tala también ha participado.

Ella que se creía una especie de salvadora… Apoya la cabeza entre las manos. A algunas de esas mujeres las han deportado por culpa de Vanda, y por culpa de Tala. La señora Heng ya debía de husmear entre sus cosas mucho antes de haberle quitado el ordenador.

Tala se conecta en WordPress, clica en el lápiz de la esquina superior y empieza a escribir un nuevo artículo. Le lleva mucho tiempo expresar lo que quiere decir, sobre todo porque escribe con un solo dedo, pero por fin lo consigue. Cuenta que la señora Heng dejaba que Tala trabajara para otras personas, aunque en los papeles para el ministerio constara ella como única contratante, y explica que le robó el ordenador para chantajearla. Tala revela hasta el último detalle, cómo se escarbaba los dientes y se hacía la pedicura, y todas las cosas malas que su hija decía de ella a sus espaldas. Tala publica también su nombre completo y su dirección.

Relee el artículo mientras el pecho le hierve como una tetera eléctrica. Sabe que no debería hacerlo, que eso le acarreará problemas incluso más graves, pero todo ha sido culpa de Tala y de la señora Heng y es momento de pagar por ello. Tala le pone un título: «Veronica Heng es Vanda».

Clica en «Publicar» y espera. Ay Dios, empiezan a aparecer más estrellas en la pantalla junto a lo que Tala acaba de escribir. Parece que el artículo está recibiendo un montón de «me gusta» provenientes de todo el mundo.

Empieza por la noche. Esa vez a Dolly no le baja agua por las piernas como en su primer parto, solo nota unos pinchazos que la obligan a tumbarse. Su madre se acerca con una taza de algo caliente en la mano y Dolly se vuelve en la cama hacia el otro lado.

Hasta que las contracciones no son más seguidas y la sábana se mancha de sangre su madre no empieza a inquietarse.

—Ay Dios mío —dice santiguándose—. Esto no va bien. ¿Qué vamos a hacer?

Mallie se ha metido el pulgar en la boca y mira a su *lola*. Y Dolly intenta sonreír a su hija, a pesar del sudor, a pesar de que se siente como si hubiera bebido más Red Horse de la cuenta.

—No, no, esto no va bien —repite la madre de Dolly mirándola—. No va nada bien.

Mallie se sienta en la cama junto a Dolly y cubre la sangre con una toalla.

—Te pondrás bien, mamá, ya lo verás —le dice.

Dolly se esfuerza por sonreír otra vez, pero el dolor la hace doblarse, la envuelve. Se tapa la cara, contiene la respiración.

—Mallie, ve al pueblo a buscar a Cassandra —ordena la abuela.

—¡No! —grita Dolly.

—Sí —sentencia su madre.

Mallie se va y Dolly se queda mirando la puerta. Pasa mucho tiempo antes de que Mallie vuelva a asomar por ella, pero cuando lo hace Cassandra la acompaña.

Cassandra mete la mano entre las piernas de Dolly. Mira a alguien que está detrás de ella («¿Mamá?», se pregunta Dolly), y dice:

—Tiene que ir al hospital.

—No pienso ir al hospital.

—Esta niña tiene que salir, pero no puede hacerlo sola.

—¡Sí! —exclama Dolly.

—Tienes sesenta mil pesos en el banco. Bastarán para cubrir los gastos —dice su madre.

Pero el dinero que la señora Amber le dio es para la pastelería. Dolly piensa en estantes para los pasteles, el suelo espolvoreado de harina. La imagen se desvanece. El techo le da vueltas, y ella va hacia abajo, abajo, y el dolor no la deja respirar. Lo único que puede hacer es empujar; tendría que ser así de simple.

—¿Quieres morir en esta casa? —le espeta su madre.

—Puedo hacerlo —insiste Dolly.

—No, no puedes —afirma Cassandra.

—Ya lo creo que sí.

Otra contracción le recorre el cuerpo. Echa la cabeza hacia atrás, abre la boca, pero no sale ningún grito. Se oye un motor fuera; está cerca y acelera. Las mujeres rodean a Dolly y la levantan. Lo último que ve antes de salir es a Mallie con las manos juntas murmurando una oración.

Dolly se sienta en la parte trasera del quad y se aferra de la cintura de alguien que tiene una melena oscura y larga. El pelo se le mete en la boca; huele a champú, a limpio, y eso la reconforta. La cabeza de Dolly se balancea y golpea contra la espalda de la conductora y le duelen las manos de agarrarse con tanta fuerza.

Una enfermera con una diadema que le recoge el pelo hacia atrás lleva a Dolly en una camilla. Hay otras mujeres en la estancia, con las piernas abiertas, una está a cuatro patas. La enfermera examina a Dolly, la examina por dentro, y la camilla avanza, hay líneas de luz en el techo y pasan de largo carteles, tan rápido que no puede leerlos. Forcejea para levantarse de la camilla, pero un brazo se lo

346

impide, y el dolor la parte en dos, la quema. Intenta luchar. Trata de empujar, abre las piernas, pero lo único que siente es dolor, un dolor que surge de todos los poros de su cuerpo. El corazón le late en los oídos y le ponen algo en la boca. Nota un pinchazo en el brazo.

Mallie y ella se conocen de hace apenas unos meses, unos meses llenos de pasteles, de juegos en el polvo, unos meses en que Dolly ha puesto sumas a Mallie para que las resolviera. Y ahora Dolly siente que va a morir. No oye llorar al bebé. No oye nada excepto el débil latido de su corazón, y de repente, nada.

# 27

Al día siguiente el olor a revoltillo chamuscado persiste en el apartamento. Las dotes culinarias de Tala han mejorado levemente desde que empezó a trabajar para la señora Amber, pero de vez en cuando todavía perpetra algún que otro desastre. Tala ya ha metido sus cosas en el bolsón. Ya se arrepiente de haber descubierto que Vanda es en realidad la señora Heng. «¡Siempre has de tener la última palabra, Tala! ¡Siempre!», le diría su madre.

Tala asoma la cabeza por la puerta del dormitorio. Los niños están apretujados en el sofá mirando una película que va sobre un crío con gafas redondas que vuela a lomos de un pájaro enorme. Tala desearía que ese gran pájaro fuera a recogerla y se la llevara muy lejos; menuda *tanga* está hecha. Se oye a alguien gritar desde fuera:

—Esto es una propiedad privada, ¡fuera de aquí!

Tala se abrocha el botón de sus pantalones rojos, sale de la habitación y observa a través de las cortinas de hilo. Hay un grupo de gente dándose empujones ahí abajo, con las gafas caladas en la nariz y cuadernos en la mano. Un guardia de seguridad los empuja hacia atrás, escalera abajo, hacia el exterior del edificio. Uno de ellos está peligrosamente cerca de la piscina; quizá se caiga y ponga en remojo esa camisa con su corbata azul.

—¡Fuera! —grita el guardia de seguridad. Parece que lo está disfrutando.

Tala se asegura de que la puerta de la entrada está bien cerrada con llave. Alguien en el otro lado llama con los nudillos.

—Queremos hablar contigo. Eres la autora de *La criada bloguera*, ¿verdad?

A Tala se le parte en dos el corazón y empieza a latirle en las sienes.

Por supuesto, sabía que la señora Heng avisaría a la prensa después de leer el artículo en su blog. La señora Heng deduciría que Tala es la Criada Bloguera, pues nadie aparte de ella puede conocer tantos detalles íntimos de la vida de la vieja. Puede que la señora Heng incluso cobre algo de algún periódico. Dios, todo ese tiempo leyendo *El Blog de Vanda* y Tala no se había dado cuenta de que era la señora Heng quien escribía esos artículos envenenados. Quería que la señora Heng experimentara lo que significa estar expuesta, como hizo ella con las amigas de Tala. Deseaba que sintiera la conmoción que supone. Y ahora le ha llegado el turno a ella.

Se oye un golpe sordo en la puerta, como si alguien le hubiera dado una patada. No tardará en llegar alguien del Ministerio de Trabajo para escoltar a Tala hasta el aeropuerto, después de todas esas cosas terribles que ha contado. Solo son unas cuantas palabras juntas puestas en un papel, opiniones, ¿cómo puede ser que la gente pierda la cabeza de ese modo? Ay Dios, ¿qué se supone que va a hacer ella?

Colby, que estaba tumbado en el sofá, se incorpora y frunce el ceño hacia la puerta. Sam sigue enganchado a la televisión, con la oreja buena orientada hacia el sonido que sale del aparato. Las cortinas de hilo se hinchan con el aire que se cuela por la ventana corredera, a medio abrir. Las aspas del ventilador de techo giran emitiendo un zumbido. Un rayo de sol da de lleno en las estanterías repletas de libros, apoyadas en la esquina derecha de la pared.

La señora Amber aparece en el salón, lleva puesto un vestido nuevo cuyas mangas en forma de ala están ribeteadas con muchas lentejuelas.

—Voy a salir —anuncia.

—Está preciosa, señora. Quiero decir, Amber. Muy guapa, muy cambiada, muy…

Tala pide a Dios que la ayude a seguir hablando para que la señora Amber no oiga a los periodistas de detrás de la puerta.

—¡Muy gorda! —añade.

—¿Muy qué? —pregunta Amber boquiabierta.

—Muy gorda. Pero de verdad, tendría que irse a su cena espectáculo ahora mismo y, ah, que tenga una noche fantástica. No se preocupe por nada. Ah, y quizá sería mejor que saliera por la puerta de atrás porque algo pasa en la principal.

—¿Qué es lo que pasa? ¿Qué ha sucedido?

La señora Amber se dirige hacia la ventana y Tala le barra el paso, de forma que chocan. Tala la mira.

«Piensa, Tala… Di algo.»

—Una cobra escupidora. Se ha escapado y ha matado el gato de no sé quién, se lo ha tragado entero. Están intentando cazarla, han dicho que no bajemos.

—¡La bloguera! —grita alguien desde el exterior.

—¿Quién vocifera? —pregunta la señora.

—Los de la protectora. Deben de tratar de… de bloquear a la serpiente. «¡Bloquéala!», gritan. Y usted con ese vestido blanco, mejor no se les acerque.

—Ay Dios, odio las serpientes. Cuida de los niños, ¿eh?

—Por supuesto.

La señora Amber se pega el teléfono a la oreja. Va a llamar a un taxi. Sale por la puerta de atrás. Tala da gracias a los astros que se han alineado en su favor. Vuelve a su habitación y enciende el ordenador. Dios, sale por todo internet. «Descubierta la bloguera secreta que luchaba por los derechos de las criadas.» También su nombre completo: «Tala Pabro Castillo», y una foto en la que se la ve con su vestido de girasoles. ¿No fue Jules quien se la hizo? ¿Cómo la han conseguido? Pero no solo aparece en *The Globe*, sino también en la página de inicio de *Salamin*.

Clica en *El Blog de Vanda*, pero le salta un mensaje: «No se puede mostrar la página». Lo intenta de nuevo, pero nada, hay algún problema. *El Blog de Vanda* ha desaparecido.

Vuelve al salón y mira por la ventana. Todavía hay más periodistas. Llaman a la puerta otra vez.

—¿Quién es? —pregunta Colby.

—Ignóralos —contesta Tala—. Se ha perdido una serpiente.

Coge el mando a distancia y sube el volumen. El teléfono empieza a sonar.

Jules observa la lámpara cuadrada de diseño del salón, un panel de cristal con cuatro bombillas dentro. Está polvorienta y tiene cadáveres resecos de polillas y mosquitos. La nevera hace ruido. De un megáfono al otro lado de la pared de la escuela contigua retumba un sonido, pero llega débil, muy débil.

Se sienta a la mesa y apoya la cabeza en ella. Va a volver. Esa especie de aventura ha llegado a su fin, ni ese país ni el suyo se preocupan porque se hayan quedado sin dinero. Por lo menos ahora lo sabe; el futuro que se había imaginado no ocurrirá.

Se fija en la placa con su nombre escrito: «Jules Harris, recepcionista». Su empleo en la clínica no era gran cosa, al menos en comparación con el que tenía antes.

En la cocina enciende la tetera eléctrica. Se prepara una taza de té y se dirige al piso de arriba con la bolsa de la infusión aún sumergida en el agua.

Conecta su ordenador. Ninguna notificación en la cuenta de Instagram, pero tampoco es que haya publicado fotos últimamente. Clica en la página de *The Globe* y se encuentra la cara de sorpresa de Tala, como la de un conejo cegado por los faros de un automóvil. Los girasoles en el vestido, el pelo que le tapa media cara. La nevera plateada al fondo.

—Ay Dios —dice Jules.

¡Otra vez no! ¿No hay ninguna ley que lo prohíba? Es su foto la que han publicado, la que le sacó a Tala.

## Descubierta la bloguera secreta
## que luchaba por los derechos de las criadas

La autora del popular blog *La criada bloguera* ha sido desenmascarada. Se trata de la criada filipina Tala Pabro Castillo.

La vehemente madre de dos hijos, de cuarenta y ocho años, habla en su blog sobre la forma en que los jefes tratan a las empleadas en Singapur, así como de la falta de los derechos de los migrantes.

El último artículo del blog de Pabro Castillo reveló el

nombre y la dirección de la infame bloguera Vanda, quien a su vez ha estado publicando los nombres y los números de los permisos de trabajo de «malas criadas» durante los últimos tres años. Según Pabro Castillo, Vanda es, en realidad, Veronica Heng, de sesenta y siete años, una operadora de centro de datos de Queenstown. Pabro Castillo afirma que trabajó para Heng y que esta infringió las estrictas normas del Ministerio de Trabajo al permitirle estar empleada en otros hogares.

Jules cierra la ventana de *The Globe* y escribe el nombre de Tala en Google. La búsqueda la lleva hasta un periódico filipino cuyo contenido no entiende, pero ve otra vez la foto de Tala, la que ella le hizo. También está en el *Singapore Mirror*, junto con los detalles de cómo se las arregló Tala para trabajar ilegalmente en Singapur. ¿Tala una bloguera? Jules niega con la cabeza. Entra en *La criada bloguera*, y echa un vistazo desplazando el puntero hacia abajo.

«*Tanga!* Repugnante.»

Ahí está Tala, sus palabras, su indignación. ¿Cómo no se había dado cuenta antes? No tenía ni idea de que Tala escribía. «Estas manos están hechas para limpiar», le dijo en una ocasión Tala sonriendo. Pero esas manos están hechas para mucho más que eso.

Jules mira otro artículo, más antiguo, que tiene páginas y páginas de comentarios.

¿Cómo supieron los periódicos y Vanda que la de la foto era Tala? Jules no citó su nombre cuando publicó la fotografía. Tampoco citó el de Dolly, y aun así Vanda se enteró de quién era.

Entra en su cuenta de Instagram, y se pregunta si en ella podrá encontrar alguna pista. Clica en la fotografía de

Dolly. Tiene treinta y cuatro «me gusta». Los examina, pero no reconoce ni uno solo de esos nombres: Rita Rivera, Marifé Mendoza, Lydia Ramos. Incluso tiene un comentario en el que no había reparado antes de alguien llamado Veronica378: «Las criadas vienen a este país como si fuera un destino de vacaciones gratuitas y agradables».

Después de trabajar de sol a sol, Tala todavía encuentra tiempo para escribir. «Bien por ti», piensa Jules, pero en realidad no es bueno, ¿no? El *Singapore Mirror* dice que quizá deporten a Tala.

Jules elimina las dos fotos de su cuenta de Instagram y cierra la pantalla del portátil, como si así pudiera conseguir que todo el asunto desapareciera.

# 28

Unos rayos de sol se cuelan por la ventana del piso de la señora Amber. Ya no hay nadie fuera. El complejo vuelve a estar sumido en su acostumbrado silencio, las hojas flotando por la piscina en forma de concha. Los niños se han ido a la escuela y Tala está arrodillada enrollando la alfombra para pasar el aspirador. La señora Amber está tumbada en el sofá leyendo una revista con los pies apoyados en el brazo de la butaca. Llaman a la puerta con tres golpes sonoros, y Tala suelta la alfombra y las pelusas vuelan bajo la luz cuando se desenrolla. La señora Amber deja la revista a un lado.

—Esto ya es demasiado —dice.

Tala se queda arrodillada, está harta de que llamen a la puerta, los golpes le retumban en la cabeza, y de pronto cae en la cuenta de que son ellos. No puede creer que hayan dejado pasar tanto tiempo.

—¿No vas a abrir? —le pregunta la señora Amber.

Tala niega con la cabeza. «Hasta aquí podíamos llegar.»

Una gran arruga cruza la frente de la señora Amber; se queda mirando a Tala.

—¿Qué ocurre? —le espeta torciendo el labio de arriba.

Tala imagina lo que la señora Amber piensa, que Tala es la asistenta, que no puede negarse a hacer nada. Vuelven a llamar, y la señora Amber sigue con la mirada fija en Tala con un gran signo de interrogación en el rostro.

Se levanta, y Tala también. Pero se va corriendo a su cuarto y deja la puerta abierta. Pone el cepillo de dientes en el bolsón y comprueba dos veces que todavía lleva la caracola en el bolsillo. Lo ha metido todo en el bolsón menos el ordenador. Está convencida de que querrán llevárselo. Se apoya en la gruesa puerta metálica del cubículo y escucha.

La señora Amber abre la puerta de la entrada y alguien empieza a hablarle en voz baja. Tala percibe que es la voz de una mujer, pero no puede oír lo que dice.

—No está —contesta la señora Amber en voz alta.

La voz le responde en un susurro.

—No tenía ni idea. Dios mío, ¿en serio? Bueno, sí —continúa la señora Amber.

La puerta se cierra. ¿La mujer ha entrado? Alguien está llamando a la puerta de Tala.

—Tala, sal. No hay nadie.

Tala abre la puerta con la cabeza alta.

—Has estado ocupada —dice la señora—. No tenía ni idea de que eras tú esa bloguera, ni la más remota idea.

Tala abre la boca, pero no dice nada. Se siente demasiado culpable. Justo después de que Vanda publicara la foto de Dolly, escribió sobre el accidente y dijo que todo había sido culpa de la señora Amber.

—Será mejor que recojas tus cosas —dice la señora Amber.

—Ya lo he hecho.

—Alguien tenía que decir todas esas verdades —añade

la señora Amber con una sonrisa irónica para sorpresa de Tala, que se queda boquiabierta—. Tala, la mujer que ha venido no era una periodista, era una funcionaria del Ministerio de Trabajo, y va a volver. Haz lo que tengas que hacer, despídete de quien tengas que despedirte, porque estoy segura de que regresará para llevarte al aeropuerto.

Tala camina arrastrando los pies por el complejo residencial Greenpalms, vestida con su falda estampada con amapolas. Se encaja las gafas de sol en la parte superior de la nariz. Un cartel en el ascensor advierte: «Fuera de servicio». Podría ser el título de la historia de su vida. Se dirige hacia la escalera trasera y se cruza con una filipina que lleva a cuestas un carro de la compra. Tala intenta pasar desapercibida, pero no sirve de nada.

—Tala Pabro Castillo —le dice la mujer.

Tala no recuerda haberla ayudado cuando se dedicaba a salvar a las criadas.

—Me temo que te confundes de persona —responde Tala.

—Estoy esperando que escribas otro artículo en el blog. Ay, me río mucho. Dices en voz alta lo que muchas pensamos.

Tala sube los escalones a toda prisa y llega al quinto piso sin aliento. Llama a la puerta, y Jules aparece.

—No sé cómo no me di cuenta desde el principio de que eras tú la que escribía ese blog. ¡Estás reflejada en cada artículo!

—Un montón de basura —responde Tala. Dios la ayude, señala con el dedo a Jules, que está ahí de pie vestida con sus pantalones cortos deshilachados—. Le diste mi fotografía.

—No se la cedí a nadie, te lo juro.

—Y ahora me expulsarán.

—¿Qué?

—Los del Ministerio de Trabajo están buscándome.

—Creía que no tenías dinero para volver a casa.

—Y no lo tengo.

—Ay, Tala. No di tu foto a los periódicos; la descargaron de mi cuenta de Instagram. Lo siento.

—¿Por qué la publicaste en Instagram?

—No estoy segura. He ido subiendo fotos, sin más. Pero no se la cedía a los periódicos. Ya verás, entra.

Hay cartones por todas partes, encima de los sofás, en el suelo de mármol junto a un lío de cables. Un hombre con un gorro de lana y un tatuaje de diamantes encadenados que le serpentean por todo el brazo se dirige hacia la puerta con un cigarro en la mano.

—Vaya por la escalera trasera —le advierte Tala—. El ascensor no funciona.

El hombre vuelve sobre sus pasos.

—¿Cuándo os vais? —pregunta Tala a Jules.

—Mañana. Hoy dormiremos en un hotel.

—No es la forma en que me había imaginado mi partida.

—No está bien que te expulsen del país.

Tala saca algo de su bolso y mira a Jules. Entra otro hombre, se arrodilla y empieza a manipular un cartón para convertirlo en una caja. Tala ha empacado sus cosas, pero no precisamente en cajas, sino en su viejo bolsón, y su cartilla del banco está tan vacía como cuando llegó.

Tala está ahí observando a la Señorita Rama de Árbol y piensa en aquel día en el aparcamiento, de hace solo seis meses, en que la distancia entre ellas se desvaneció. Y ahora Jules va en una dirección y Tala en otra.

—Te echaré de menos —dice Jules.

El aire acondicionado vibra. Se oye el sonido de libros que son apilados dentro de una caja.

—A veces tienes que desprenderte de algo para que la vida te ofrezca cosas nuevas —dice Tala.

Se acerca a Jules, le coge los delgados dedos y se los aprieta. El rostro tenso de Jules se relaja y ladea la cabeza. Tala la abraza, y el olor del perfume de Jules penetra en su nariz, su ropa recién lavada.

Tala se aparta y le pone un objeto frío y suave en la mano.

—No parece gran cosa, pero es lo mejor que tengo —le explica Tala.

# 29

Dolly lleva sujeto a Edward a un lado del cuerpo mientras camina, lenta y dolorida por los puntos. Le dijeron que no podía coger en brazos a su hijo hasta dentro de seis semanas. La nevera portátil cuelga vacía y ligera de su mano. Ha vendido hasta el último *mamon*, el típico pastelillo filipino. Palpa las monedas que lleva en el bolsillo mientras Mallie, a su lado con el uniforme azul del colegio, entorna los ojos a causa del sol.

Dolly se las va apañando, pero solo gracias al dinero que la señora Amber le dio y al trabajo de Tala. Si no fuera por ellas, Dolly no ganaría lo suficiente para pagar el colegio de Mallie. Su hija necesita un uniforme de una talla más grande y unos zapatos nuevos.

Saca un libro de la mochila y se lo da a Mallie, y la niña va leyéndolo en voz alta a su manera mientras andan. Al cabo de un rato tropieza y se cae de bruces contra el suelo con el libro en la mano.

—¿Estás bien?

Mallie asiente. Dolly trata de agacharse para recoger el libro, pero la cicatriz de la cesárea le duele. Mallie llega primero.

—¿Se ha roto el libro?

—Se le han arrancado tres páginas.

Muestra la portada a su madre, un niño con un papel en la mano.

—¿Ha ganado algo?

—Visitará una fábrica de chocolate.

—Ay, ay, ay, ¡sus dientes!

Mallie sonríe mostrando los huecos de los que a ella le faltan.

—¿Tendrás que marcharte otra vez?

—Ay, cielo, espero que no.

—No quiero que te vayas.

Dolly agarra la mano de Mallie y se la aprieta. Mallie se zafa.

—¿Algún día me iré yo? ¿A trabajar como tú?

—Tú vas al colegio para que puedas conseguir un buen trabajo.

—¿De qué trabajaré?

—De lo que quieras.

—Quiero ser astronauta.

Dolly sonríe.

—O construir una fábrica de chocolate —dice Mallie.

—¿Habrá sitio para mí?

—Sí, y te compraré pasta de dientes.

Dolly pellizca a su hija en la nariz, perlada de sudor. Una mancha marrón reluce en el cuello de la camisa de la niña.

—Veo que has empezado a hacer chocolate —bromea Dolly.

Mallie se mira la mancha.

—No digas tonterías, mamá. Eso es suciedad.

Siguen andando por la carretera. Un pájaro de un verde intenso descansa en un tejado. Hay un quad aparcado fuera del granero de madera con ventanas de metacrilato, y un cartel con letras de colores: «E-Café».

Entran. Hay un hombre detrás de un alto mostrador de madera con un mandil rojo atado a la cintura. El local está repleto de grandes mesas con ordenadores, pero las sillas son tan pequeñas que parecen diseñadas para niños.

—Un cuarto de hora —dice Dolly, y desliza por el mostrador unas monedas.

El hombre le toca los dedos cuando las coge. Dolly aparta la mano. El color de sus ojos le recuerda al praliné. Él sonríe y aparta la mirada. Dolly se sienta, le duele el vientre.

*The Globe* aparece en la página de inicio. Y en ella la cara de susto de Tala. ¿Ha muerto?

«La criada Tala Pabro Castillo resulta ser la misteriosa autora de *La criada bloguera*.»

«Tala, ¿qué has hecho?» Sabía que Tala no había dejado su blog. Dolly ya le advirtió por Skype: «Tienes que dejar de escribir». «¿Escribir qué?», le había preguntado Mallie, a lo que Dolly le respondió: «Nada». Pero Tala no dejó el blog, y ahora mira. Podría perder el empleo y el permiso de trabajo.

—Mamá, ¿por qué sale la tía Tala en internet?

Dolly tiene la boca seca; se le acelera la respiración. Cada día monta su puesto de pasteles a un lado de la calzada, y cada día el gerente del supermercado la echa, aunque la gente le compra de todas formas. Pero el trabajo de Tala es necesario para mantener a mamá y a Mallie hasta que Dolly consiga ganar dinero suficiente. ¿No podía estarse callada? Esa cháchara constante, dándose palmadas en el pecho. No sería Tala si mantuviera la boca cerrada.

—Vamos a mandarle un correo electrónico —dice Mallie.

Pero Dolly no se mueve, sigue con la mirada fija en la pantalla. Mallie empieza a escribir: «Tía, eres famosa». Con el dedo índice, Dolly teclea: «Supongo que volverás a casa». Dolly clica «Enviar», y salen a la luz del día.

—Tengo hambre —anuncia Mallie.

Dolly saca un trozo aplastado de pastel de su riñonera. Mallie retira el papel y le hinca el diente.

—Quizá podríamos abrir una fábrica de pasteles en vez de una de chocolate —propone Mallie.

—¿Y quién los hará?

—Tú, claro —responde Mallie abrazándola por la cadera.

Dolly mira a su hija, y se dice que quizá Rita tuviera razón cuando le soltó que la gente como ellas no pueda abrir pastelerías.

—Mamá, ¿por qué estás triste?

—No estoy triste.

—Deja de fingir.

Dolly acaricia la melena sedosa de Mallie y piensa en que lleva seis años fingiendo, seis años fingiendo que es invisible.

Mira sus dedos entre el pelo de Mallie; tiene la piel áspera, las uñas rotas. Con la otra mano acaricia a su bebé. Puede seguir fingiendo como hasta ahora, ser la chica que vive en una despensa porque algún día una de ellas impondrá sus propias normas, una de ellas podrá llevar las riendas de su vida.

Siguen avanzando, la hierba les roza los tobillos, cruzan charcos, por el camino que sube y baja entre hileras de palmeras que se balancean a lo lejos. Un niño pasa en bicicleta por su lado demasiado rápido, y Dolly tira de su hija hacia sí. Empiezan a caer gotitas de lluvia, cada vez más gruesas; el cielo se oscurece.

Dolly se acuerda del día en que la señora Amber atropelló a Sam y la forma en que le gritó que era culpa de ella. Piensa en el señor Tor defendiéndola, y en que Colby creía que su padre era el hombre que había visto en su cuarto. Nunca hubo nada entre ella y el señor Tor. Edward tiene la nariz chata como Gavin, aunque Dolly trata de no pensar en él. «¡Haz que el padre pague!», le dijo su madre más de una vez, pero Dolly no se ha puesto en contacto con Gavin desde el día que tomó el autobús en dirección a Tagudin.

Edward rompe a llorar, y Dolly lo acuna. Están cerca de casa, así que no vale la pena detenerse ahora.

La lluvia le gotea nariz abajo, y Mallie tiene el pelo tan empapado que reluce como unos zapatos de charol.

Se miran la una a la otra, Mallie y Dolly, primero con el ceño fruncido, hasta que los labios de Mallie dibujan una sonrisa y su madre no puede evitar sonreír también. Y aunque Dolly no tendría que hacerlo, la coge en brazos. Lleva a sus hijos a cuestas, Edward llorando a un lado y Mallie riendo en el otro.

Y eso es todo, Dolly y sus hijos y la cortina de lluvia cálida que va empapándolos.

El trozo de pastel que Mallie lleva en la mano parece puré y se deshace sobre el suelo. Y unas palabras recorren el cuerpo de Dolly: «Puedo hacerlo. Solo tengo que encontrar la manera».

*Singapore Mirror*
Noticia de última hora

La ciudadana de Queenstown que presuntamente hizo comentarios racistas en contra de inmigrantes filipinos en su blog, hoy desactivado, fue acusada ayer de sedición.

Veronica Heng, de sesenta y siete años, era la autora del anónimo *El Blog de Vanda, La vida con una asistenta del hogar extranjera*, abierto hace tres años. Tala Pabro Castillo, de cuarenta y ocho años, que había trabajado para ella, reveló su identidad en su propio blog, *La criada bloguera*.

En un artículo publicado en octubre, Heng presuntamente habría despreciado a las trabajadoras domésticas extranjeras. De acuerdo con la acusación, el artículo de Heng incitaría al odio de los habitantes de Singapur hacia la gente proveniente de Filipinas.

Según la ley de sedición, a cualquier persona declarada culpable de promover el odio entre distintas etnias puede caerle una pena de tres años de cárcel y enfrentarse a multas de hasta cinco mil dólares.

Además de los cargos por sedición, Heng también ha sido acusada de contratar de forma ilegal a una asistenta del hogar extranjera. Heng presuntamente habría permitido que Pabro Castillo trabajara en hasta once hogares distintos durante seis años, infringiendo las leyes del Ministerio de Trabajo. Este último delito está penado con una multa máxima de diez mil dólares.

# 30

El Ministerio de Trabajo ha ido a por Tala. Ya tiene el bolsón preparado junto a la puerta. Los niños están ahí plantados, observando. Tala se aparta el pelo de la cara y cuando se agacha para dar un beso a Sam este la agarra de la mano y no quiere soltarla.

—Todo el mundo se va —dice, y la barbilla le tiembla como si estuviera a punto de romper a llorar.

Mira a su madre y después a Tala.

—¿Por qué tienes que irte? —solloza.

—Porque así es como funcionan las cosas.

Sale por la puerta detrás de la mujer del ministerio, con sus tacones de aguja y su falda gris de tubo. La mujer explicó a Tala que tendría que afrontar las consecuencias de haber trabajado ilegalmente mientras vivía con la señora Heng. Sam sigue reteniendo los dedos de Tala, tirando de ella. Tala avanza cuatro pasos hasta que Amber la libera de la mano de Sam y cierra la puerta.

Tala se vuelve, y ve que Amber sigue allí y repara en que le tiende un sobre.

—Esto es tuyo —le dice. Tala lo mete en su bolsón—. Y esto es de mi parte. —Amber sostiene otro sobre, blanco, en la otra mano.

—¿Qué es?

—Un regalo.

Tala lo coge y desliza una uña por debajo de la solapa del sobre para abrirlo. Dentro hay una tarjeta con un pájaro rosa dibujado. Hay palabras escritas, pero Tala no puede leerlas porque en el interior de la tarjeta hay un fajo de billetes de cincuenta.

—Ay *Dius* mío, ya sabes que no puedo aceptarlo. —Tala le devuelve el sobre a Amber.

—Insisto.

—No quiero tu dinero.

—Con todo lo que has hecho por nosotros...

—No necesito vuestra ayuda, Amber. No la quiero. Soy más que capaz de salir adelante. Es solo cuestión de tiempo.

—No es solo para ti, Tala; también es para tu nieta.

Van pasándose el sobre lleno de billetes la una a la otra. Tala no dice nada, se limita a estar allí, boquiabierta y temblando de tal forma que parece que esté usando una de las plataformas vibratorias del gimnasio de Greenpalms. A Amber le caen las lágrimas mejillas abajo.

—Cógelo, Tala. Deja tu orgullo a un lado y acéptalo. Es lo mínimo que puedo hacer.

—Date prisa —dice la mujer del ministerio.

El dinero no le servirá de nada en la cárcel, piensa Tala. Se rinde, echa sus hombros redondeados hacia delante, sus grandes pechos apuntando hacia abajo. Y guarda el sobre en el bolsón.

Alarga la mano para estrechársela a Amber, pero de repente se encuentra envuelta con fuerza entre sus brazos. Tala le da palmaditas en la espalda mientras le susurra al oído:

—Gracias.

Baja la escalera detrás de la funcionaria y su camisa blanca almidonada. Las tiras del bolsón se le clavan en el hombro.

El coche es una vieja cafetera de color azul. La mujer le pone la mano en la cabeza cuando Tala se inclina para entrar por una de las puertas de atrás.

Esa tartana parece un horno. A través de los cristales tintados, ve el paisaje en tonos grisáceos. Un hombre rocía los jazmines con una manguera delgada al otro lado de la calzada; tiene la cabeza cubierta con un pañuelo. Una mujer filipina empuja una silla de ruedas con un niño al que le cuelga la cabeza hacia un lado. Adelantan una *pick-up* con hombres de piel oscura apretujados en la parte trasera que van rebotando al ritmo del motor de la camioneta. Todos se dedican a lo mismo: construyen esos edificios enormes, los complejos residenciales, los limpian o trabajan para la gente que vive en ellos. Tala creía que podría cambiar todo eso, pero al final no ha conseguido cambiar nada. Al menos, esa funcionaria no la lleva ante los tribunales, sino al aeropuerto.

Pasan junto a parterres floridos, coches relucientes, palmeras que mecen sus grandes copas, una escalera de caracol que conduce a la terraza superior de un complejo residencial. Tala apoya la cabeza en la ventanilla. Se va; no de la forma que quería, pero está marchándose al fin y al cabo.

El coche se detiene, y la mujer se apea y abre la puerta de Tala. Luego ambas echan a andar en dirección al edificio de cristal del aeropuerto. Una vez dentro, la funcionaria sigue cogiéndola por el brazo, pero Tala se libera de ella y se hace con un carrito, en el que deja su bolsón.

La mujer avanza pegada a ella por las rampas, por los interminables pasillos enmoquetados, silenciosos a pesar de toda esa gente que los recorre hablando, de quienes toman café en los bares o compran libros en las tiendas.

Tala pasa junto a largos bancos y maceteros con orquídeas moradas. Toca una orquídea y comprueba que, efectivamente, no es de plástico. Acaricia con el pulgar un pétalo aterciopelado. Muestra el billete a un hombre que la saluda deseándole que tenga un buen día, aunque no tenga nada de bueno.

Una mujer le pregunta si lleva algún aparato electrónico en el bolsón, y Tala asiente. Saca el ordenador y lo deja en una bandeja, esperando que en cualquier momento alguien se lo requise. Cruza el arco detector de metales y se oye un pitido, de modo que Tala debe volver atrás, quitarse los zapatos, ponerlos en una bandeja y pasar otra vez bajo el arco con sus pies sudados deslizándolo por el suelo. En esa ocasión el arco es tan silencioso como el resto del aeropuerto.

Tala, con el ordenador de nuevo en el bolsón, aguarda en una habitación acristalada. La mujer del ministerio sigue vigilándola. A lo lejos, un avión se desliza por la pista. Otro avión con una marca roja en un lateral acaba de aterrizar y se acerca al cristal. Tala está rodeada por otras mujeres filipinas que hablan animadamente. No hay tanto silencio ahí, junto a todas ellas. Las risas se mezclan con las palabras, y el ruido cada vez es mayor.

# 31

Jules recorre el pasillo del ala de maternidad del hospital Saint Thomas, el suelo beige de linóleo rayado por las huellas de las ruedas. En el mostrador de enfermería, anota algo en la pizarra blanca. Le ha quitado la vía a la mujer de la cama 7, y el bebé de la mujer de la cama 14 está mejor a pesar de las heridas que le ha ocasionado el uso de fórceps en el parto. Jules ha asistido cuatro partos sin la ayuda de ningún ginecólogo, y los pies están matándola.

Se quita los guantes de látex y mete la mano en la caja de bombones Lindor, su sustento. Quedan dos rojos. Desenvuelve uno y lo saborea en su boca.

Llega Isobel con un lápiz apoyado en la oreja y algunos mechones que se le ha escapado de la coleta.

—Ha estado empujando durante dos horas. Está colocado, pero no hay forma de que salga.

Jules asiente y se mete el otro bombón en la boca, que se mezcla con los restos del anterior, y se lava las manos. Las dos comadronas avanzan por el pasillo. En el paritorio hay una mujer a cuatro patas.

—Dios, me siento estúpida —dice la mujer. Se pone en cuclillas y empuja sin mucha fuerza.

—Esta es Jules —la presenta Isobel.

—Hola. Echemos un vistazo.

El bebé está coronando, su cabecita peluda asoma un instante y vuelve a desaparecer.

—El niño o la niña saldrá en unos segundos —dice Jules—, pero voy a practicarte una pequeña episiotomía.

A la mujer le cambia la cara.

—Oh, ¡no!

Su marido le acaricia la frente.

—Es mejor que desgarrarse —dice Jules—. Te podré un poco de anestesia, ni lo notarás.

—Gracias a Dios.

Jules saca una jeringuilla de su envoltorio de plástico.

—Inspira.

Le pone la inyección y esperan.

—¿Te lo puedes creer? —dice Isobel a la mujer—. Llevo contigo toda la noche y ahora llega esta y se cuelga las medallas.

—Sí —responde Jules riéndose—, llevo toda la noche apuntándome los tantos. ¿Notas esto?

—No —responde la mujer.

—¿Y esto?

La mujer niega con la cabeza. Jules se coloca el estetoscopio en las orejas y corta con el bisturí. El rostro de la mujer se deforma cuando le viene otra contracción, y sale el bebé, encogido y cubierto de vérmix. Jules pone un extremo del estetoscopio en el pecho del recién nacido. Su corazón late con fuerza en los oídos de Jules. Lo envuelve en una toalla y lo deja encima de la madre, donde se retuerce y parpadea con esos ojos tan abiertos que parecen demasiado grandes para su cuerpo.

—Hola —saluda la reciente madre a su pequeñín—. Es como si te conociera de siempre.

El padre acaricia el rostro de su hijo con un dedo. Rezuman felicidad y se la contagian a Jules. El estómago le da un vuelco, como si estuviera en un avión que acabara de despegar. Quizá es que ya tiene en mente la copa de vino blanco que se tomará cuando llegue a casa. El turno de veinticuatro horas está a punto de llegar a su fin, y tendrá cuatro días libres. Cuatro días enteros.

Modificará la configuración de su cámara y tratará de capturar una gota de lluvia impactando en una baldosa del patio. David y ella irán al restaurante que acaban de abrir en la calle principal, y Jules cuidará de sus sobrinos unas horas porque la niñera está de vacaciones.

—Muchas gracias —dice la madre a Jules.

La mujer tiene los ojos vidriosos de alegría, y no es por los efectos de la medicación. Ha parido sin ningún analgésico, excepto por dos paracetamoles.

—Ahora me voy. —Jules sonríe, y se despide de la pequeña familia.

Isobel está enhebrando la aguja para coser la herida de la episiotomía. Mira hacia el reloj.

—No está mal, solo has hecho una hora de más —dice a Jules.

—Sí —contesta ella.

Vuelve al mostrador de las comadronas, y pasa el parte a la otra comadrona residente, que apenas acaba de empezar el turno. Señala la pizarra para ponerla al tanto de todas las mujeres que están en trabajo de parto.

—Hasta la próxima —se despide Jules—. Y por cierto, siento haberme terminado todos los Lindor rojos.

—Por Dios, ¿estáis oyéndola? —exclama una voz—. Tendremos que abrir una caja de Terry's All Gold para compensarlo.

En realidad les ha hecho un favor comiéndose todos

los bombones, porque no están tan buenos. Jules avanza por el pasillo, pasando junto a las ventanas de las habitaciones. Las ruedas de un carrito de té chirrían. Un bebé llora. Una mujer grita en la lejanía.

Jules entra en el vestuario, lleno de bancos y perchas, una chaqueta tejana colgada de una de ellas, un par de zapatillas Converse rojas en el suelo de linóleo, y detrás de todo, las duchas. Se oye el agua corriendo.

Se quita la camiseta y se mira el vientre; no lo tiene tan plano como antes, las bragas le aprietan la carne, que sobresale por encima de la goma. ¿Su cuerpo le ha fallado? ¿Sus órganos internos la han decepcionado? El tiempo ha pasado, todavía siente tristeza, pero de alguna forma se ha diluido. Palpa la hoja de papel doblada en el bolsillo, lo saca y se sienta.

Están solo en las primeras fases del proceso de adopción, pero ha revisado parte del papeleo que la agencia les ha enviado, incluido un folleto con las fotografías de varios niños sin familia definitiva. Arrancó esa en particular, la de dos niños vestidos con el uniforme rojo del colegio, la niña de cinco años con unas gafas redondas de montura metálica, su pelo rubio rojizo recogido en dos trenzas, y su hermano menor, que clava sus ojos confusos de color café en los de Jules, sentada en el banco.

«Anya y Kyle.» Llevan años en el sistema, su madre no está en condiciones de cuidarlos. Los han separado de dos hermanos adolescentes.

Jules quiere saber todo lo que no sale en la fotografía. Saber cómo Anya se manchó de tinta azul el cuello de la camisa, y por qué Kyle tiene un rasguño en la mejilla derecha. Quiere saber cuál es su comida favorita y a qué les gusta jugar. Se parecen un poco a ella y David, ¿no?

Rebusca en su bolso y encuentra la caracola, suave y

fría con su forma en espiral. Tala se la puso en la mano. Jules la acaricia con el pulgar. «No parece gran cosa, pero es lo mejor que tengo», le dijo Tala. Jules la acerca a la foto arrancada del folleto.

Trata de mantener el pensamiento a raya, pero no puede evitar que se le repita, como el estribillo de una canción. «Solo esta cosita pequeña.»

Se pone la ropa de calle y se mira en el espejo. Lleva el pelo más largo y luce otra vez el rubí en la nariz, como hacía antes en sus días libres.

Vuelve a doblar la foto, se la guarda en el bolsillo, junto con la caracola, y sale por la puerta del vestuario.

—Anya y Kyle —susurra con el pecho hinchado con determinación.

Va en el ascensor hasta la planta baja y se adentra en la oscuridad ruidosa de la calle, el zumbido de los coches, el sonido de pasos, el murmullo de personas hablando. Todo a su alrededor se difumina, y únicamente oye la esperanza fluyéndole por las venas. Acelera el paso y se palpa el bolsillo, solo para asegurarse de que todo sigue ahí.

# 32

La salida del aeropuerto está repleta de gente, un hombre sostiene un cartel que reza «Venegas», otro uno en el que se lee «García». A Tala se le acelera el corazón, pero nadie ha ido a buscarla. Tampoco lo esperaba. Amber le ha dado una gran suma de dinero, si bien no le durará para siempre. Probablemente Tala tendrá que usarlo para pagarse un billete a Hong Kong o a otro sitio donde pueda trabajar sin que nadie la reconozca.

Recoge el bolsón de la cinta y se la echa al hombro. Se une a las maletas, las grandes bolsas de basura, chicas y colillas de la parada del autobús. Cuando llega el minibús azul, Tala no puede pasar de los escalones de la puerta.

—¡No, no! —dice el conductor haciéndole señas para que no suba.

Transcurre una hora entera antes de que llegue el siguiente. Se monta y choca contra el hombro de una mujer, que chasca la lengua. Cuando ve a Tala le dice:

—Eeeh, deja paso a la señora.

Tala saca el sobre lleno de dinero del bolsón. Coge uno de los billetes y se lo entrega al conductor. Los pasajeros se apretujan cuando las puertas se cierran. El humo del tubo de escape se ve a través de la ventanilla trasera mientras dejan atrás el aeropuerto. Las horas pasan. A Tala empiezan a dolerle los pies. Intenta descansarlos levantándolos por turnos.

Coge del bolsillo del bolsón el otro sobre que Amber le entregó y lo abre. El membrete es dorado y en relieve; la carta es de alguien que se llama Priscilla. Tala no conoce a nadie con ese nombre, ¿qué tiene que decirle? Empieza a leer: «Nuestro periódico publica historias cotidianas que atraen a los lectores de la prensa sensacionalista». ¿Lectores? ¿De qué habla? Tala arruga la carta y se la mete en el bolsillo hecha una bola.

Mira por la ventanilla y se fija en un niño con la nariz respingona que va sentado en la parte posterior de la bicicleta de su madre y sonríe. Tres cabras esqueléticas irrumpen en la calzada, y Tala se agarra del salpicadero cuando el autobús se detiene de un frenazo. Una mujer pasa andando con un cesto lleno de naranjas en la cabeza. El asfalto llega a su fin y a partir de entonces avanzan por la grava durante kilómetros. Cabañas con el techo de chapas de acero, tenderos llenos de ropa y campos anegados.

—Chica, ya llegas a casa —se susurra Tala a sí misma. Todo le resulta ya muy familiar.

El autobús huele a combustible. El anciano que está sentado en el asiento más cercano a Tala tiene un acceso de tos.

Al cabo de unas horas, aparece el cartel del pueblo: «Bienvenidos a Tagudin».

—¡Eh! —grita Tala al conductor, que se tapa el canal auditivo con el dedo.

Los frenos chirrían y las puertas se abren. Tala tira de su bolsón y logra apearse. Se despide con la mano mientras el autobús, todavía abarrotado, se aleja, y la mujer que estaba a su lado durante el trayecto le devuelve el saludo a dos manos. Su sonrisa es tan amplia que parece que esté celebrando que puede respirar de nuevo.

Los cables que cuelgan de los altos postes dibujan sombras en el rostro de Tala. Ay, esa estúpida carta comercial se le clava en la cadera. Se la saca del bolsillo, la tira en una papelera a rebosar de basura y sigue andando con el bolsón a cuestas, lo que la obliga a ir ligeramente inclinada hacia un lado. Al cabo de un rato, no sabe por qué, empieza a notar que algo cobra forma en su pecho; se detiene y vuelve sobre sus pasos en dirección a la papelera maloliente.

Se acerca lentamente, recupera la carta y la lee; se queda plantada balanceándose como una peonza gigante. Se obliga a leer la carta una y otra vez para asegurarse de que lo ha entendido bien. Pero sí, no hay duda.

Apreciada señora Pabro Castillo:

Estoy impresionada por la popularidad de su blog, su estilo fluido y desenfadado, y me gustaría mucho reunirme con usted a fin de estudiar la posibilidad de que escribiera para *Salamin*. Una gran parte de nuestros lectores son asistentas del hogar, y recibimos miles de cartas en las que nos cuentan las vicisitudes con que se encuentran y nos solicitan asesoramiento.

En la parte inferior aparece un número de teléfono junto a un nombre: Priscilla Espiritu, directora editorial.

Tala no se permite sonreír, quizá se trate de una broma. Saca el teléfono y marca el número. Una mujer responde la llamada, pronuncia unas palabras, y empieza a sonar música clásica, como la que el señor Tor escuchaba. Una mujer con un tono de voz más alto anuncia su propio nombre. Tala se presenta.

—¡Estoy muy contenta de que haya llamado! —exclama, pero Tala no dice nada—. Nos resulta imposible contestar todos los correos electrónicos que nos llegan de parte de asistentas del hogar en el extranjero, y hemos pensado que usted podría sernos de gran ayuda. Nos gustaría que coordinara un fórum en línea en el que podría ofrecer consejos y responder preguntas. También nos gustaría que escribiera una columna en nuestro periódico. ¿Qué le parece, Tala? Su blog deja claro que tiene mucho que decir.

Bueno, pues parece que Tala no tiene nada que decir ahora mismo. Tose, y recupera la voz. Se le plantean un montón de dudas: «¿Qué tipo de fórum?», «¿Cuánto cobraría?». Después de plantearlas, pide a la mujer que repita las cifras. Tala se queda callada, con las cejas arqueadas en señal de incredulidad.

El silencio retumba.

—¿Y bien? —pregunta la mujer.

—Empiezo mañana —responde Tala.

La mujer le da la dirección de las oficinas del periódico en Manila y cuelga.

Tala sigue andando. Pasa junto al cementerio, donde en algún lugar en la esquina más remota descansa Bong, su nombre escrito en una placa de madera. Tenía cuarenta y cinco años cuando pasó a mejor vida. «Complicaciones derivadas del alcoholismo», dijo el médico.

Un chico con unas zapatillas amarillas y verdes con unos absurdos tejanos tan bajos de cintura que parece que estén a punto de caérsele avanza hacia Tala. También se acerca una mujer con un bebé en brazos, e incluso desde donde está su cara parece la de una estatua. Una niña con un vestido rojo se saca el pulgar de la boca y echa a correr hacia Tala con los brazos abiertos.

—¡Tía Tala!

Tala deja caer el bolsón y se levanta una nube de polvo del suelo. Coge en volandas a Mallie y la hace girar. Se miran la una a la otra, Mallie con sus hoyuelos y Tala con sus arrugas.

Tala baja a la pequeña, y de repente parece uno de esos burritos mexicanos, con todos esos brazos que la envuelven, los de Mallie, los de Marlon y los de Dolly, con el recién nacido contra el pecho de Tala. Ay, qué bien huele.

Echan a andar, y Tala rompe a reír como una loca. Dolly, callada y reflexiva, avanza cabizbaja.

—Cariocas —dice Mallie señalando la nevera portátil que lleva su madre.

—Ya te has comido dos hoy —le responde Dolly.

—Hoy es un día especial —interviene Tala con una sonrisa de oreja a oreja.

Dolly no le devuelve la sonrisa, sino que sigue con la frente como una cortina plisada. Abre la nevera y les pasa a cada uno un palito con bolitas de arroz caramelizadas ensartadas. Comen mientras caminan, y Marlon, con un lápiz naranja apoyado en la oreja derecha, pasa el brazo por los hombros de Tala. Tala rompe en carcajadas de nuevo.

—Mamá, ya sé que las cosas van mal, pero ¿estás también mal de la cabeza? —pregunta Marlon.

—¿Qué hay aquí? —Tala señala hacia una vieja tienda a un lado del camino.

La puerta está cerrada con un candado, y sobre ella se ve un cartel medio caído: «Oriam». Las ventanas están tapiadas.

—Una tienda en bancarrota —responde Marlon.

Tala se ríe tanto que está a punto de mojarse las bragas.

—¿Vas a contarme el chiste? —pregunta Dolly.

—Dios, ¡estas cariocas están buenísimas! —dice Tala. Sigue avanzando—. Estoy pensando en comprar ese local. —Echa otro vistazo a la tienda Oriam.

—¿Con qué dinero? No tenemos nada aparte de lo que gano vendiendo guayabas, y con las horas que echo en el supermercado, además de lo que saca Dolly con los pasteles —dice Marlon.

—Podríamos convertirlo en tu pastelería, Dolly.

—No —responde Dolly, y aparta la mirada.

—Bolsas de papel colgadas de un gancho en la pared, estantes llenos de pasteles —continúa Tala.

—Tala, pasará mucho tiempo antes de que tenga suficiente dinero para poder permitirme una pastelería de verdad.

Tala saca la carta y la alisa contra su vientre.

—Bueno, pues quizá deberías empezar a hacer planes porque creo que voy a dar una entrada para comprar ese local.

—¿Qué dices? —pregunta Dolly.

Tala lo ensaya mentalmente antes de decirlo en voz alta; no suena del todo bien.

—He conseguido un trabajo —empieza—. Seré escritora.

«Escritora.» La palabra tiene un regusto extraño, como a chili con chocolate. Marlon sonríe y sacude la cabeza mirando a su madre. Tala separa los labios como si quisiera decir algo más, pero no le sale nada, lo que es bastante inusual en ella.

Mallie se mete la última carioca en la boca y mastica. Tala da a su sobrina las que le quedan, y la sonrisa de la niña es incluso más grande.

Dolly mira a Tala, y Tala se dirige hacia la tienda tapiada, dejándolos a todos atrás en el barro seco.

Los pájaros cantan en las ramas. Se oye pasar un *tuk-tuk* por la carretera. Y el aire huele a cítricos.

Tala aplasta la nariz contra la madera; la tienda está a oscuras, pero se cuela un hilo de luz. Empieza a imaginarse los muebles en su lugar. Las sillas, los estantes con las hogazas de pan, el bizcocho glaseado y la tarta de chocolate de Dolly, cortados en porciones.

«Podría ser lo mejor para nosotros —piensa Tala—. Sí, podría ser lo mejor.»

# Nota de la autora

Cuando llegamos a Singapur en 2009, me impregné de todos los detalles, desde sus calles impolutas hasta las nubes de pesticida que enturbiaban el aire húmedo. Buscábamos un lugar donde vivir, y una agente inmobiliaria nos enseñó un piso. Abrió la puerta de un refugio antiaéreo de tres metros por dos contiguo a la cocina. «Vuestra criada dormirá aquí», dijo. «Pero si no hay ventanas», contesté. «No necesitan ese tipo de cosas», replicó.

Nos mudamos a aquel piso, que estaba situado en un complejo residencial donde vivían familias y sus asistentas del hogar. Los bloques de viviendas se erigían junto a dos piscinas, y había palmeras, orquídeas y césped por todas partes.

Yo no conocía a nadie. Salí, empecé a hablar con distintas personas, entre ellas varias asistentas del hogar, que pronto me contaron su historia. Llevaba veinte años trabajando como periodista en diarios y revistas, y pensé que si algunas de aquellas mujeres accedían a que las entrevistara, podría escribir un artículo de fondo que reflejara el empleo mal pagado de las 201.000 asistentas que trabajaban en Singapur.

Algunas mujeres rehusaron hablar, pero otras se abrieron a mí y me relataron su vida en su Filipinas natal, me hablaron sobre la falta de derechos en Singapur, de lo aliviadas que se sentían si las contrataba alguien que se preocupaba por su bienestar. Una mujer me contó que durante su primer año en Singapur no ganó ni un céntimo porque tuvo que pagar a la agencia de empleo las cuotas de los cursos de formación y otras tasas.

Otra me explicó que quería ponerse en forma, pero que el día que fue a nadar a la piscina del complejo donde residía con la familia para la que trabajaba el guarda de seguridad la obligó a salir del agua alegando que las asistentas no tenían derecho a hacer uso de las instalaciones. Se lo conté a una expatriada británica y me respondió: «Por supuesto. Es que son empleadas». Esa actitud era común entre quienes las contrataban. «Oh, son pueblerinas, vienen del medio de la nada», me soltó una mujer que tenía una criada interina. Otras me explicaban que les requisaban los pasaportes y les establecían la hora de volver a casa en sus días libres.

Hubo asistentas que me contaron que tenían prohibido usar los cuartos de baño del piso donde vivían y trabajaban, excepto el que tenían asignado, justo al lado de la cocina. Incluso una me dijo que no le permitían usar ningún aseo y que se veía obligada a utilizar los baños públicos situados en la planta baja del complejo residencial. Otras mujeres me hablaron de abusos sexuales y maltrato psicológico.

La mayoría de las viviendas de Singapur disponen de un refugio antiaéreo idéntico al del piso que alquilé. Muchas asistentas duermen en ellos, pero ninguna me trasladó ninguna queja al respecto. «Oh, no está mal —dijo una—. En la casa en la que trabajaba antes tenía que dormir en el suelo, debajo de la mesa del salón.»

Algunas me hablaron acerca de las horas que quienes las contrataban las obligaban a trabajar: catorce horas al día, siete días a la semana. De hecho, no fue hasta 2013 cuando las asistentas del hogar de Singapur, que cobran al mes alrededor de quinientos cincuenta dólares de Singapur (alrededor de trescientos cuarenta euros), obtuvieron el derecho de tener un día de descanso semanal. Allá por 2015, la organización Transient Workers Count Too estimó que el cincuenta y nueve por ciento de las trabajadoras domésticas en Singapur aún no tenían un día libre a la semana. Actualmente, todavía no existe un salario mínimo establecido para las empleadas del hogar, y la ley de empleo de Singapur no las protege.

Descubrí un blog que ya no existe de una escritora anónima que se hacía llamar Tamarind. En él, se dedicaba a enumerar «normas domésticas» para asistentas, entre las que podías encontrar lavarse el pelo cada día o no regañar a los niños. También aconsejaba usar cámaras ocultas para espiar a las criadas. Fue entonces cuando me di cuenta de que la grave situación que vivían las asistentas domésticas daba para más que un simple artículo de fondo; daba para un libro, y me puse a escribirlo.

También tenía una motivación personal. Mi padre se mudó de Irlanda a Londres en 1957 para trabajar en una fábrica de helados y hubo de enfrentarse a los prejuicios. Cuando yo era pequeña tuve que oír un sinfín de bromas de mal gusto sobre irlandeses en su presencia. Aquellos comentarios calaron en mí y me han acompañado. En Singapur sentí una rabia similar cuando reparé en que la gente no se limitaba a soltar comentarios cargados de desprecio sobre las asistentas del hogar, sino que encima las sometían a un trato humillante.

Yo no contraté a una asistenta interna mientras vivía

en Singapur, pero sí tuve una mujer de la limpieza que se llamaba Gina.* Como Tala, se ganaba la vida con empleos a tiempo parcial, y fue a causa de la pobreza que se vio forzada a dejar a sus hijos para ir a trabajar fuera de su país. «Cuando me fui de Filipinas estuve tres años sin verlos; imagínatelo», me explicó, y rompió a llorar.

Aunque ya había empezado a escribir *El cuarto de la criada*, todavía estaba luchando para superar el duelo de no poder tener otro hijo después de someterme a la FIV.

Leí un artículo en una revista sobre una fundación llamada Sanctuary House, cuyos voluntarios acogían bebés. Me puse en contacto con ellos y me inscribí como voluntaria.

Dos semanas después me entregaron un bebé de un mes y medio para que lo cuidara una semana. Me sorprendió que nadie de la fundación viniera a ver nuestro piso ni nos hicieran una sola entrevista. Sin embargo, cuidar de aquel bebé tan pequeño fue un privilegio, todos nos enamoramos de él. Aunque no pudimos adoptarlo porque iba a hacerlo otra familia, la acogida me ayudó a pasar página por no poder tener otro hijo. También me sirvió para dar color y profundidad a la historia de Jules y el pequeño Khalib.

Durante los dos años y medio que viví en Singapur, no dejé de investigar y documentarme. La mayoría de las asistentas con las que hablé eran de Filipinas y enviaban a sus hogares el dinero que ganaban para pagar la educación de sus hijos y ayudar a otros miembros de su familia. El sueldo que cobraban en Singapur superaba lo que podían ganar en Filipinas, así que todo hacía prever que esa especie de servidumbre a la que estaban sometidas en el

* Los nombres se han cambiado.

extranjero iba a ser cuanto podían esperar de los años venideros.

Quise saber si las mujeres tenían alguna salida. Una amiga mía me habló de Aidha, una escuela para gente con sueldos bajos que les enseña a administrar su dinero y fomentar sus habilidades para emprender sus propios negocios. Su asistenta, Alice, iba a clases cada semana. El lema de Aidha es: «El talento es universal, las oportunidades no». Mi amiga estaba determinada a dar a Alice una oportunidad, y Alice la aceptó y le sacó provecho. Actualmente dirige su propio negocio en Filipinas alquilando motocicletas. Y contestó muchas de mis preguntas sobre la vida en Filipinas.

Uno de los ejemplos más conocidos de una mujer filipina que dio el salto es la historia de la fotógrafa callejera Xyza Cruz Bacani. Era una de las trescientas mil asistentas del hogar de Hong Kong cuando la persona para la que trabajaba le prestó dinero para que se comprara una cámara Nikon D90. Se dedicaba a sacar fotos de todo, desde mujeres que viajaban en el metro hasta asistentas maltratadas que se abrazaban en un refugio para mujeres. Publicó sus fotos en Facebook y otros fotógrafos empezaron a valorar su talento. Xyza llegó a convertirse en una de las 100 Mujeres del Mundo de la BBC en 2015, y ese mismo año la Fundación Magnum le concedió una de sus prestigiosas becas del programa Fotografía y Derechos Humanos. Mientras que el personaje de Tala se basa remotamente en Gina, una mujer que derrocha dignidad y simpatía, el blog de Tala está inspirado en la historia de Xyza.

Lo que me inspiró la escena en la que Dolly ve una mujer en el escaparate de una agencia de empleo con un cartel que reza «Al precio más bajo» fue un reportaje de investigación que *Al Jazeera* llevó a cabo en 2014. Descubrieron que algunas agencias de empleo del centro comercial Bukit Timah de Singapur vendían mujeres como si fueran muebles, las sentaban con sus carteles respectivos, en los que anunciaban «superpromociones» y «descuentos especiales». El miedo de Tala a acabar en prisión tiene su origen en el caso de Alan Shadrake. Shadrake escribió el libro *Once a Jolly Hangman*, en el que analizaba el sistema judicial de Singapur. Como resultado, fue declarado culpable de desacato en 2010 y se pasó cinco semanas y media en la prisión de Changi.

Mientras escribía este libro también escribí relatos. Mi cuento «Plenty More Where You Came From», que ha sido galardonado, se sitúa asimismo en Singapur, aunque se centra en las repatriaciones forzosas de trabajadores migrantes en los astilleros, que se inspiró en una serie de artículos publicados en la web de Transient Workers Count Too.

Ese relato y *El cuarto de la criada*, y de hecho buena parte de mis obras de ficción, tratan sobre la gente que se expone a la explotación; aun así, todas mis historias giran en torno a cómo, incluso en las circunstancias más adversas, es posible encontrar motivos para la alegría.

En la vida real no suelen existir los finales felices, pero en un momento en que se estima que sesenta y siete millones de personas están trabajando como asistentes y asistentas del hogar en todo el mundo, y que una cuarta parte de ellas no tiene ningún derecho legal, quizá mi novela sea un pequeño ejemplo de esperanza.

# Agradecimientos

Estoy en deuda con muchas mujeres que trabajan como asistentas del hogar en Singapur y que compartieron sus historias conmigo. Todo empezó con vosotras, y os estoy muy agradecida.

Escribir este libro ha sido como emprender un viaje épico, y mi marido, Mike, ha capeado conmigo todos los temporales que me han sorprendido durante la travesía. Gracias por luchar por mí y ser un crítico tan honesto.

Estoy también muy agradecida a Rowan Lawton, mi genial agente, por creer en este libro y sacarlo adelante. Gracias asimismo a Liane-Louise Smith y a todos los de Furniss Lawton por haber trabajado tan duro.

Quiero dar las gracias más sentidas a Kate Howard, de Hodder, por haber hecho realidad mi sueño. Gracias también a los demás miembros del equipo de Hodder por toda vuestra ayuda, especialmente a Ruby Mitchell, Amber Burlinson, Sharan Matharu y Thorne Ryan. Y, por supuesto, gracias a mis editores internacionales por hacer que mi historia llegue a lectores de todo el mundo.

Mi agradecimiento es igualmente para Sara Sarre, por enseñarme la importancia de los puntos de inflexión. Tú fuiste el mío, Sara. Te estaré agradecida por siempre. A mi amiga y colega, la escritora Claire Douglas, gracias por no perder la fe en esta novela, por tus consejos extraordinarios y por comprenderme.

Gracias a mis padres, June y Michael, por haberme enseñado a amar los libros de tantas formas distintas, como cuando de pequeña me llevabais a la biblioteca de Barham Park, donde dejaba volar mi imaginación. Gracias por dejarme escribir y por ver tan a menudo la parte divertida de la vida.

Quiero dar las gracias asimismo a mi buena e inteligente amiga Anna, que me ha guiado en momentos difíciles. Me siento muy feliz de que formes parte de mi vida.

Estoy enormemente agradecida a mis fabulosos y leales amigos por animarme, darme ideas y escucharme hablar sin parar de este libro, sobre todo a Ruth Hughes, Lindy Reynolds, Emily H., Toni Langmead, Emma-Jane Beer, Lucy Hunter y Lizzy Leicester.

Gracias, Joe Media, por tu discurso en la entrega de los Premios de Relatos Breves de Bristol; tus generosas palabras hicieron que siguiera escribiendo. Gracias a Emma Hibbs, Jennifer Small y Sian Clarke por leer las primeras versiones de esta novela y decirme lo que pensabais.

Y finalmente, deseo dar las gracias a mi hija, Olivia. Amor y gratitud infinitos por tu sabiduría y por hacerme ver, tantas veces, las cosas de otra forma. Gracias por ser tan fantástica, por ser tú.

# Descubre tu próxima lectura

Si quieres formar parte de nuestra comunidad,
regístrate en **www.megustaleer.club**
y recibirás recomendaciones personalizadas